भ्रम और निरसन

अन्धविश्वास के मानसशास्त्र का परीक्षण करती महत्त्वपूर्ण किताब

भ्रम और निरसन

डॉ. नरेंद्र दाभोलकर

अनुवाद
डॉ. विजय शिंदे

प्रधान सम्पादक
डॉ. सुनीलकुमार लवटे

सम्पादक एवं समन्वयक
डॉ. चन्दा सोनकर

सार्थक
राजकमल प्रकाशन का उपक्रम

राजहंस प्रकाशन द्वारा अक्टूबर, 1985 में प्रकाशित मूल मराठी पुस्तक
***भ्रम आणि निरास** का हिन्दी अनुवाद*

ISBN : 978-93-88183-58-1

मूल्य : ₹295

पहला संस्करण : 2018

राजकमल प्रकाशन का उपक्रम

प्रकाशक
राजकमल प्रकाशन प्रा. लि.
1-बी, नेताजी सुभाष मार्ग, दरियागंज
नई दिल्ली-110 002

शाखाएँ
अशोक राजपथ, साइंस कॉलेज के सामने, पटना-800 006
पहली मंज़िल, दरबारी बिल्डिंग, महात्मा गाँधी मार्ग, इलाहाबाद-211 001
36 ए, शेक्सपियर सरणी, कोलकाता-700 017

वेबसाइट : www.rajkamalprakashan.com
ई-मेल : info@rajkamalprakashan.com

मुद्रक
बी.के. ऑफसेट
नवीन शाहदरा, दिल्ली-110 032

BHRAM AUR NIRSAN
by Dr. Narendra Dabholkar

...तीर्थरूप माँ और तीर्थरूप पिताजी—
जिनके कारण जीवन को दिशा प्राप्त हो गई।

...शैला—
जिसके कारण आन्दोलन को
पूरा समय देना सम्भव हो सका।

अनुक्रम

देखेंगे जीत किसकी होती है

हमारा देश विज्ञानवादी, आधुनिक और विकसित होने का ढिंढोरा पीटता है, लेकिन असल में हम अपने भीतर झाँककर अपने आप से पूछें कि हम वैसे हैं? भारत के दूर-दराज के पिछड़े इलाकों से लेकर महानगरों और मेट्रो सिटी तक में जिस प्रकार के भ्रम, अन्धविश्वास फैले हैं तथा पाले जा रहे हैं वे हमारे विज्ञानवादी, आधुनिक और विकसित होने के दावों पर कालिख पोत रहे हैं। शिक्षा पाने से कोई विवेकवादी बनता नहीं है। सामान्य से असामान्य व्यक्ति तक का नजरिया अगर विवेकहीन है, वह रूढ़िवादी-परम्परावादी और अन्धविश्वासी है तो उसको बहुत बड़ी हानि पहुँच सकती है। अत: डॉ. नरेन्द्र दाभोलकर का जिन्दगी के सारे चिन्तन और सामाजिक सुधारों में यही प्रयास था कि इनसान विवेकवादी बने। उनका किसी जाति-धर्म-वर्ण के प्रति विद्रोह नहीं था। लेकिन षड्यंत्रकारी राजनीति के चलते अपनी सत्ता की कुर्सियों, धर्माडम्बरी गढ़ों को बनाए रखने के लिए उन्हें हिन्दू विरोधी करार देने की कोशिश की गई और कट्टर हिन्दुओं के धार्मिक अन्धविश्वासों के चलते एक सुधारक का खून किया गया। बहुत दूर जाने की जरूरत नहीं है। डॉ. दाभोलकर का ऐसे लोगों द्वारा खून किया जाना विवेकहीनता का ही उदाहरण है। सत्य साईं, आसाराम, रामरहीम आदि पाखंडी लोग हमारे देश में स्थापित होते हैं, और करोड़ों रुपए की सम्पत्ति जमा करने के अलावा किसी हनीप्रीत के साथ बाप-बेटी के रिश्ते को ताक पर रखकर ऐयाशी की रासलीलाएँ रचते हैं। यह किस प्रकार का धर्मप्रचार है? बड़े-बड़े सेलिब्रिटीज भी ऐसे पाखंडी बाबाओं के सामने बड़ी तल्लीनता के साथ गिरकर चुम्मा-चाटी करते हैं। सत्य साईं के एक अन्धभक्त सचिन तेंदुलकर भी थे। क्या उन्हें पता नहीं था कि ऐसे पाखंडी बाबा के साथ जुड़कर भारतीय समाज में एक आदर्श व्यक्ति के नाते

हम कौन सा आदर्श रखने जा रहे हैं? ऐसे समय में बगलें झाँकना शुरू किया जाता है कि यह हमारी निजी जिन्दगी है, लेकिन कोई भी सेलिब्रिटी और आम व्यक्ति इस बात का ध्यान रखे कि जिस समय हमारा दहलीज के बाहर कदम पड़ता है और हम सामाजिक होते हैं तब हमारा निजत्व खत्म होता है। कहने का तात्पर्य यह है कि हमारा आचरण हमेशा विवेक के साथ ही हो।

हमें देखनेवाली हजारों आँखें होती हैं और हमारे आचरण का उन पर जाने-अनजाने प्रभाव पड़ता है। ध्यान रहे कि हमारी अन्धविश्वासभरी बातों को कोई फॉलो न करे और उसका नुकसान भी न हो। हमारे देश में धर्म, जाति, वर्ण, देवी-देवता, रूढ़ि-परम्परा, रहन-सहन, पहनावा आदि तमाम बातें निजी जरूर हैं, इनका पालन भी करें, लेकिन कहाँ? अपने घरों में। दरवाजे के भीतर। जब दरवाजे से बाहर सामाजिक व्यक्ति के नाते हम कदम बाहर रखते हैं तब अपना सारा अविवेक घर में खूँटी पर टाँग दें, अलमारी में बन्द कर दें और विवेकवादी बनकर बाहर निकलें। एक सामान्य बात बहुत अहम है, वह यह कि विवेकवादी बनने से हमारा लाभ होता है या हानि इसे सोचें। अगर हमें यह लगे कि हमारा लाभ होता है तो उस रास्ते पर चलें। दूसरी बात यह भी याद रखें कि धर्माडम्बरी, पाखंडी बाबा तथा झूठ का सहारा लेनेवाले व्यक्ति का अविवेक उसे स्वार्थी बनाकर निजी लाभ का मार्ग बता देता है, अर्थात् उसमें उसका लाभ होता है और उसकी नजर से उस लाभ को पाना सही भी लगता है; लेकिन उसके पाखंड, झूठ के झाँसे से हमें हमारा विवेक बचा सकता है। अगर ऐसा हो तो अपने-आप पाखंडी बाबाओं की दुकानें बन्द हो जाएँगी। हमारा समाज और देश विवेकवादी बनने के लिए तत्पर भी बन जाएगा। कल्पना करें इन सारे पाखंडों के बिना हमारा देश कितना तेजोमय बन जाएगा। 'भ्रम और निरसन' किताब इसी विवेकवाद को पुख्ता करती है। हमारी आँखों को खोल देती है और हमें लगने लगता है कि भाई आज तक हमने कितनी गलत धारणाओं के साथ जिन्दगी जी है। मन में पैदा होनेवाला यह अपराधबोध ही विवेकवादी रास्तों पर जाने की प्राथमिक पहल है।

किताब के अन्त में डी. एस. नार्वेकर गुरुजी का अन्तिम सन्देश डॉ. नरेंद्र दाभोलकर जी ने जानबूझकर जोड़ा है। कोई व्यक्ति विवेकवादी जीवन जीने के लिए कौन सी कोशिशें करता है और अपने बच्चों को उन्हीं रास्तों पर

लेकर जाना है तो कौन से त्याग करने पड़ते हैं, इसका लेखा-जोखा यह सन्देश है। वैसे यह सन्देश नहीं तो मृत्यु-पत्र है। नार्वेकर गुरुजी ने इसमें जो बातें लिखीं उससे पता चलता है वे अपने बच्चों के नाम सारी दुनिया जिसके पीछे दौड़ती है वैसी सम्पत्ति छोड़कर नहीं जा रहे हैं लेकिन वे जिस विचार सम्पत्ति के पीछे दौड़े उसे देकर जा रहे हैं। विवेकवादी, सुधारवादी और प्रगतिवादी विचारों की सम्पत्ति किसी माँ-बाप द्वारा अपने बच्चों के नाम मृत्यु-पत्र में छोड़ा जाना बहुत बड़ी बात है। लेकिन प्रश्न यह उठता है कि हमारे देश में किसी माँ-बाप को इस प्रकार का पत्र लिखना पड़ता है, यह बहुत बड़ी दर्दनाक स्थिति का परिचायक है। बच्चों को विवेकवादी, सुधारवादी, प्रगतिवादी, विज्ञानवादी, ज्ञानवादी या तमाम मनुष्यों के लिए हितवादी बनाने का कार्य समाज का है, आसपास के सामाजिक माहौल का है। सामाजिक माहौल अपनी भूमिका ठीक ढंग से निभा नहीं रहा है, नतीजतन अपने बच्चों के भविष्य को लेकर माँ-बाप चिंतित हो रहे हैं। अर्थात् सामाजिक परिस्थितियों में चारों तरफ दूषिता है, प्रदूषण है, बदबू है, गन्दगी है। जन्म होने से पहले ही ईश्वर, भगवान, देवी-देवता, चित्र-विचित्र बातों का, तसवीरों का माहौल बच्चों के आसपास इस प्रकार से बुना जाता है कि वह अपने माँ के गर्भ में भी हाथ-पैर मारे तो उसे डर होता है कि कहीं गलती से इन कोटि-कोटि देवी-देवता की मूर्तियों को लात न लग जाए! कितना पाखंड, कितनी विडम्बना है कि हम आँख खोलें तो कोई देवता-अल्ला-गॉड की झूठी तसवीर दिख जाती है, कान खोलें तो किसी आरती-पूजा-पाठ-अजान-प्रार्थना की ध्वनि सुनाई देती है और मुँह खोलें तो देवी-देवता-ईश्वर-अल्ला-गॉड की ध्वनि निर्माण होने की कामना करते हैं। भाई बहुत भयानक है। हम कौन से युग में जी रहे हैं। बच्चों से अपेक्षा करते हैं कि वे ऊँचे ओहदों पर जाएँ, डॉक्टर-इंजीनियर बनें, वैज्ञानिक बनें, बहुत बड़ा नाम कमाएँ; किन परिस्थितियों में; इन परिस्थितियों में? ऐसे माहौल में जो कोई भी कुछ बने और टिके उनका अभिनन्दन करना पड़ेगा, कारण विपरीत परिस्थिति में किसी का निर्माण होना है तो उसे दोगुनी ताकत लगानी पड़ती है। इन बच्चों ने दोगुनी ताकत लगाई, तभी तो निर्मित हो चुके हैं। हम लोग रूढ़ि-परम्परा और अन्धविश्वासों के चलते अपने आप का नुकसान कर चुके हैं और अगली पीढ़ी का भी नुकसान कर रहे हैं। बहुत हँसी आती है और दुख भी होता है कि किसी बच्चे के जन्मते

ही उसकी जीभ पर ओम, अल्ला, गॉड लिखने की कोशिश होती है। ऐसा कुछ लिखने से कुछ होता नहीं है, यह सबको पता है। अगर कुछ होता तो दुनिया भर के चोर-डकैत, आतंकवादी पैदा ही न हो पाते। फिर भी अगर ऐसा लिखने से सचमुच कुछ होता है तो कोई भी माँ-बाप अपने बच्चे की जीभ पर कोई यान, क्रिकेट का बैट, बॉल, फुटबॉल, हॉकी स्टिक, कलम-कागज, कुर्सी आदि क्यों नहीं बनाते? मन की इच्छाएँ ये कि अपना बच्चा बहुत बड़ा बन जाए, लेकिन उसके लिए जो परिस्थितियाँ निर्मित की जा रही हैं वे सारी देवी-देवता-अल्ला-गॉड के पाखंडी रूपों और मिथ्या फरेबों से भरी हुई हैं। कमाल है, इतनी-सी बात हमारे भेजे में घुसती क्यों नहीं? इससे भला हमारे भेजे का पत्थर होना होता।

खैर, जिसको जैसे जीना है वह वैसे जीए। लेकिन विवेकवादी और विज्ञानवादी बनाने का काम, डॉ. नरेंद्र दाभोलकर जैसे कितने भी लोगों का खून हो, जारी रहेगा। अन्धविश्वास उन्मूलन समिति और उनके कार्यकर्ताओं का कहना है कि हम सुधर चुके हैं और हमारे प्रयासों से एक व्यक्ति भी सुधर जाए तो इस आन्दोलन की बहुत बड़ी सफलता मानी जाएगी। कितने भी संकट आएँ, कितने भी खून हो जाएँ, कितनी भी सरकारें और पुलिस व्यवस्था खून होते हुए आँखें बन्द कर लें और चुप्पी साधें या हाथ पर हाथ धरे बैठें, प्रयास जारी रहेंगे। कोशिश होगी विवेकवाद को तराशने की, विज्ञानवाद के पुरस्कार की, आँखें खोलने की और सम्पूर्ण मनुष्य जाति के नुकसान को रोकने की। अन्धविश्वास उन्मूलन समिति का कार्य तो यही है कि वह किसी को अपना दुश्मन नहीं मानती। उनके पास ऐसे पाखंडी लोगों से दोस्ती और दुश्मनी करने का समय ही नहीं है। वे अपने पाखंडी कामों में लगे रहें, अन्धविश्वास उन्मूलन समिति अपना काम करती रहेगी। देखेंगे जीत पाखंडी, झूठे, फरेबी, परम्परावादियों की होती है या विवेकवादी, विज्ञानवादी, प्रगतिशील विचारों की होती है।

—डॉ. विजय शिंदे

सस्ते संस्करण के बहाने*

'भ्रम और निरसन'—इस किताब को प्रकाशित हुए लगभग एक दशक हो रहा है। इसके कई संस्करण निकल चुके हैं और उनका पाठकों ने बहुत अच्छा स्वागत भी किया है। कई पाठकों ने आस्थापूर्वक लिखा है कि इस किताब को पढ़कर एक विशेष दृष्टिकोण मिला है।

पिछले दशक में अन्धविश्वास उन्मूलन को लेकर एक महत्त्वपूर्ण परिवर्तन हुआ है। जब 'भ्रम और निरसन' किताब प्रकाशित हुई, उस दौर में इस विषय को लेकर मराठी में बहुत कम लिखा जाता था। वैसे 'किर्लोस्कर' मासिक में पाखंडी बाबाओं के विरोध में लिखा जा रहा था; लेकिन इस मुहिम को बन्द हुए बहुत साल हो चुके थे। हाँ कुछ छिटपुट लेखन बीच-बीच में प्रकाशित हो रहा था। लेकिन पिछले दस सालों में यह स्थिति काफी हद तक बदल चुकी है। महाराष्ट्र में अन्धविश्वास उन्मूलन का आन्दोलन समर्थता के साथ अपनी जड़ों को फैला रहा है। जगह-जगह पर आन्दोलक अन्धविश्वासों को चुनौती दे रहे हैं। जाग्रत जनमानस सवाल पूछ रहा है। साथ ही समाचार-पत्रों में इस प्रकार की खबरों को भी स्थान दिया जा रहा है। साप्ताहिकों में इस विषय को लेकर स्तम्भ लेखन भी हो रहा है। महाराष्ट्र अन्धविश्वास उन्मूलन समिति इस विषय से जुड़ी कई किताबें प्रकाशित कर चुकी है। कुछ अन्य प्रकाशन संस्थाओं से भी इस विषय से जुड़ी किताबों का प्रकाशन हो चुका है। इन सारे प्रयासों को जनता से सकारात्मक प्रतिक्रियाएँ भी प्राप्त हो रही हैं।

अन्धविश्वास उन्मूलन का आन्दोलन मूलत: प्रबोधनात्मक आन्दोलन है। रहस्यात्मक बातों, परम्पराओं का आग्रह, धर्माभिमान आदि बातों का सही

---

* प्रस्तुत भूमिका मराठी संस्करण के बहाने लिखी गई है। हिन्दी पाठक यह ध्यान रखें कि इस किताब को मराठी में प्रकाशित हुए लगभग तैंतीस वर्ष बीत चुके हैं।

मायने में खुली आँखों से तथा वैज्ञानिकता से आकलन करना ही इस आन्दोलन का उद्देश्य है। फिलहाल हमारे समाज के लिए इसकी आवश्यकता बहुत अधिक है। महत्त्वपूर्ण बात यह है कि यह जरूरत केवल अशिक्षितों के लिए ही नहीं, शिक्षित लोगों के लिए भी है। इस बात का एहसास आन्दोलनों के दौरान भाषण देते समय तथा शिविरों के दौरान बार-बार होता रहा। महाराष्ट्र अन्धविश्वास उन्मूलन समिति 'सत्यशोध प्रज्ञा परीक्षा' उपक्रम चलाती है। इस उपक्रम का उद्देश्य स्कूली अध्यापकों के लिए अन्धविश्वास उन्मूलन हेतु प्रशिक्षणात्मक शिविरों का आयोजन करना तथा उनकी मदद से इस विचार को विद्यार्थियों तक पहुँचाना है। महाराष्ट्र में इस कार्य को बहुत अधिक पसन्द किया गया क्योंकि अध्यापकों को नए ज्ञान की प्राप्ति हो रही थी, अपनी चेतनाएँ जाग्रत हो जाने का एहसास हो रहा था और विद्यार्थी भी प्रभावित हो रहे थे। इससे स्पष्ट हो रहा था कि समाज में सचेत होने की भूख बहुत अधिक है।

अन्धविश्वास उन्मूलन को लेकर नई-नई बातें जानने की मंशा सबकी होती है लेकिन कोई भी किताब खरीदते वक्त उसकी कीमत पर पाठक विचार जरूर करता है। पाठकों की इस असुविधा को ध्यान में रखते हुए हमने इसके कम मूल्य के इस संस्करण को छपवाया है। संस्करण सस्ता है लेकिन उसका स्तर बहुत अच्छा हो इसका भी खयाल रखा गया है। आन्दोलनात्मक लड़ाई के कुछ प्रसंगों को इस संस्करण में शामिल नहीं किया है क्योंकि दस साल पहले इस लड़ाई का विवरण देना जरूरी था, अब नहीं। पिछले कई सालों में ऐसी लड़ाई को लेकर हमेशा चर्चा हुई है और लोग भी इससे परिचित हैं। कई बार इस लड़ाई की हकीकतों का जिक्र भी होता रहा है। इस लड़ाई को लेकर मेरी एक स्वतंत्र किताब प्रकाशित हो चुकी है। विचारात्मक विषयवस्तु को व्यावहारिक कसौटियों पर कसने के लिए कई प्रकार का लेखन आज हमारे बीच मौजूद भी है। अतः पुनरावृत्ति से बचने और कीमत को नियंत्रित करने के लिए गैरजरूरी हिस्सों को इस किताब में शामिल नहीं किया है। 'भ्रम और निरसन' की मुख्य विषयवस्तु और अन्धविश्वासों के विविध पहलुओं पर प्रकाश डालनेवाले लेखन का हमने इस आवृत्ति में समावेश किया है। नार्वेकर गुरुजी का अन्तिम सन्देश—इस घटना-प्रसंग को हमने बड़ी आस्था के साथ रखा है। उस प्रसंग की उपस्थिति से महाराष्ट्र अन्धविश्वास उन्मूलन के आन्दोलनात्मक इतिहास की स्मृतियाँ ताजा रहेंगी।

लेकिन इस जगह पर मुझे इस बात का एहसास हो रहा है कि इस किताब में समाविष्ट प्रत्येक विषय पर अलग से किताब लिखने की आवश्यकता है और वैसी सम्भावनाएँ भी मुझे दिखती हैं। आनेवाले कुछ सालों में इस प्रकार का लेखन मुझसे हो ऐसा प्रयास भी रहेगा। फिर भी एक ही जगह पर ये सारे विषय स्पष्टता के साथ अभिव्यक्त होने जरूरी थे। मुझे विश्वास है कि पाठकों की आवश्यकता और माँग को यह संस्करण निश्चित तौर पर पूरा करेगा।

—डॉ. नरेंद्र दाभोलकर

भूमिका

मैं अन्धविश्वासों के विरोध में चल रहे आन्दोलन का एक हिस्सा हूँ। वर्तमान युग में घटित घटनाएँ ईश्वरीय शक्ति से, आशीर्वाद से घटित होती हैं और नियंत्रित की जाती हैं इस पर मेरा भरोसा नहीं है। लोग इन प्रश्नों का उत्तर खुद अपनी बौद्धिक कसौटियों पर ढूँढ़ते रहते हैं पर मुझे लगता है कि लोगों को इन प्रश्नों के जवाब विवेक और विवेचनात्मक दृष्टि से बौद्धिक कसौटियों पर खोजने चाहिए।

मैं इस बात से भी भलीभाँति परिचित हूँ कि यह होना आसान नहीं है। मैं नजदीकी लोगों में भी इस प्रकार का परिवर्तन करने में सफल नहीं हो सका हूँ तो सारे समाज में इस पुस्तक के आधार पर परिवर्तन हो जाएगा मैं इस झूठे भ्रम में नहीं हूँ।

तो फिर यह पुस्तक मैंने क्यों लिखी है?

विज्ञानवादी दृष्टिकोण के आधार पर अन्धविश्वास के विरोध में लड़ाई जारी रखना, और अपनी ताकत के हिसाब से आगे बढ़ते रहना, यह उज्ज्वल भविष्य का भरोसा देता है इसीलिए यह प्रयास है।

अन्धविश्वास से विज्ञानवाद की ओर लेकर जानेवाली दिशा कौन सी है, यह अगर समझना है तो सबसे पहले अन्धविश्वास के मानसशास्त्र को समझना होगा।

बुद्धि और भावना की सहायता से मनुष्य के जीवन को आकार प्राप्त होता है। मनुष्य के व्यक्तित्व में इसका सन्तुलन होना आवश्यक है। इन दोनों की सहायता से सन्तुलित व्यक्ति भी पूर्ण रूप से बुद्धिनिष्ठता के साथ विचार करेगा इसका कोई भरोसा नहीं। वह भी छोटी-बड़ी गलत धारणाओं का अनुसरण करता है। वे अवैज्ञानिक ही होती हैं लेकिन केवल उनके कारण

उसका आचरण गलत रास्तों पर जा रहा है ऐसा नहीं कहा जा सकता। बुद्धि और भावना का सन्तुलन एक विशिष्ट सीमा से बाहर बिगड़ गया कि सोच-विचार और बुद्धि भ्रष्ट हो जाती है।

इसका स्पष्टीकरण एक उदाहरण के साथ किया जा सकता है। रात का समय है। सन्देश पहुँचाने के लिए शीघ्र जाना अत्यन्त आवश्यक है। लेकिन जिस रास्ते से जाना है वह श्मशान भूमि से होकर जाता है। श्मशान भूमि के पास से जाते वक्त बेवजह घबराकर बेहोश होकर गिर जाना या अत्यन्त आवश्यक सन्देश को सुबह तक टालना, इन दोनों उदाहरणों में डर की भावना से व्यक्ति के शिकार होने के लक्षण दिखाई देते हैं। लेकिन इस स्थिति में व्यक्ति एक विकल्प को आजमाना शुरू करता है। वह 'राम' के नाम का जाप करते हुए श्मशान को पार करता है। 'राम' के नाम का जाप करने से भूत भाग जाता है और संकट से सुरक्षा होती है, इस बात का वह सहारा लेता है। यह पूरे तरीके से अन्धविश्वास ही है। विवेकवादी नजरिए से असंगत है। लेकिन एक विशिष्ट परिस्थिति में इस अन्धविश्वास की मदद ली जाती है और कार्य सम्पन्न किया जाता है, इन अर्थों में यह तकनीक उपयोगी है। लेकिन कल्पना करें कि यही व्यक्ति 'राम' नाम के जाप की तकनीक को बार-बार आजमा रहा है तो वह पूर्ण रूप से अन्धविश्वासी है। जैसे वह व्यक्ति सड़क पार करते समय, बस में चढ़ते वक्त, साहब ने केबिन में बुलाया तो 'राम' नाम का जाप करना शुरू कर देता है तो 'राम नाम का जाप करना संकटों से मुक्ति देता है' इस अन्धविश्वास का शिकार बन गया है ऐसा कहा जा सकता है।

रास्तों पर गड्ढे भी होते हैं। उन पर से गुजरनेवाली गाड़ियाँ धक्कों के साथ आगे बढ़ती हैं। जिन गाड़ियों का निर्माण अर्थात् चेसिस तथा उसके पुर्जों का जोड़ा जाना मजबूती के साथ होता है वही गाड़ियाँ लम्बे समय तक टिक सकती हैं। वैसे ही जीवन के गड्ढों से गुजरते वक्त जिन व्यक्तियों के व्यक्तित्व में आनुवंशिक रूप से तथा परिस्थितियों के थपेड़ों से मजबूती आती है वही व्यक्ति लम्बे सफर तक कठिन प्रसंगों में टिक पाते हैं। गाड़ियों का निर्माण मजबूती के साथ होता है, इसके बावजूद भी शॉक एब्जॉर्बर बिठाए जाते हैं। इसके कारण धक्कों की तीव्रता कम हो जाती है। अधिकतर व्यक्ति अपने जीवन में खुद में ऐसे ही शॉक एब्जॉर्बर लगा लेते हैं। इन शॉक एब्जॉर्बरों का दूसरा नाम अन्धविश्वास है। जीवन के मार्गों पर चलते वक्त

आशा, निराशा, मुश्किलों, भ्रम, निराशा आदि के धक्कों से व्यक्ति इनकी सहायता से अपनी सुरक्षा करता है।

जिन परिस्थितियों में हम पल-बढ़ रहे हैं, जीवन जी रहे हैं वहाँ पर समय-समय पर जो ठोकरें लगती हैं वे सारी सामाजिक परिस्थिति से निर्मित होती हैं। नौकरी, साथी, घर, शिक्षा, दवा-दारू इन बातों को लेकर बहुत लोगों के हाथ निराशा लग जाती है। इससे उबरना और जिन्दगी जीना जरूरी होता है। ऐसी स्थिति से निपटने के लिए सिद्धिविनायक, गुरुचरित्र की पोथी, भविष्यवक्ता, मंत्र-तंत्र, बाबा, गुरु, पुनर्जन्म आदि को शॉक एब्जॉर्बर के नाते इस्तेमाल किया जाता है। लेकिन सच्चाई यह है कि उनके दुखों का मूल कारण सामाजिक व्यवस्था ही होती है। सामाजिक दुखों का निपटारा करने की व्यवस्था निर्मित हो सकती है। लेकिन उससे बाहर निकलने की लड़ाई बहुत लम्बी और तकलीफदेह होती है। सफलता कब मिलेगी इसका भरोसा नहीं होता है। लोगों को डर होता है कि इस लड़ाई में कहीं हमारा अस्तित्व तो खतरे में नहीं आ जाएगा, हम टूटकर बिखर तो नहीं जाएँगे? उसकी अपेक्षा उन्हें अन्धविश्वास के शॉक एब्जॉर्बर लगाकर जीना सुविधाजनक लगता है। इसीलिए अन्धविश्वासों से पीड़ित व्यक्ति को दुरुस्त करना है तो उसका मजाक उड़ाने की अपेक्षा और आत्मीयता और क्रोध की अपेक्षा करुणा के साथ पेश आना जरूरी होता है। व्यक्ति की यह लाचार अवस्था केवल शिक्षा से खत्म करना सम्भव नहीं है। वह व्यक्ति की विचार-प्रणाली और पालन-पोषण पर अवलम्बित होता है इसीलिए सुशिक्षित लोग भी अन्धविश्वासों का शिकार हो चुके हैं, इसके कई उदाहरण देखे जा सकते हैं।

सामाजिक व्यवस्था के कारण हम जिन दुखों को भुगत रहे हैं वे जैसे-जैसे कम होने लगेंगे वैसे-वैसे अन्धविश्वास कम होता जाएगा यह बात सच है, लेकिन क्या उसका पूरी तरह से उन्मूलन हो सकता है? मनुष्य का जीवन इच्छाओं और अपेक्षाओं को भ्रमित करनेवाले विविध कारणों से भरा पड़ा है। उनसे मुक्ति पाने के लिए मनुष्य को अन्धविश्वास के शॉक एब्जॉर्बर की जरूरत पड़ती है। लेकिन अगर विवेकवाद के सहारे प्रत्येक व्यक्ति वास्तव में समझने लायक मानसिक दृष्टि से विकास पाकर ताकतवर हो गया और व्यावहारिक जीवन में वैसे आचरण करने लगा तो ही अन्धविश्वास का समूल नाश किया जा सकता है। लेकिन इस बात का वास्तव में होना बहुत दूर की

सोच है, इस सम्भावना का फिलहाल सच होना असम्भवनीय लगता है।

सामाजिक परिस्थिति और मनुष्य मन की वास्तविकताओं को ध्यान में रखते हुए अन्धविश्वास उन्मूलन के प्रयास करने चाहिए। इन विचारों के रास्ते पर चलते वक्त अनेक साथी-संगी आगे-पीछे रहेंगे। इस दौरान एक-दूसरे के कार्यों का मूल्यांकन किया जाएगा और आपसी रंजिशों के चलते कौन श्रेष्ठ, कौन कनिष्ठ इसकी भी तुलना होगी। अपने आपको सबसे अधिक प्रामाणिक और ईमानदार साबित करने का प्रयास भी होगा। लेकिन इन बातों से सबको परहेज करना पड़ेगा। इनकी अपेक्षा विविध स्तरों पर ज्यादा से ज्यादा लोग कैसे शामिल हो सकते हैं, इस बात का हमेशा प्रयास किया जाना आवश्यक है।

इन प्रयासों को लेकर मेरे मन में सामान्य तौर पर एक रूपरेखा तय है, जो निम्न प्रकार से है। इसमें प्रत्येक व्यक्ति अपने मतों के अनुसार कुछ परिवर्तन कर सकता है।

जो अन्धविश्वास खुले तौर पर अमानवीय अथवा भयंकर-क्रूर है उसके विरोध में चलाई जा रही जनजागरण मुहिम में कइयों का साथ बहुत जल्दी मिल जाता है। कुछ वर्षों पूर्व चन्द्रपुर, औरंगाबाद जिले के विविध गाँवों में बावड़ी को पानी मिले, इसके लिए दी गई नरबलि, अपनी पाकता और पवित्रता सिद्ध करने के लिए स्त्रियों को गर्म तेल में फेंके गए सिक्कों को हाथ से निकालने के लिए मजबूर किए जाने के उदाहरण, बालों की जटाएँ बनी हैं इसलिए या मन्नत माँगी है इस अन्धविश्वास का शिकार होकर लड़कियों को देवदासी बनाने की प्रथा, अनेक तीर्थस्थलों में आयोजित मेलों के दौरान क्रूर-भयंकर प्रथाएँ, चाहे वह काली माता के मेले में दिए जानेवाले हजारों बकरों की बलि से निर्मित खून से लथपथ कीचड़ हो या लम्बी लाठी पर किसी व्यक्ति को टाँगकर बैलगाड़ी भगाकर लेकर जानेवाली 'बगाड़' प्रथा हो, इन सब प्रथाओं का स्वरूप खुलेआम चल रहा शोषण और विवेकहीनता ही है। अन्धविश्वास उन्मूलन आन्दोलनों में मेरी सहभागिता और अनुभव यही बताता है कि इन उदाहरणों से मनुष्य को अन्धविश्वासों की क्रूर प्रथाओं के विरोध में संवाद जारी रखने और मूल्यांकन करने की आवश्यकता है।

कई अन्धविश्वास अज्ञान, गँवारपन और शुभ-अशुभ की कल्पनाओं के कारण निर्मित होते हैं। कोई चोट लगकर जख्मी हुआ है और अगर उसने इस दौरान चावल खा लिया तो जख्मों में मवाद पैदा होता है जैसी स्वास्थ्य

विषयक अनेक गलतफहमियों और धारणाओं का पालन किया जाना और गूँगेपन, पोलियो से ग्रस्त बच्चों का अवैज्ञानिक तरीके से अन्धविश्वासों से भरी उपचार पद्धतियों से उपचार कराया जाना आदि के प्रति लोगों को जाग्रत किया जा सकता है और अन्धविश्वासों से हो रही तकलीफों से बचाया जा सकता है। पागल कुत्ते के काटने के पश्चात् अज्ञानवश या चौदह इंजेक्शन के भय से कई लोग उचित उपचार नहीं कराते हैं और बेवजह मृत्यु को आमंत्रण देते हैं। ऐसे ही साँप के काटने के उपरान्त कई बार उस व्यक्ति को अस्पताल में लेकर जाने से पहले मांत्रिक के पास या मन्दिर में लेकर जाते हैं। जबकि जिस साँप ने काटा है वह विषधारी है तो डॉक्टर तक जाने से पहले उस व्यक्ति की जान जा सकती है। इस प्रकार के अन्धविश्वासों के उन्मूलन के लिए लोग सकारात्मक पहल करते हैं। उनकी यह पहल अन्धविश्वास उन्मूलन के आन्दोलन के लिए अत्यन्त अनुकूल है।

छिपकली की आवाज, दीए का बुझना, बिल्ली द्वारा रास्ता काटा जाना आदि से शुभ-अशुभ तय करनेवाली हजारों गलतफहमियाँ महाराष्ट्र और पूरे भारत भर में देखी जा सकती हैं। मुझे अनुभव से पता चला है कि इन कृतियों की समीक्षा, उपहास, मूल्यांकन, मनुष्य को सोचने के लिए मजबूर करता है और अन्तत: अन्धविश्वासों से दूर भी लेकर जाता है।

बुवा-बाबा या भूत द्वारा धर दबोचना या देवी का किसी के शरीर में प्रवेश आदि प्रथाओं और घटनाओं के विरोध में लड़ने का समय जब आता है तब यह लड़ाई मुश्किल हो जाती है। बुवा-बाबाओं के चमत्कार उनकी हाथसफाई तथा छलावे के प्रकार हैं, लेकिन लोग उन्हें सहजता से स्वीकार कर लेते हैं। मेरा अनुभव है कि सत्य साईं बाबा को लेकर की गई यह टिप्पणी कि यह सोने-चाँदी की चीजों को हवा से निकालकर भक्तों में बाँटनेवाला बाबा है, इस गरीब देश में स्वर्णयुग क्यों नहीं ला सका? किसी भी कस्टम विभाग को इस प्रकार से सोने-चाँदी को हवा से निकालनेवाले व्यक्ति से पूछताछ करनी चाहिए ऐसा क्यों नहीं लगता? ऐसी बातों के विवेचन को सुननेवाले बड़े आसानी से समझ लेते हैं और तालियाँ भी बजाते हैं, लेकिन ऐसे भी कई बाबा, स्वामी, सिद्धपुरुष, गुरु महाराज हैं जो किसी भी प्रकार का चमत्कार नहीं करते हैं परन्तु लोगों का उन पर बहुत अधिक विश्वास होता है। यह भी सच है कि कौन सी मानसिकता के तहत इन बाबाओं का निर्माण होता है इस पर

एक सामान्य बात भी लोगों के सामने की जाए तो जनजागृति होती है। लेकिन ऐसी स्थितियों में इन बाबाओं या अवतारधारियों से निपटना तथा उनकी वास्तविकता सामने लाना मुश्किल है। अन्धविश्वास उन्मूलन आन्दोलन की विचारात्मक धरातल को अधिक व्यापक रूप से विस्तारित करना ही इस बीमारी की असली दवा है।

व्रत-उपवास, मनौतियाँ, मेले-उत्सव आदि बातें अपने समाज में व्यक्ति और सामाजिक जीवन का एक अंग हैं। इनमें से बहुत बड़ा हिस्सा धर्म और परम्पराओं पर अवलम्बित होता है। इसका विवेचन करें या नहीं करें और अगर करें तो किस प्रकार से करें? यह हमेशा चर्चा का विषय रहा है। इसमें प्रत्यक्ष शोषण और असंगतियों पर आधारित कई कर्मकांड होते हैं। उदाहरणार्थ यज्ञ में बहुत अधिक मात्रा में तेल, घी, अनाज की आहुति दी जाती है जिसका खुलेआम और ठोस रूप में विरोध होना चाहिए। वटपूर्णिमा के दौरान वटवृक्ष की प्रदक्षिणा करना तथा सूत से उसके तने को बाँधे जाना आदि प्रकारों को मूर्खतापूर्ण कृति करार देकर उनका मजाक उड़ाना जरूरी है। जो त्योहार निरर्थक होते हैं, उदाहरणार्थ—भाईदूज, संक्राति आदि उनका आधार भी धार्मिक ही होता है। लेकिन इसमें बहुत अधिक हिस्सेदारी उत्सव, त्योहार के मनाए जाने तथा भावनाओं की होती है। सबको लगता है कि मनुष्य का जीवन विविधता से भरने, खुशहाल, रंगीन बनाने के लिए ऐसे कार्यक्रमों की जरूरत पड़ती है। इन बातों का विवेचन करने लगें तो जन्मदिन के दौरान मोमबत्तियों का जलाया जाना, केक का कटवाना भी तो ऐसे ही कार्यक्रम हैं जैसे प्रतिप्रश्न किए जाते हैं। समाज को ऐसे आयोजनों की जरूरत होती है यह सच है; परन्तु धर्म और परम्पराओं का आधार, चाहे वह मजाकिया हो या निरर्थक, अधिकतर अन्धविश्वासों को मजबूत करने का कार्य करता है। ऐसे प्रकारों को रोककर उनके विकल्प ढूँढ़ना और उन्हीं विकल्पों के साथ बने रहना ही इसका उचित उपाय है।

अमानवीय, क्रूर-भयंकर, अज्ञानमूलक अन्धविश्वास, बाबा, अवतार-वादिता, भूत, भगवान का शरीर में बस जाना, व्रत-उपवास, मनौती आदि का विरोध करते-करते हम निश्चित सफर के बाद एक सीमा के पश्चात् एक विशेष मोड़ पर आकर खड़े हो जाते हैं। ईश्वर या उसके जैसा कोई इस विश्व का नियंत्रणकर्ता है, उसकी लीला अपरंपार है, ईश्वर का अस्तित्व मनुष्य

आकलन के बाहर का है, ऐसी असंख्य बातें हैं जिसे बुद्धि समझ सकती है और समझ नहीं सकती उसका भी आविष्कार करनेवाला ईश्वर है। समाज द्वारा गृहीत कृत्यों के विचार को बड़े ठोस तरीके से नकारना पड़ता है। मैं ऐसा मानता हूँ कि अगर ऐसे घटित होगा तो सबका भला हो सकता है। लेकिन अन्धविश्वास उन्मूलन के इस सफर में साथ देनेवाले कई साथियों का उपर्युक्त विचार का साथ देने के लिए विरोध रहता है।

अन्धविश्वास उन्मूलन का कार्यकर्ता इन गृहीत कृत्यों को नकारकर अन्धविश्वास उन्मूलन के आन्दोलन में सहभागिता ले ऐसा मुझे लगता नहीं है। मैंने देखा है कि कई कार्यकर्ता उपर्युक्त सफर के दौरान धीरे-धीरे एक-एक अन्धविश्वास को छोड़ा करते हैं और नवीन विचार ग्रहण करते हैं। मेरा अनुभव यह भी है कि आन्दोलन की वजह से साथ देनेवाले कई लोग ईश्वर का अस्तित्व मानकर भी आरम्भिक दौर में प्रभावपूर्ण साथ निभाते हैं।

ईश्वर के समान ही विज्ञानवाद और अध्यात्म विषयक दृष्टिकोण यह भी एक महत्त्वपूर्ण विवेचन का विषय बन गया है।

विज्ञान की प्रामाणिकता पर भरोसा रखना ही विज्ञानवादी दृष्टिकोण है। विज्ञान के उदय को धर्म संस्थापकों और धर्मोपदेशकों का विरोध था। धर्मविश्वास और विज्ञाननिष्ठता परस्पर विरोधी प्रवृत्तियाँ हैं ऐसी उनकी धारणा थी। उनका मानना था कि सृष्टि का रहस्य धर्मग्रन्थों ने स्वीकार किया है, उसे सबको स्वीकार करना चाहिए। इसकी अपेक्षा भिन्न प्रकार से सृष्टि के व्यवहार का आकलन तथा विश्लेषण करना अविश्वसनीयता का लक्षण है। विज्ञान ने बुद्धि तत्त्व की सहायता से सृष्टि के रहस्य में भेद करना आरम्भ किया। निरीक्षण, प्रयोग, सबूत पर यह पद्धति आधारित थी। इस पद्धति में स्थायी, ठोस और तार्किक संगति रहती है और उससे सार्वकालिक, वैश्विक तथा विवादरहित सिद्धान्त निर्मित होते हैं। प्रयोगों के आधार पर जो साबित हो सकता है, वही सच्चाई है यह भूमिका विज्ञानवादी जीवनदृष्टि के केन्द्र में रहती है। सत्य की परख केवल प्रयोगों से नहीं तो सामूहिक और वस्तुनिष्ठता के साथ होने की धारणा है। घटना के कार्यकारण भाव और सत्य को ढूँढ़ना जरूरी होता है। यह करते समय भावना, विचार से प्रभावित हुए बिना तर्क और बुद्धि के आधार पर निरन्तर कार्यशील रहना ही विज्ञानवादी दृष्टिकोण है। इसी दृष्टि से जीवन को देखना, जीवन की रूपरेखा तय करना, जीवन में

निर्मित सारे प्रश्नों के निपटारे के लिए इस दृष्टि को अपनाना, इसी तरीके से जीवन में सफलता पा सकते हैं। इसका भरोसा रखना ही विज्ञानवाद है। इसी पद्धति से सत्य की प्राप्ति हो गई इसका विश्वास, उसको खोजने की तीव्र इच्छाशक्ति और इसी मार्ग पर चलने से कई मुश्किलों का उपाय ढूँढ़कर मनुष्य अधिक सुखी बन सकता है, इस पर भरोसा रखना इस जीवनचक्र के केन्द्र में होता है।

इसके विपरीत अध्यात्म का अर्थ हमेशा यथार्थ से अलग वास्तविकताओं का विश्वास दिलाता है। अपना अस्तित्व मनुष्य, समाज और दुनिया का अतीत है। वह मनुष्य की बुद्धि, इन्द्रिय और अनुभव से परे का है। इसे तत्त्व कहें, चेतना कहें, आत्मा, परमात्मा, ब्रह्म कहें; परन्तु यह जो है उसके साथ मेरा आन्तरिक खून का रिश्ता है, ऐसी विश्वासपूर्ण भावना अध्यात्मवादी विचारकों की होती है। हम कौन ? क्यों ? किसलिए ? इसे जानने की प्रखर इच्छा का निर्माण होना और आत्मविकास के लिए तड़पना, आत्मिक जीवन सच है और सांसारिक जीवन नश्वर है ऐसा मानने का मतलब ही आध्यात्मिक भावना है। आध्यात्मिक आकर्षण में परमार्थ के प्रति झुकाव होता है। क्या आत्मा का अस्तित्व है? क्या वह अविनाशी है? आत्मा और परमात्मा का आपसी सम्बन्ध कौन सा है ? उसकी एकरूपता कैसे होती है ? आदि प्रश्न आध्यात्मिक लोगों के दिमाग में आ जाते हैं। इसकी तरफदारी करनेवाले लोगों का कहना होता है कि इस प्रकार का ज्ञान प्रत्यक्ष अनुभव द्वारा जानने योग्य है। अत: कोई ऐसा व्यक्ति पूर्णत: व्यक्तिनिष्ठ है; यह अनुभूति निरीक्षण, प्रयोग, सबूत, तर्क आदि के आधार पर स्पष्ट नहीं की जा सकती, इसलिए उसके साथ विज्ञानवादी नियम लागू कैसे किए जा सकते हैं। व्यक्तिगत जीवन की पवित्रता तथा शुद्धता बनी रहे इसके लिए प्रयासरत रहना और ईश्वर की भक्ति तथा अन्य उपासना करना यह भी एक प्रकार की अध्यात्मवादिता है।

अध्यात्मवाद और वर्तमानकालीन वर्ग व्यवस्था में किसी एक धर्म तथा ईश्वर के प्रति विश्वास तथा भक्ति का दृष्टिकोण छिटपुट उदाहरणों को छोड़ें तो सब के मन में पक्का होता है। विशेष तौर पर दुनियाभर में हिन्दुओं की पहचान उनके आध्यात्मिक होने के कारण बन चुकी है, इसलिए कोई भी ऐसी बातों का अनुकरण करने में गौरव महसूस करता है। यह तथाकथित आध्यात्मिकता वास्तविक जीवन में अन्धविश्वासों को बढ़ावा देने का कारण

बनती है। आध्यात्मिक बातों का पालन करने से मनुष्य का कल्याण हो सकता है, ऐसी इन श्रद्धालु लोगों की धारणा होती है। लेकिन वास्तव में ऐसा होता नहीं है। इसके विपरीत अध्यात्म का आधार लेकर अन्याय और विषमता को बढ़ावा दिए जाने के कई उदाहरण बार-बार देखे जाते हैं। अन्ततः आध्यात्मिकता की परिणति अन्धविश्वासों में ही क्यों होती है? यह सृष्टि नियमों पर आधारित है और उसी के फलस्वरूप चलती है ऐसा विज्ञानवादियों का मानना है। परन्तु सृष्टि के नियमों के आधार पर ही हमें ईश्वर की अन्तिम सत्ता के स्वरूप का दर्शन होता है, ऐसा अध्यात्मवादी मानता है। एकाध बार छोड़ें तो हमेशा इस बात को मानते हुए वह कुछ-न-कुछ अपेक्षाएँ रखता जाता है। उसका मानना होता है कि ईश्वर द्वारा हमारे लिए, हमारी अपेक्षाओं के लिए, समाज के लिए, उसके सुख-दुख के लिए, भले-बुरे के लिए सृष्टि के नियमों में परिवर्तन करने चाहिए। ऐसी अपेक्षाएँ रखना अन्धविश्वास है। कर्म-कांड, ध्यान-धारणा, होम-हवन, पूजा-पाठ, मंत्र-तंत्र आदि उसका दृश्य स्वरूप है। इसी से खुलेआम अध्यात्म का आधार लेकर अन्धविश्वासों को फैलाने का प्रचार शुरू हो जाता है। इसके विरुद्ध लम्बी लड़ाई लड़ने के लिए मैदान में उतरने की तैयारी रखना बहुत जरूरी है।

—डॉ. नरेंद्र दाभोलकर

जड़ों पर चोट

श्री नरेंद्र दाभोलकर जी की किताब की प्रस्तावना लिखना मैंने आरम्भ किया था कि इस दौरान संयोग से श्रीमती कमलाबाई पाध्ये ने कुछ चिट्ठियाँ मेरे हाथों में थमाईं और कहा, 'हाल ही श्रीरामपुर में युवा लड़कियों के शिविर का आयोजन सम्पन्न हुआ था। उस समय मैंने उनके सामने अन्धविश्वास को लेकर जो विचार रखे थे, उसको लेकर उनके मन में जो सवाल उठे, उस समय की ये सारी चिट्ठियाँ हैं। आप इनको एक नजर भर देख लें।' मैंने उन सारी चिट्ठियों को पढ़ा। मन में एक बात कौंध गई कि श्रीरामपुर के शिविर में उपस्थित वे सारी युवा लड़कियाँ उस परिसर के आसपास के कॉलेजों से आ चुकी थीं, इस बात का अगर ध्यान रखें तो महाराष्ट्र की शिक्षित युवा पीढ़ी मनोवैज्ञानिक विकास के कौन से स्तर पर सोच-विचार कर रही है इसका अन्दाजन अनुमान लगाया जा सकता है। जैसे चावल के एक दाने से पूरा चावल पका है या नहीं का अन्दाजा लगाया जाता है, वैसे ही इस शिविर के बहाने महाराष्ट्र के युवाओं का अनुमान लगाया जा सकता है। ज्यादा-से-ज्यादा यह कहा जा सकता है कि श्रीरामपुर में जन्मीं ये युवतियाँ मुम्बई-पुणे की अपेक्षा ज्ञान के क्षेत्र में थोड़ी साधारण होंगी, क्योंकि रीति-रिवाज, वेशभूषा और रहन-सहन की दृष्टि से थोड़ी-सी पिछड़ी हैं। उस शिविर में उपस्थित युवतियों से पूछे गए सवालों से यह बात भी स्पष्ट हुई कि उनमें से कई लड़कियाँ विज्ञान शाखा में पढ़ रही हैं, अर्थात् वे वनस्पतिशास्त्र, जीवशास्त्र आदि विषयों से भी परिचित होंगी। उदाहरण के लिए इन तीन प्रश्नों को देखें—

(1) 'महाभारत' पौराणिक ग्रन्थ है। उसका Base (आधार, मूलाधार यह शब्द शायद उनके दिमाग में नहीं आया हो) ईश्वर है। तो फिर कर्ण का जन्म Parthanogenetic था यह उदाहरण हमें आज भी

Parthogenesis पढ़ाते वक्त क्यों बताया जाता है? सारांश विज्ञान के लिए ईश्वर की ताकतों का Base है, ऐसा हमारा कहना है, इस बात पर आपका क्या कहना है?

प्रश्न वहीं है लेकिन थोड़े अलग शब्दों में दूसरी एक छात्रा ने पूछा कि Parthogenesis is birth of young child without formation of zygote combination of gametes कर्ण का जन्म ऐसे हुआ है (कुन्ती की शादी होने से पहले) तो भी उस प्रश्न का विश्लेषण करें। अगर ऐसे हुआ है तो यह दैवी शक्तियों की निपुणता है कहना उचित होगा?

अब दूसरा प्रश्न कौन सा है यह देखें—

(2) समाज-रचना और मन-शान्ति के लिए प्रार्थना की आवश्यकता है। केवल वैज्ञानिक धरातल का अनुसरण करनेवाले अमरीका और रूस जैसे विकसित राष्ट्रों के लोग मानसिक दृष्टि से विफल हैं और मन-शान्ति को खो चुके हैं। इसके विपरीत भारतीय संस्कृति में पल-बढ़ रहे, प्राणायाम और गायत्री मंत्रों का उच्चारण करनेवाले लोग मन-शान्ति महसूस करते हैं तथा जो है उसी में सुख माननेवाले हैं। इसके बारे में आपका क्या कहना है?

तीसरा प्रश्न बड़ी चतुराई के साथ पूछा गया—

(3) स्वर्ग और नर्क पर विश्वास रखा जाना भी अन्धविश्वास से भरी कृति है?

लेकिन स्वर्ग और नर्क यह दोनों तर्क झूठ हैं ऐसा बचपन से बच्चों को बताया जाए तो वे गलत कामों के प्रति अपना रुख कर सकते हैं।

छात्राओं ने जो प्रश्न पूछे उन प्रश्नों की शुद्धता और अशुद्धता को जैसा-का-तैसा बनाए रखते हुए यहाँ पर मैंने उन प्रश्नों को जोड़ दिया है। पहले दोनों प्रश्नों में शुद्ध लेखन और रचनात्मक दृष्टि से कई गलतियों को देखा जा सकता है। लेकिन उन गलतियों को अहमियत देना गैरजरूरी है। यहाँ उन युवतियों द्वारा पूछे गए सवालों के सारांश और विचारात्मक पहलू की अहमियत है। इन दो युवतियों द्वारा पूछे गए सवाल विज्ञानाश्रित हैं, अतः इनका विश्लेषण

व्यापकता और गम्भीरता से होना जरूरी है। विज्ञान के जिन आधारों पर हम अन्धविश्वास की विषैली जड़ों का खात्मा करना चाहते हैं उसी विज्ञान की विश्वसनीयता पर सवाल खड़ा करके उसी की मदद से अन्धविश्वासों को कैसे फैलाया जा सकता है, इसके ये सवाल उत्कृष्ट उदाहरण माने जा सकते हैं।

इन सवालों में शब्दों का चुनाव बड़ी चालाकी के साथ किया है, खासतौर से पहले सवाल में, जिससे सवाल को पढ़नेवाले को लगे कि अयोनि बच्चे का और वह भी एक के बाद एक होना सम्भव है, यानी स्त्री बीज का पुरुष वीर्य के साथ सम्बन्ध में आए बिना गर्भधारण होना जैसे एक सामान्य और विज्ञानसम्मत बात है। कर्ण, धर्म, भीम और अर्जुन ये चार पुत्र कुन्ती को सूर्य आदि देवताओं से तो नकुल और सहदेव ये माद्री को अश्विनी कुमार से हो गए क्योंकि 'महाभारत' में स्वीकृत किया गया है कि उन दोनों का पति पंडुराजा नपुंसक था। तो इन पुत्रों का जन्म कैसे हुआ है, इसका उत्तर 'महाभारत' के रचनाकर्ता देते हैं कि कुन्ती को ऐसा एक मंत्र पता था। इस मंत्र के सहारे उसे जिस भी देवता से समागम करने की इच्छा होती थी वह देवता इस मंत्र के जाप करने के बाद उपस्थित होता था और फिर उसे पुत्र-प्राप्ति होती थी। उसने यही मंत्र एक बार माद्री को दे दिया और माद्री ने एक ही समय में अश्विनी नामक युग्म देवता को एक साथ बुलाया। इसीलिए एक ही समय में उसे दो पुत्रों की प्राप्ति हो गई।

ईसा की जन्मकथा को लेकर भी कुछ इसी प्रकार के तर्क दिए जाते हैं। माँ मेरी को गर्भ में पल रहे बच्चे का वास्तविक पता देवदूत से चलता है। तब तक ऐसा कुछ हुआ है इसका उसे बिलकुल पता नहीं था क्योंकि उसका उसके पति के साथ शारीरिक सम्बन्ध नहीं हुआ था और उस भोली औरत ने किसी कॉलेज में जाकर पुरुष वीर्य का स्त्री योनि में प्रवेश किए बिना गर्भ प्राप्त होता है ऐसा ज्ञान भी नहीं पाया था! इसीलिए वह थोड़ी चकित थी और शर्म महसूस कर रही होगी। अन्ततः इस चमत्कार को वास्तविकतावादी बनाने के लिए बाइबिल के लेखक को देवदूत के सन्दर्भ का आसरा ढूँढ़ना पड़ा होगा। अब शरीरशास्त्र को पढ़ानेवाले आचार्य विद्यार्थी और विद्यार्थिनियों को बताते होंगे कि वर्तमान में मंत्रों अथवा अद्‌भुत शक्तियों का आसरा लेने की जरूरत नहीं है। वे उनको ऐसा समझाने की कोशिश कर रहे होंगे कि

स्त्री–पुरुष बीज–वीर्य संयोग के बगैर सचेतन गर्भ का पलना और बढ़ना सम्भव है! और एक बार यह बात उनके दिमाग में बैठ गई होगी कि कुन्ती से हो गए चारों पुत्र, माद्री के जुड़वाँ पुत्र, गांधारी के एक ही गर्भ से निर्मित सौ कौरव, कुमारी माता मेरी का ईसा इन सबकी विज्ञानवादी संगति बिठाने का मार्ग खुला हो सकता है! आधुनिक युग की कई खोजों के फलस्वरूप काँच के ट्यूब में स्त्री बीज और पुरुष के वीर्य का मिलन करवाकर गर्भ–धारण कराने में जीवशास्त्रियों ने जो सफलता पाई उससे संस्कृति–रक्षकों के लिए भी बड़ी आसानी हो गई है। शंकर का वीर्य घास में गिरने से जिस बच्चे का जन्म हुआ और कृतिकाओं ने जिसे पाल–पोसकर बड़ा किया उसे कार्तिकेय माना गया। द्रोण में किसी ने किसी का वीर्य पकड़ लिया, उससे जिसका जन्म हुआ वह द्रोणाचार्य हुआ। आजकल हमारे यहाँ कई विद्वान् इन सारी झूठी कहानियों को अन्धविश्वास के पाशों से मुक्ति दिलाकर शास्त्रसम्मत बनाने का प्रयास कर रहे हैं, इस पर सन्देह पैदा होता है। कहीं भी नया ज्ञान या नई वैज्ञानिक खोज हो, हम लोग तुरन्त अपने पोथी–पुराणों को खँगालना शुरू करते हैं और उसके आधार पर यह खोज हजारों साल पहले भारत में हो चुकी है, इस बात को ताल ठोंक के दुनिया के सामने पेश करने की कोशिश करते हैं।

भारत में अन्धविश्वास के विरोध में लड़ते समय विज्ञान का आधार लेकर झूठ फैलानेवाली घमंडी ताकतों के विरोध में भी मोर्चा खोलना पड़ेगा। गंगा नदी का पानी इतना अधिक पवित्र क्यों? वटवृक्ष की पूजा क्यों करें? हनुमान को रुद्राक्ष की ही माला क्यों पहनाई जाती है? शनि को तेल से क्यों नहलाया जाता है? गणपति को दूर्वा क्यों पसन्द है? ऐसे या इस तरह के एक नहीं अनेक सवालों के जवाब देते वक्त बेतुके ढंग से उसे वैज्ञानिक आधार प्रदान करने की कोशिश की जाती है। अर्थात् परम्परागत मूर्खताभरे रीति–रिवाजों को वैज्ञानिक शब्दों के आधार पर बड़ी गर्मजोशी के साथ समर्थन करने की भरसक कोशिश की जाती है। वेदांतों का सहारा लेकर इस प्रकार का ज्ञान या स्पष्टीकरण करना चाहें तो कर सकते हैं कि ऐसे बनावटी ज्ञान अथवा तथाकथित ज्ञान को अविद्या कहते हैं।

अब तीसरे प्रश्न के उत्तर को ढूँढ़ने की कोशिश करेंगे। यह बड़ी सावधानी के साथ अन्धविश्वास को पुख्ता बनाने का चालाक प्रयास है। इस बात का

ध्यान रखें कि जिस छात्रा ने यह सवाल पूछा है वह अकेली नहीं है। वह भारत के लगभग नब्बे फीसदी लोगों का प्रतिनिधित्व कर रही है। मरने के बाद स्वर्ग या नर्क में जाना होता है तथा स्वर्ग और नर्क नामक कोई लोक या प्रदेश है इस पर अब लोग विश्वास रखेंगे ऐसी परिस्थितियाँ नहीं रही हैं क्योंकि पृथ्वी और उसके आसपास मनुष्य ने विज्ञान का आधार लेकर खोजबीन की है तथा यानों की मदद लेकर वहाँ तक की दूरियाँ तय करके प्रत्यक्ष भी देखा है। यह खोज आगे भी जारी रहेगी इससे इनसान भलीभाँति परिचित है। इस खोजबीन में न स्वर्ग मिला है और न ही नर्क को देखा गया है। तो स्वर्ग-नर्क के मिथ्या आडम्बर की कहानियों को क्यों ढोते रहेंगे? कम-से-कम यह तो कहें कि स्वर्ग और नर्क की कल्पना पूर्णतया झूठ है या मनुष्य द्वारा विश्व के कुछ कोनों में जाना अभी बाकी रहा है। आज हम इसे क्या कह सकते हैं? हो सकता है आज नहीं तो कल किसी ग्रह पर स्वर्ग-नर्क का पता चले? भारतीय ऋषि-मुनि, ईसा, मोहम्मद पैगम्बर क्या झूठ बोल रहे हैं? लेकिन यह 'शेषं कोपेनपूरतं' का मार्ग हो गया। तीसरा भी एक मार्ग है, लेकिन वह पूर्णत: पलायनवादी है। मुरलीधर मन्दिर के किसी पौराणिक बाबा ने हमारी समधन को बताया था कि वे अमरीका स्थित कार्नेगो विश्वविद्यालय में रखे चाँद से लाए गए पत्थर का दर्शन करके आई हैं। पुराणों की कथा को सुनने के पश्चात् उन्होंने बाबा से कहा कि बाबा आप जिस चाँद का वर्णन कर रहे हैं, वह सही लगता नहीं है। मैं चाँद से लाए गए पत्थर को देख चुकी हूँ। उस पर उस बाबा ने झट से उत्तर दिया कि 'देवी जी, हम लोग जिस चाँद की बात कर रहे हैं वह और आप जो कह रही हैं वह भिन्न है!'

श्रीरामपुर में जिस छात्रा द्वारा सवाल पूछा गया था उसका अर्थ बिलकुल अलग है। उसने माना है कि स्वर्ग और नर्क केवल कल्पनाएँ हैं। वास्तव में उनका कोई स्थान नहीं है, वह असत्य कथन है। परन्तु व्यापक सामाजिक हित को ध्यान में रखते हुए उसे माने जाने में क्या हर्ज है? व्यापक हित को ध्यान में रखते हुए असत्य का स्वीकार करने की बात का विवाद बहुत पुराना है। लोकमान्य तिलक ने अपने ग्रन्थ 'गीता रहस्य' में इस बात को लेकर बहुत लम्बा और गहरा विवेचन किया है। 'अश्वत्थामा मृत: नरो वा कुंजरो'—धर्मराज द्वारा द्रोणाचार्य को कहा गया यह वाक्य सर्वश्रुत है। धर्मराज का यह संदिग्ध उत्तर असमर्थनीय क्यों है? ऐसा उत्तर देकर द्रोणाचार्य को युद्धभूमि

से बाहर नहीं निकाला जाता तो क्या पांडवों की पराजय और कौरवों की जीत निश्चित थी? इसीलिए बहुजन हिताय असत्य बोलना सही है, इस बात का पक्ष लिया जाता है! इस प्रश्न में इसी बात की झलक दिख जाती है। आरम्भ के दोनों प्रश्नों में विज्ञान का दिखावटी नजारा निर्माण करके अन्धविश्वासों को छिपाने की जिस तरह कोशिश की गई है, वैसे ही इस प्रश्न में व्यापक सामाजिक हित का वहम निर्माण करके स्वर्ग-नर्क के सम्बन्ध में असत्य प्रचार की जरूरत स्पष्ट करने का प्रयास किया है। ईश्वर के अस्तित्व को अगर अमान्य किया गया तो सारे नीति-नियमों की इमारतें ढह जाएँगी ऐसा कहनेवाले हठवादी लोगों और स्वर्ग-नर्क की झूठी कल्पनाओं का त्याग करें तो समाज में अनाचार फैल सकता है कहकर चालाक बननेवाले लोगों में कोई अन्तर नहीं है। लेकिन उपर्युक्त दोनों प्रकार के लोग इस बात को भूल जाते हैं कि ईश्वर, भगवान, स्वर्ग, नर्क आदि बातों का तथा अपने सामाजिक नीति-नियमों का निर्माण व विश्लेषण असत्य और साबित न होनेवाली कल्पनाओं के कमजोर नींव पर खड़ा है।

आखिरकार वास्तविकता क्या है, इसे अगर हम देखने लगें तो इस बात को स्वीकारना पड़ेगा कि समाज में ९९ फीसदी से ज्यादा लोग हैं जो ईश्वर, पैगम्बर, श्रुति-स्मृति, बाइबिल, कुरान, धम्म आदि धर्मग्रन्थों को माननेवाले हैं, सुबह-शाम पूजा-पाठ करनेवाले हैं अथवा नमाज अदा करनेवाले हैं। इसके अलावा व्रत-उपवास करनेवाले हैं और बाबा, महंत, साधू, संन्यासी, और भगवान पर विश्वास रखनेवाले हैं। निरीश्वरवादी, अज्ञेयवादी अथवा बुद्धिप्रामाण्यवादी लोगों की संख्या एक फीसदी भी है या नहीं इसका सन्देह पैदा होता है। अगर ईश्वर, धर्मग्रन्थ और स्वर्ग-नर्क जैसी बातों पर विश्वास रखकर समाज के नीतिमूल्य तय होते हैं, इस सिद्धान्त को सच माना जाए तो वर्तमान में अराजक परिस्थितियाँ और भ्रष्टाचारी प्रवृत्तियाँ निर्मिति का क्या कारण है? एक फीसदी श्रद्धाहीन लोगों ने समाज में गन्दगी फैलाई है या निन्यानवे फीसदी श्रद्धाशील लोगों ने? हम देख रहे हैं कि धर्माचरण की कसरत करनेवाले लोग ही हमेशा अनैतिक आचरण कर रहे हैं। हमें इस बात की बहुत अधिक चिन्ता होती है कि धर्म पर अपार विश्वास रखनेवाले लोग भी धर्म का आधार लेकर छुआछूत के नियम का बड़ी गम्भीरता के साथ पालन करते हैं और देवताओं का वास्ता देकर जवान लड़कियों को वेश्या व्यवसाय

के लिए मजबूर किया करते हैं। इसी प्रकार की विकृत और असत्य बातें आगे चलकर अन्धविश्वास बन जाती हैं और एक गलत बात से कई अन्य गलत बातें प्रचलित होती हैं जो आगे चलकर समाज मन की गहराई में उतर जाती हैं और समाज के विनाश का कारण भी बनती हैं। हमें इस बात का खयाल रखना चाहिए कि अन्धविश्वास भारतीय समाज में अन्य देशों के अन्धविश्वासों जैसा ही धर्मशास्त्र के साथ फूला-फला है और उसकी वजह से मानवीय मूल्यों का हनन हो चुका है। 'इलियड' अथवा 'ओडिसी' जैसे महाकाव्य, 'रामायण', 'महाभारत' जैसे ग्रन्थ अथवा 'बाइबिल' व 'कुरान' जैसे धर्मग्रन्थ की अगर पढ़ाई की जाए तो मेरे इस कथन का भी परिचय हो सकता है। इन पवित्र ग्रन्थों के हर पन्ने पर ऐसे कई सबूत मिल जाते हैं, जिनमें यज्ञ, बलिदान, प्रार्थना आदि से ईश्वर को प्रसन्न किया जा सकता है, की कहानियाँ हैं और ईश्वर प्रसन्न हो गए कि अपने मनमुताबिक माँगों को पूरा किया जा सकता है। समाज में इस प्रकार का विश्वास पैदा करनेवाले विचार फैलाने के प्रयास इन ग्रन्थों में बार-बार देखे जा सकते हैं। ऐसे ग्रन्थों के निर्माणकर्ता अप्रामाणिक थे ऐसा भी नहीं कहा जा सकता है। क्योंकि वे जिन विश्वासों से प्रभावित-पीड़ित थे उन्हीं विश्वासों से उन्होंने अन्य लोगों को प्रभावित करना चाहा था। इसमें अप्रामाणिकता कौन सी है? सामाजिक दृष्टिकोण को ध्यान में रखते हुए इन ग्रन्थों को देखें तो हम इस निष्कर्ष तक पहुँच जाते हैं कि उस युग के प्रतिभासम्पन्नों में से बहुत अधिक प्रतिभासम्पन्न जो लोग थे, मतलब व्यास, वाल्मीकि, होमर, पैगम्बर, ज्ञानेश्वर, तुकाराम, रामदास आदि, उनके साथ सबका होम-हवन, शुभ-अशुभ, शगुन, चमत्कार आदि पर सम्पूर्ण विश्वास था। इस प्रकार का अन्धविश्वास मनुष्य जाति के विकास मार्ग में आनेवाला तथा न टाला जानेवाला मोड़ होता है। किसी भी देश के मनुष्य, जाति-समूह को इससे छुटकारा नहीं मिला है। चन्द्र-सूर्य का ग्रहण, पंचमहाभूतों की कृपा और अकृपा, पंछी अथवा प्राणियों का दाएँ-बाएँ जाना, उल्लू की आवाज, कौवे की काँव-काँव, सियार की आवाज, पिंगल की आवाज, छिपकली की आवाज आदि बातों के अर्थ लगाने के प्रयास दुनियाभर की मनुष्य जाति ने किए हैं। राम के पदस्पर्श से पत्थर बनी अहल्या की मुक्ति होना, ईसा का समुद्र की सतह पर चलना, पैगम्बर के मुख से प्रत्यक्ष तौर पर अल्लाह ने बात की आदि चमत्कारों पर लोगों ने हमेशा विश्वास किया है।

चाहे वे अथेंस अथवा मॅसेडोनिया में रहनेवाले हों, नील नदी के किनारे पिरामिड बाँधनेवाले हों, युफ्रातिस और तैग्रिस के दोआब में बस्ती बिठानेवाले हों या पंचनदियों के प्रदेश में यज्ञ करनेवाले हों। बुद्धि–प्रमाणवादी बुद्धदेव के अनुयायी भी आगे चलकर इन मंत्र–तंत्रों में फँसे थे, इसका परिचय मिल जाता है। हमें जिन अद्‌भुत नैसर्गिक घटनाओं के उत्तर नहीं मिलते हैं उन्हें ईश्वर का रूप देकर उसके सामने मनुष्य कैसे झुक जाते हैं, इसका परिचय अमरनाथ और जटाशंकर इन दो स्थानों पर जाकर मिल जाता है। कुछ ध्वनि समूह का एक विशिष्ट पद्धति से इकट्‌ठा उच्चारण करें तो उसमें से आनन्दादायक अथवा उत्तेजनावर्धक स्वरमाला तैयार होती है। मनुष्य को इस बात का जब पता चला तो उसके दिमाग में यह बात कौंध गई कि वहीं ध्वनि और अन्य अधिक ध्वनि प्रकारों को इकट्‌ठा करें तो मंत्रों का निर्माण हो सकता है और उनके उच्चारण से अनिष्ट अथवा अशुभ की समाप्ति क्यों नहीं की जा सकती ? जाप, बीजमंत्र, शापवाणी, आशीर्वाद आदि ध्वनि व्यवस्थाओं का निर्माण इसी कल्पना से हो चुका है। तो फिर 'श्रीराम' नाम चमत्कार के कारण पानी पर पत्थर तैरने लगे, 'तथास्तु' शब्द का उच्चारण करते ही जो चाहिए उसकी प्राप्ति हो गई, साधु–सन्तों के आशीर्वाद से संन्यासी व्यक्ति को सन्तान प्राप्ति हो गई, ऐसा लगने लगा तो उसमें आश्चर्य की कौन सी बात है? ऐसी बातें तथा इस तरह की हजारों कल्पनाएँ अपने समाज और हमारी नसों में घुल–मिल गई हैं। इस प्रकार की कल्पनाएँ जनजीवन के विकास में जलपर्णियों के समान फैलती जा रही हैं, रुकावटें पैदा कर रही हैं और सम्पूर्ण विकास मार्ग को अवरुद्ध किया है। उसे अगर दुबारा निर्मल और प्रवाहमयी बनाना है तो किनारे पर खड़े होकर केवल प्रवचन करने के बजाय पानी में उतकर गन्दगी को अपने हाथों से साफ करने की भरसक कोशिश और सफल प्रयास करना अत्यन्त आवश्यक है। तभी जाकर अवरुद्ध–कुंठित प्रवाह के दुबारा प्रवाहित होने की आशाएँ पैदा हो सकती हैं। अर्थात् इस काम को अंजाम देते वक्त जानलेवा अन्धविश्वास कौन से हैं और अवरोध निर्माण करनेवाले अन्धविश्वास कौन से हैं इसे विवेक के साथ पहचान कर कहाँ पर चोट करनी है तय करना पड़ेगा। एक बार यह तय हुआ तो उस पर चारों तरफ से हमला करना पड़ेगा और यह लड़ाई एक नहीं तो कई जगहों पर अनेकों क्षेत्रों में करनी होगी। सच कहें तो जिस–जिस व्यक्ति को अन्धविश्वास के विरुद्ध लड़ाई लड़नी है उसे

अपने घर से नहीं तो अपने आप से शुरुआत करनी पड़ेगी। इस लड़ाई में एक-एक बन्धन को तोड़ते हुए आगे बढ़ना होगा।

सत्य असत्य में मन का भरोसा
नहीं माना बहुमत को।

इसी निश्चय के साथ कार्य करते रहना होगा। क्रान्ति की शुरुआत अपने आपसे शुरू होती है, ऐसा गांधी जी ने कहा था, इसका अर्थ भी यही है।

मेरे मन में कोई सन्देह नहीं कि श्री नरेंद्र दाभोलकर की यह किताब इस प्रकार के कार्यकर्ताओं के लिए अत्यन्त उपयोगी है। ईमानदार अध्ययनकर्ता और कार्यकर्ता के लिए सप्रमाण उपायों का लेखा-जोखा प्रस्तुत करके वर्तमान समाज में उपस्थित अन्धविश्वासों के स्वरूप तथा उसकी व्यापकता पर प्रकाश डालनेवाला यह अनमोल ग्रन्थ है। भारत में फैलाए गए अन्धविश्वासों की गिनती करना अगर शुरू करें तो उसकी संख्या कई लाखों में जा सकती है। उसमें हवन में घी डालनेवाले यज्ञों से लेकर हमारे बच्चे हों इसके लिए दूसरे के बच्चे की जान लेनेवाली घटनाओं तक का तथा हम बिना पढ़ाई किए परीक्षा में पास हों इसके लिए देवी-देवताओं के सामने मनौतियाँ माँगनेवाले छात्रों से लेकर एटॉमिक प्रकल्प का उद्घाटन नारियल फोड़कर करनेवाले मंत्रियों की कृतियों तक का उल्लेख किया गया है। ये सारी कृतियाँ अन्धविश्वासों से भरी हैं। अन्धविश्वास का सीधा मतलब है कि अन्धे तरीके से आँखें बन्द कर रखा गया विश्वास जो कार्य और कारण के सम्बन्ध के अज्ञानवश अथवा उसे बिना जाने-समझे किए गए विश्वास की वजह से होता है।

अन्धविश्वास विज्ञान का दुश्मन है क्योंकि उसका बर्ताव हमेशा वैज्ञानिक आधारों के विरुद्ध होता है। विज्ञान का नियम यह है कि वह हमेशा विकास की ओर कदम उठाने का प्रयास करता है। यहाँ तक कि जो प्रमाणों के साथ साबित हो चुका है उसकी सिद्धता के बारे में थोड़ा भी सन्देह पैदा हो गया तो दुबारा आरम्भ से उसका मूल्यांकन, आकलन और समीक्षा करने की तैयारी विज्ञान की होती है। सारी दुनिया जानती है कि अन्धविश्वास की प्रक्रिया बिलकुल इसके विरुद्ध होती है। सर्प द्वारा काटे जानेवाले इनसान के उदाहरण के आधार पर इसे स्पष्ट किया जा सकता है। कई गाँवों में यह देखा गया है कि जिस व्यक्ति को साँप ने काटा है उसे शिव, हनुमान नहीं तो ऐसे ही किसी मन्दिर में लेकर जाते हैं। वहाँ कितने लोग सच्चे मायने में विषैले साँप के

काटने के बाद आए, उनमें से कितने लोग विषमुक्त हो गए, कितने मर चुके आदि की गिनती करना या पूछा जाना सम्भव नहीं है। जिसकी जान बची वह ईश्वर की कृपा से और जो मर गया उसका इस संसार से जाने का समय आ चुका था ऐसा तर्क दिया जाता है।

मुम्बई में स्थित हापकिन अनुसन्धान केन्द्र साँप के विष की खोजबीन का केन्द्र है और यह केन्द्र अपना हिसाब-किताब इस तरीके से दुनिया के सामने रखने लगे तो वहाँ के वैज्ञानिकों की कीमत और विश्वास विश्वपटल से खत्म हो जाएगा। लेकिन साँप के काटने के पश्चात् शिव और हनुमान के मन्दिर में लेकर जाने के बाद अथवा मंत्र-तंत्र, झाड़-फूँक करनेवाले तांत्रिक के उपचार के बाद इनसान की अगर मौत हो जाए तो उस देवता की अथवा तांत्रिक की बेइज्जती होने का कोई सवाल ही पैदा नहीं होता। इन दुर्घटनाओं के बावजूद भी अन्धविश्वासी लोग उनके पास जाते रहते हैं क्योंकि उनके प्रति लोगों के मन में इतना विश्वास स्थापित हो चुका होता है कि असफलता के तूफानों का भी उन पर कोई असर नहीं होता है।

अन्धविश्वास और बुद्धि प्रामाणिकता की शुरुआत मनुष्य के मन में उसकी युवावस्था से ही शुरू होती है। सोलह से पचीस की उम्र में मनुष्य का मन या तो श्रद्धाशील बन जाता है नहीं तो बुद्धिवादी बन जाता है। बहुत सारे लोग समझौतावादी बन जाते हैं। पिछले सौ-डेढ़ सौ वर्षों के इतिहास को खँगाला जाए तो पता चलेगा कि लोकहितवादी, महात्मा फुले, लोकमान्य तिलक, सुधारक आगरकर, स्वामी विवेकानन्द, वीर सावरकर, डॉ. आम्बेडकर आदि के विचार तथा मत इसी उम्र में पक्के हो गए थे। इसीलिए अन्धविश्वास का त्याग करने के जरूरी प्रयास कॉलेजों के युवक-युवतियों में ही होने चाहिए। क्षण-प्रतिक्षण तांत्रिक, गुरु अथवा ईश्वर के पास जाने की आदत बन गई कि पुरुषार्थ खत्म हो जाता है यह उन्हें समझना होगा या समझाना पड़ेगा।

अन्धविश्वासी मनुष्य कौन सी स्थितियों में कितना गिर जाता है इसका सर्वपरिचित उदाहरण है हमारी भूतपूर्व प्रधानमंत्री इन्दिरा गांधी जी का खून। गोलियाँ दागकर इन्दिरा जी को मारनेवाले अंगरक्षक का मामला फिलहाल न्यायालय में प्रतीक्षारत है, जो बात सामने आई है उसे देखा जा सकता है। सरकारी गवाह और उस मारनेवाले व्यक्ति के परिचित ने न्यायमूर्ति के सामने स्पष्टता से बयान दिया कि सितम्बर माह में इन्दिरा जी के निवास स्थान पर

एक बाज को उतरते उनके अंगरक्षक बेअंत सिंह ने देखा। उस पंछी को देखते ही उसे लगा कि यह अपने गुरु गोविन्द सिंह के आदेश से आ चुका है। बाज पंछी की पहचान शिकारी पंछी के तौर पर होती है। उसे लगा कि जिस तरीके से यह पंछी इन्दिरा जी के निवास स्थान पर आकर बैठा है, उससे यह संकेत मिलता है कि यह गुरु गोविन्द सिंह की तरफ से इसलिए आ गया है कि यहाँ कोई शिकार मौजूद है। उन दिनों स्वर्ण मन्दिर में सैन्य-बल भेजा गया इसलिए सिख समाज इन्दिरा जी से पहले ही नाराज था। श्री खुशवंत सिंह जैसे प्रसिद्ध पत्रकार भी इन्दिरा जी पर काफी खफा हो चुके थे। स्वर्ण मन्दिर का इस्तेमाल आतंकी सिखों द्वारा गोला-बारूद के कारखाने जैसा और एक किले जैसा किया जाने लगा था। यह कितना सही है इसका आकलन करने की जरूरत उस समय किसी ने भी महसूस नहीं की थी। ऐसी स्थिति में बेअंत सिंह इतनी दूर की क्यों सोचने लगा? पहले से अशान्त हो चुके इस अंगरक्षक को जब लगा कि उसका उसके दसवें गुरु से साक्षात्कार हो चुका है, तो उसने मन ही मन तय किया कि इन्दिरा जी को मौत देने का समय आ चुका है। गुरु की आज्ञा प्रत्येक ईमानदार सिख को वन्दनीय मानी जानी चाहिए। फिर देश में चाहे जो कुछ हो जाए या अपने ही किसी जातिभाई का सरसन्धान हो! विवेक, संयम, देशहित आदि विचार अन्धविश्वास के ताप में जलकर राख हो जाते हैं।

भारतीय जनमानस और देश को लग चुका अन्धविश्वास का यह खग्रास ग्रहण श्री नरेंद्र दाभोलकर जी के प्रयासों से थोड़ा-बहुत भी कम हो गया तो भी लाभप्रद हो सकता है। वैज्ञानिक खोजबीन अपनी चरमसीमा को छू रही है, ऐसे दौर में अन्धविश्वासों का चश्मा आँखों पर लगाकर लड़खड़ाते कदम उठाने में कौन सी अक्लमन्दी है? विज्ञान से भी कुछ जटिल समस्याएँ बन चुकी हैं, उनका विचार भी अलग से किया जाना जरूरी है।

—नारायण गणेश गोरे

पुणे
03 सितम्बर, 1985

अन्धविश्वास का आपातकाल

इनसान के मन में अज्ञान का भय, कौतूहल और आश्चर्य प्राचीन काल से रहा है। आम बुद्धि से सुलझ नहीं सकते ऐसे कई प्रश्न और पहेलियों ने उसे हमेशा चुनौतियाँ दी हैं। संसार की व्यापकता में अपने छोटेपन और लघुता के कारण उसका अन्तर्मन हमेशा भय के साए में रहा है। यथार्थ परिस्थितियों की लाचारी तथा निरर्थकता उसे अन्य जगहों पर आधार खोजने के लिए मजबूर करती है।

अपनी आदिम दशा के दौरान जंगल में रहनेवाले इनसान ने बिजली की कड़कड़ाहट सुनी, आँधी के समय साँय-साँय करती हवा की आवाजें भी सुनीं। जंगल-जमीन को राख करनेवाली और ध्वस्त करनेवाली आग को देखा, धुआँधार बारिश को देखा, झुलसते सूरज और ऋतुचक्र के साथ बदलती पृथ्वी को भी देखा। इन सारी घटनाओं के कार्यकारण यानी कार्य और कारण सम्बन्ध का उसे पता नहीं था, अतः इन सारी ताकतों को उसने पंचतत्त्वों का दर्जा दिया। इनका भय उसके मन में बैठ गया। उनके प्रति आदर भाव रखा और उनकी पूजा भी की।

समझ में न आनेवाली असंख्य घटनाएँ उसके आसपास घटती ही रही थीं। इनसान की अचानक मौत हो रही थी। पके फल जैसे जमीन पर गिर जाते हैं, वैसे किसी महामारी के थपेड़ों से गाँव-दर-गाँव उजड़ रहे थे। कोई किसी भयानक बीमारी के चलते तड़प रहा था, कोई अचानक पागल हो जाता था। प्रकृति का रौद्र रूप, मनुष्य जीवन की समस्याओं का न सुलझा जाना तथा वास्तविक दुनिया का अज्ञान, असहायता आदि से अन्धविश्वास पैदा नहीं होगा तो आश्चर्य होगा।

कुछ हजार बरसों के उपरान्त मनुष्य संस्कृति का प्रवाह आगे सरकता गया। एक चिनगारी से आग पैदा करनेवाले इनसान के हाथों में संसार को

प्रकाशमान करनेवाली ताकतवर ज्योति आ गई। अग्निदेवता एक माचिस की तीली में आकर समाए। हवा को एक पंखे पर सँवारकर हुक्मों का गुलाम बनाया गया। बिजली देवता बटन के माध्यम से दिए गए आदेशों का पालन करने लगे। वैसे देखा जाए तो इन सारी ताकतों के फलस्वरूप अन्धविश्वास का अन्धकार हमेशा के लिए खत्म किया जाना जरूरी था। लेकिन जो घटा और आगे घटता रहा, वह बिलकुल इसके विपरीत था।

विज्ञान के गतिशील युग में इनसान ने प्रवेश किया। भारत में रेलवे पहली बार जब दौड़ने लगी तब गाड़ी छूटने से पहले हर बार उसके सामने नारियल फोड़ा जाता था। यह मूर्खतापूर्ण कृति आगे चलकर बन्द हो गई। गाँवों के नजदीक से दो-चार घंटे बाद हमेशा एकाध रेलगाड़ी जाने लगी। यात्रियों को लेकर जानेवाली बसें तो सीधे गाँव में अवतरित होने लगीं। गाँवों में बिजली पहुँची। आधुनिक उपज पैदा करनेवाले खेती लायक बीज भी आ गए। अत्याधुनिक ट्रैक्टर भी आ गए। रेडियो का आगाज तो इसके पहले ही हो चुका था। इस दौर तक आते-आते टेलिविजन भी प्रवेश कर चुका था। दुनिया के किसी भी कोने में कुछ भी हो जाए तो विविध उपग्रहों के माध्यम से गाँव के छोटे से छोटे व्यक्ति के पास वह खबर तुरन्त पहुँच रही थी।

इन सारी आधुनिक विकसित स्थितियों के बावजूद भी गाँवों में चले आ रहे उत्सव, मान-सम्मान, उसमें निहित पुरानी कल्पनाओं, अन्धविश्वास आदि का प्रचलन जारी रहा। किसी देवी के उत्सव में हजारों बकरियों की बलि देकर उसके खून-मांस के खेल को देखकर सुकून-शान्ति और गर्व महसूस करनेवाले भक्तों की भीड़ बरकरार थी। गाँवों में ऐसी घटनाएँ कम होने की अपेक्षा देवी, देवता, पीर और जागृत देवताओं की बड़े जोर-शोर से पूजा हो रही थी। अपने नसीब के सही उत्तर ढूँढ़ने के लिए देवी-देवता से इकरार किया जाने लगा और उसके आदेशों से जिन्दगी जीने के तरीके में कोई फर्क नहीं आया। बीमार व्यक्ति को सीधे डॉक्टर के पास लेकर जाने की अपेक्षा किसी भूत-पिशाच की बाधा तो नहीं हो गई, यह जानने को लोग प्राथमिकता देते थे। इसमें कोई आश्चर्य नहीं कि गाँवों में यह शुरू था लेकिन मुम्बई जैसे बड़े शहरों में, जहाँ पल-पल के लिए विज्ञान का आधार लिया जाता है वहाँ भी सिद्धिविनायक के मन्दिर में कतारें लम्बी हो रही थीं। जगह-जगह पर साईं बाबा के मन्दिर बनाए जाने लगे थे। सत्यनारायण कथा और उसके प्रसाद

स्वरूप बाँटी जानेवाली मिठाई जीवन का अभिन्न हिस्सा बन गई। भविष्यवक्ताओं की मासिक पत्र-पत्रिकाओं और रहस्यमयी विद्या का बखान करनेवाली तंत्र-मंत्र की किताबों की बिक्री बाजार में बढ़ गई। मनुष्य ने विज्ञान का निर्माण किया है लेकिन उसकी नजर से दुनिया देखी नहीं। अर्थात् अन्धविश्वास का आपातकाल जारी रहा।

यह देश एक बार राजनीतिक आपातकाल झेल चुका है। उस आपातकाल के दौर में हाथ में कलम लेकर मन में जो आता था उसे कागज पर उतारने, वाणी होकर भी सत्य कथन करने, पैर होकर भी अन्याय के विरोध में कदम उठाने के लिए पाबन्दी थी। चारों तरफ अराजकता का माहौल था। लेकिन ध्यान रहे यह ऊपर से लादा गया कृत्रिम, राजनीतिक आपातकाल था। मतदाताओं ने अपने मतों के आधार पर उन्नीस महीनों के उपरान्त इस राजनीतिक आपातकाल को खत्म किया। लेकिन इस देश को उन्नीस साल से नहीं तो लगभग उन्नीस सौ (अब बीस सौ) से अधिक वर्षों से दो आपातकालीन कारणों ने जकड़ रखा है। एक है अन्धविश्वास और दूसरी है जातिगत व्यवस्था। इन आपातकालीन स्थितियों की घिनौनी वास्तविकता यह है कि इन दोनों को बड़ी चालाकी के साथ हम पर थोपा गया है। कब थोपा गया यह हमें पता भी नहीं चला। इसलिए हाथों और पैरों में जकड़ी गई बेड़ियों को लोग फूलमालाएँ समझने लगे हैं। अब यह गुलामी ऊपर से थोपने की जरूरत नहीं रही है। अपनी जाति के लिए जान जोखिम में डालना और 'जैसी जिन्दगी ईश्वर ने हमारे हिस्से लिख दी है वैसे ही जीना है' का तात्त्विक ज्ञान अब मनुष्य के व्यक्तित्व का हिस्सा बन चुका है।

मेरे अस्पताल में आई एक स्त्री का चेहरा अब भी मुझे याद आ रहा है। चेहरा पसीने से भरा था। केवल सीढ़ियाँ चढ़ने पर उसकी साँसें फूली थीं। फीकी आँखें, हाथ और पैरों में कँपकँपी, पैरों में सूजन अर्थात् सारे लक्षण बता रहे थे कि उसको रक्तक्षय (एनीमिया) हुआ है। मैंने जाँच-पड़ताल की। मेरा आरम्भिक निष्कर्ष बिलकुल सही था। उसे दूसरी कोई बीमारी नहीं थी। बीमारी केवल इतनी थी कि शरीर में जितना खून होना चाहिए था उतना नहीं था, कम था। शरीर में जिन जीवन-सत्त्वों और पोषक-तत्त्वों की आवश्यकता थी वे नहीं थे। दवाइयों की अपेक्षा इस स्त्री को आवश्यकता थी कि वह नियमित तौर पर जरूरी और उचित भोजन करे। मैंने उसके पति को बुलाया।

उसे कड़ाई के साथ हिदायत दी कि 'आपकी पत्नी की बीमारी पूरी तरीके से ठीक हो सकती है; लेकिन वह मैं जो बता रहा हूँ उसे रोज खाए। आपके हालात अगर ठीक नहीं हैं तो भी यह खाना रोज मिले इसका खयाल रखना पड़ेगा।' मेरी इस बात पर गुस्सा होकर उसने कहा, 'डॉक्टर साहब, घर में दूध-दही भरा पड़ा है, सब्जियाँ हैं, अंडे भी हैं; लेकिन यह खाती नहीं। पहले सप्ताह में मंगलवार, गुरुवार, शुक्रवार के उपवास थे। उसके बाद सावन के निर्जल सोलह सोमवार हो गए। फिलहाल नवरात्रोत्सव के नौ उपवास हो गए। घर में खाने लायक और पीने लायक इन सारी चीजों को उठाकर क्या मैं रास्ते पर बाहर फेंक दूँ?' उसका कहना सही था। लेकिन उस स्त्री को उपवास छोड़ने के लिए मैं राजी नहीं कर सका। आगे चलकर रोजगार की योजना पर काम करनेवाली और न्यूनतम वेतन के लिए लड़नेवाली स्त्रियों से जब यह सवाल पूछा तब पता चला कि पेट भरने के लिए दिन-रात मेहनत-मशक्कत करनेवाली ये सारी औरतें भरपेट खाने की अपेक्षा कमाये हुए पैसों में से काफी पैसा व्रत-उपवास, झाड़-फूँक, तंत्र-मंत्र पर खर्च कर रही थीं। ये हम लोगों द्वारा ही खुद के लिए निर्माण की गई आपातकालीन स्थितियाँ नहीं तो और क्या हैं? आँखें खुली छोड़कर आसपास की दुनिया में पल भर के लिए झाँक भी लें तो ऐसी आपातकालीन स्थितियों के ढेरों उदाहरण देख सकते हैं। अपना जीवन अपने सामर्थ्य, कर्तव्य और पुरुषार्थ से बनता नहीं है तो उसका नियंत्रण एक अदृश्य ताकत के हाथों से नियंत्रित होता है। उसकी इच्छा से वह जैसा चाहता है वैसा भुगतना पड़ता है, ऐसी एक ठोस कल्पना और विश्वास सालों से लोगों के मन में घर कर चुका है। सालों से अपनी खेती के बुरे हालातों को देखता आया गरीब, अज्ञानी किसान अपनी दीनता और गरीबी का दोष नसीब तथा कर्म को देता आया है; वैसे ही कोई नया-नया डॉक्टर अपने व्यावसायिक पेशे में सफल नहीं हो पाया तो यह कहकर हाथ झटकता है, 'साला अपने नसीब में ही नहीं था।'

लोग शिक्षित हों या अशिक्षित अपने हिस्से जो जिन्दगी आई है या जो किस्मत में लिखा है वही होगा, ऐसी धारणा बना लेते हैं। यह किस्मत या नसीब कोई भी अपने जन्म के साथ ही प्राप्त कर लेता है और सबको लगता है कि इसी के फलस्वरूप अच्छा या बुरा घटित होता है। किसी की कृपादृष्टि के बाद एकाध का नसीब खुल जाता है लेकिन ऐसे नसीब का खुलना हर एक

को प्राप्त नहीं होता। वैसी किस्मतवाला एकाध ही होता है, बाकी जनों को किस्मत से जो मिला है उसे भुगतना ही पड़ता है; लोगों के मन में इस तरह के भाव पक्के हो जाते हैं। कल्पना को सिद्धान्त का स्वरूप दिए जाने के कारण इस प्रकार के भाव पक्के और ठोस होते हैं। कर्मविपाक सिद्धान्त जिसे कहा जाता है वह यही है। इसमें कहा जाता है कि इस जन्म में मनुष्य के हिस्से जो जिन्दगी आई है या जो तकलीफें, दुख-दीनता वह सहन कर रहा है उसका मूल कारण उसके द्वारा पूर्वजन्म में किए गए कर्म होते हैं। और यह भी कहा जाता है कि इस जन्म में उसके द्वारा किए गए अच्छे कर्म का फल उसे अगले जन्म में प्राप्त होगा। यानी ऐसी बातें इस सिद्धान्त के माध्यम से बताई जाती हैं। इस तरीके से मनुष्य का वर्तमान अदृश्य भूत-भविष्य कर्मविपाक में इतना कसकर बाँधा गया है कि मनुष्य के सारे सवालों के जवाब सहज और सुलभ हो जाते हैं। इस जन्म में फलाँ-फलाँ तकलीफें हमारे हिस्से क्यों आई हैं? इसका कारण पिछले जन्म के पापों का फल है। इससे मुक्ति पानी है तो पुण्य आचरण करना जरूरी है लेकिन उसका फल प्राप्त होगा अगले जन्म में। सारांश रूप में क्या अर्थ निकलता है, इस जन्म में जो तकलीफें उठानी हैं वे बिना शिकायत सहन करनी होंगी। उसके विरोध में लड़ना बन्द करो। उसका कोई फायदा नहीं होगा। मनुष्य मन की यह धारणा इस सिद्धान्त के कारण पक्की हो जाती है। यह सब कुछ जो है वह रहेगा लेकिन आखिरकार पुण्य आचरण का मतलब क्या है? अगर समाज उपयोगी अच्छा कार्य नहीं तो ब्राह्मण भोज करवाना, दानकर्म करना, गाय की पूँछ अपने मुख पर फेरना, गोमूत्र पीना आदि अन्धविश्वास फैलानेवाले कर्मकांड करना ठीक रहेगा। आज उधार और कल नकद इस प्रकार की आश्वस्ति यह सिद्धान्त देता है। आज एक कप चाय के लिए हम तरस रहे हैं लेकिन कल मृत्यु के पश्चात् स्वर्ग में अमृत की प्राप्ति होगी, राशन की दुकान के सामने सस्ता अनाज खरीदने के लिए यह जिन्दगी जाया होगी लेकिन स्वर्ग में कामधेनु जो-जो माँगेंगे वह देगी ऐसे सुनहरे सपने भी यह सिद्धान्त दिखाता है।

सच बात तो यह है कि इस जन्म में किए गए कर्मों का फल अगले जन्म में मिल जाता है यह पहले से तय किया जाना झूठ और मिथ्याडम्बर है। तर्कहीन है। पहले तो यह ध्यान रखें कि कौन सा कार्य अच्छा और कौन सा बुरा यह परिस्थिति और समय के अनुसार बदलता रहता है। उसमें एक विशिष्ट समय

के दौरान कोई कार्य अच्छा इसलिए उसे अगले जन्म में इनाम और वही कार्य किसी अलग समय के दौरान बुरा है तो उसे अगले जन्म में सजा, इस तरह की असंगतियाँ भी पैदा हो सकती हैं। भारत में बहुत लम्बे समय तक सती प्रथा प्रचलित थी। पति की मृत्यु के बाद चिता पर चढ़नेवाली स्त्री पवित्र थी। उसे सद्गति प्राप्त हो जाती थी। लेकिन राजा राममोहन राय जैसे समाज सुधारकों के कारण दृष्टिकोण बदल गया। सती प्रथा बन्द हो गई और यह प्रथा गलत, क्रूर और अमानवीय थी ऐसी लोगों की धारणाएँ बन गईं। जिस समय सती प्रथा का प्रचलन था उस समय सती न होनेवाली स्त्री पाप कर रही थी ऐसा अगर मानें तो अगले जन्म में दुर्गत होती थी। अब सती न होनेवाली स्त्री को (बदले हुए समय के अनुसार) सद्गति प्राप्त होती है यह मानना जरूरी है या नहीं ? ऐसे कई उदाहरण दिए जा सकते हैं। इन सारी स्थितियों को देखने के बाद कर्मविपाक का सारा सिद्धान्त भद्दा मजाक लगने लगता है।

इस सिद्धान्त की तर्कदुष्टता यह है कि मनुष्य की बौद्धिक आजादी के साथ सोचने की गति खत्म की जाती है और वह बेहतर जिन्दगी जीने के प्रयास छोड़ देता है। उसका कारण है इस जन्म की भली-बुरी कृतियाँ पिछले जन्म के अच्छे-बुरे कर्मों का नतीजा होती हैं और उसी के कारण तय होती हैं। अगर ऐसा है तो अगले जन्म के लिए अच्छे कर्म करने के लिए लोगों के पास मौका कहाँ रहता है ? मनुष्य अपने मनमुताबिक जिन्दगी की कामनाओं को पूरा करे ऐसी आजादी नहीं है, इससे यही अर्थ निकलता है। यह सवाल अलग से हमारे सामने प्रस्तुत होता है कि इस जन्म में किए गए अच्छे कर्मों का फल और बुरे कर्मों के लिए कड़ी सजा इस जन्म में क्यों नहीं ? बुरा कर्म करनेवाले व्यक्ति को इस जन्म की कड़ी सजा इसी जन्म में मिल जाएगी इसका कोई भरोसा नहीं है। वर्तमान जीवन की वास्तविकता यह है कि बुरे कर्म करनेवालों की जिन्दगी पहले से अधिक खुशहाल होने की सम्भावनाएँ अधिक हैं। अगर ऐसी मूर्खता है तो अगले जन्म में सजा होगी यह कहकर अपने मन में उठनेवाले सवालों को बड़ी मूर्खता के साथ नजरअन्दाज करना है और अपनी आँखों के सामने हो रहे अन्याय का प्रतिकार नहीं किया तो भी चल सकता है, इस प्रकार का पाठ पढ़ाने जैसा है।

कर्मविपाक का सिद्धान्त इसीलिए अन्धविश्वास को मजबूत आधार प्रदान करता है। लेकिन आखिरकार अन्धविश्वास का मतलब क्या है ?

'श्रद्धा' शब्द श्रत् + धा से बना है। 'श्रत्' का अर्थ होता है Belief या Faith और 'धा' का अर्थ है—धारण करना। श्रद्धा का अर्थ Belief in Devine revelation या Religious faith हो जाता है। जिस कल्पना पर पक्का विश्वास होता है उस भावना को श्रद्धा कहा जाता है। इस प्रकार कोई कहता नहीं कि हवाई-जहाज, टेलिफोन, रेडियो पर मेरी श्रद्धा है। जो बातें विज्ञान के आधार पर साबित हो जाती हैं उन पर हमारा भरोसा होता है। भरोसा अनुभवजनित और विश्वासजनित होता है। इसके विपरीत जिस श्रद्धा में कोई समझदारी या अक्लमन्दी नहीं होती है उसे हम अन्धश्रद्धा (अन्धविश्वास) कहते हैं। अन्धविश्वास का पहला हमला विवेक पर होता है। मूल अन्धविश्वास बहुत प्राचीन काल की ईश्वर की अज्ञात शक्ति और अस्तित्व के बारे में प्रचलित रहा है। उसमें भी असंगति और विडम्बना यह है कि ईश्वर निराकार, निर्गुण माना गया है। ऐसी अस्तित्वहीन शक्ति को प्रसन्न करने की कृति में बुनियादी विरोधाभास रहा है, इस बात का खयाल रखना जरूरी है।

अन्धविश्वास का सबसे अधिक भयावह रूप तब सामने आता है जब वह मनुष्य की सबसे ताकतवर शक्ति का खात्मा कर देता है। वह शक्ति है मनुष्य की आलोचनात्मक बुद्धि और विवेक। मनुष्य जन्मतः बहुत अधिक कमजोर प्राणी है, लेकिन वह ताकतवर तब बन जाता है या सबसे अलग उसको तब माना जाता है जब उसके पास आलोचनात्मक दृष्टि और विवेकवादी शक्ति होती है। अन्धविश्वास इस ताकत को ही सबसे पहले खत्म कर देता है। एकाध बात या विचार की जाँच-पड़ताल या विवेचन करते हुए समझदारी से स्वीकारने की अपेक्षा आँखें बन्द करके स्वीकारने की प्रवृत्ति प्रबल बन जाती है। इन स्थितियों में केवल लाचारी और दूसरों के आश्रय या शरण में जाने की वृत्ति बढ़ जाती है। एक समय था जब भारत में भी आलोचनात्मक दृष्टि थी। नागार्जुन, आर्यभट्ट, वराहमिहिर, पतंजलि, कपिल आदि का वह समय था। इस दौरान तर्कशास्त्र, कार्यकारण भाव आदि का विवेचन-विश्लेषण किया जाता था। लेकिन ईस्वी सन् 600 से 1800 तक का काल विचारात्मक दृष्टि से तमोयुग ही था। और वही स्थितियाँ आज भी बरकरार हैं, इसीलिए सन्देह पैदा होता है कि भारत के अधिकाधिक लोग विचारात्मक धरातल पर आज भी उसी युग में विचरण करने लगे हैं। इस काल में मराठा, राजपूत, सिख आदि में कुछ असाधारण राजा हो गए। ज्ञानेश्वर, तुकाराम, कबीर आदि सन्तों

का जन्म हुआ। परन्तु गणित, रसायन, पदार्थ विज्ञान आदि क्षेत्रों में कोई प्रगति नहीं हो पाई। इस दौर में धर्मशास्त्र और रूढ़ियों के नियम कठोर हो गए। इन रीति-रिवाजों और नियमों का तर्कशास्त्रीय और कार्यकारण भाव का किसी भी रूप में आधार नहीं था और नहीं है। किसी को प्याज नहीं खाना है, किसी को मांस-मछली का सेवन नहीं करना है आदि नियम इसी समय में रूढ़ हो चुके थे। परलोक के बारे में बहुत अधिक आकर्षण निर्माण हो गया था। बौद्धिक पिछड़ापन आता गया। इसी दौरान यूरोप में इसके विपरीत घटता रहा है।

बारहवीं सदी तक यूरोप में सामन्तशाही अर्थव्यवस्था, मध्ययुगीन विचारों का तथा अन्धविश्वासों का प्रभाव था। यूरोप में विज्ञान की प्रगति कुंठित हो गई थी। इसी काल में पवित्र रोम राज्य पर बगदाद के अब्बासी खलीफों का, इजिप्ट के फनिमा खलीफों का, सेजलुक तुर्कों का और नॉर्मन टोलों का आक्रमण हो गया। ग्यारहवीं से तेरहवीं सदी तक धर्मयुद्ध होते रहे।

धर्मयुद्धों के कारण पश्चिमी देशों में सामन्तशाही लगभग खत्म हो गई। कर्जे में डूबे सामन्तों की जमीनें बेचने की नौबत आ गई। उनके अधिकार धीरे-धीरे खत्म हो गए। धर्मयुद्ध के कारण कूप-मंडूक वृत्तिवाला सामन्तशाही वर्ग खत्म हो गया और नया व्यापारी वर्ग निर्मित हो गया। नौकायन, व्यापार आदि के कारण यातायात बढ़ गया और खान-पान और रूढ़िगत बन्धन शिथिल हो गए। भूदास तथा गुलामों की पद्धति खत्म होती गई और मजदूर वर्गों का उदय हो गया। व्यापार और उद्योग का विकास होने लगा।

यूरोपीय लोगों को धर्मयुद्ध और व्यापार के कारण नई भूमि, नई परिस्थितियाँ, नया ज्ञान प्राप्त हो गया। पूर्वी देशों के अध्ययनवादी विचारकों और अरबियों की वैज्ञानिक और कलात्मक प्रगति का परिचय होने के कारण यूरोपियनों की विचारात्मक सीमाएँ विस्तार पाती गईं।

इन नए विचारों के कारण वाङ्मय, कला, तत्त्वज्ञान और विज्ञान इन सारे क्षेत्रों में विद्रोहात्मक वृत्तियों का प्रारम्भ हुआ। इटैलियन विचारक मॅर्सिलीयो ने 'पोप से भी राजा अधिक श्रेष्ठ है। धर्मगुरुओं को ज्यादा अधिकार देने नहीं चाहिए। समाज को चर्च की जमीन वापस लेने का हक है' आदि को लेकर विस्तृत विचार रखे। चर्च और राजा की सत्ता के बीच संघर्ष निर्माण हो गया। पीटर एबेलॉर्ड, रॉजर बेकन (1214-1294) आदि विचारकों ने 'कोई भी कथन केवल ईश्वर ने कहा है इसीलिए माना नहीं जा सकता' इस प्रकार के

विचार रखे। 'वह अपना बुद्धिसम्मत होना चाहिए। केवल फलाँ ने बताया है इसलिए भरोसा नहीं रखें। प्रयोग और तर्कशास्त्रीय कसौटियों पर प्रत्येक सिद्धान्त की परख होनी चाहिए' आदि वैज्ञानिक विचार रखना भी शुरू किया गया था। आगे चलकर राजतंत्र ने मार्टिन लूथर जैसे धर्मसुधारकों को खुले तरीके से सुरक्षा और सहायता प्रदान की। इस तरीके से राजतंत्र और विचारकों के मिले-जुले विरोध के कारण धर्म की ताकत और अन्धविश्वास का प्रभाव कम होकर राष्ट्रवाद और विज्ञान में बढ़ोतरी हो गई। इन सारी बदलती परिस्थितियों के कारण यूरोप में सामन्तशाही की वैचारिक और आर्थिक पराजय हो गई, प्रबोधनात्मक आन्दोलन खड़ा हो गया। नई खोजों के फलस्वरूप विज्ञान की गति बढ़ने लगी। उद्योग विकास के कारण पूँजीपति वर्ग का उदय हो गया। अठारहवीं सदी की औद्योगिक क्रान्ति से ये परिवर्तन और अधिक पक्के हो गए। विचारात्मक प्रबोधन, बदलती अर्थनीतियाँ आदि परिवर्तनों के कारण यूरोप में विज्ञानवादी दृष्टि में प्रगति होने लगी।

भारत में शासन करनेवाले राजतंत्र और धर्मसत्ता के केन्द्रों में अधिकार क्षेत्र को लेकर कभी संघर्ष नहीं हुआ है। इसके विपरीत इन दोनों की हमेशा साझेदारी रही है। इसलिए हमारे देश में अंग्रेज शासन के अपना वर्चस्व स्थापित करने तक सामन्तशाही बरकरार रही। अंग्रेजों की सत्ता स्थापना के बाद भारत में सत्ताधीशों के अनुकूल व्यापार, साहूकारी, दलाली करनेवाले वर्ग से पूँजीवाद का निर्माण हुआ। उन्हें मध्ययुगीन विचार प्रवाहों को खत्म करने की जरूरत नहीं पड़ी और न ही सामन्तशाही अर्थव्यवस्था के विरोध में लड़ना पड़ा। इन बदलावों के कारण भारत में विज्ञानवादी दृष्टि का अंकुर फूला-फला नहीं।

सामन्तशाही अर्थव्यवस्था और अन्धविश्वास इन दो गलत ताकतों के विरोध में खड़े होनेवाले कुछ समाजसुधारकों का उदय भारत में, विशेष तौर पर महाराष्ट्र में हुआ। उन्होंने आधुनिक विज्ञानवादी विचारों की हिमायत की। धार्मिक विचारों के आडम्बरों को उजागर किया। महात्मा फुले ने समाज के सामने प्रश्न उपस्थित किया कि 'हमारे देश में शुभ समय देखकर होनेवाली शादी के बावजूद भी लड़कियाँ बालविधवा बन रही हैं और उधर विदेशों में बिना शुभ समय देखे कैसे शादियाँ हो रही हैं? कठोरता और कड़ाई के साथ धार्मिक नियम और कानूनों का पालन करनेवाला पेशवा साम्राज्य डूब गया

और किसी भी प्रकार के नियम, कानून के बिना भारत में अंग्रेजी सत्ता की स्थापना कैसे हो गई?' महात्मा फुले का देहान्त हुए लगभग सौ (अब सवा सौ) साल हो रहे हैं। अंग्रेज गए। भारत में आजादी के बावजूद भी इस दोतरफा शोषण के विरोध में लड़ने की जरूरत कम नहीं हुई है। आजादी के उपरान्त प्रबोधन यानी सचेत होने पर प्रखर सामाजिक सुधार जरूरी थे, लेकिन वैसे सुधार कभी हुए नहीं। कुंठित पूँजीवाद, जमींदारी अर्थव्यवस्था और सामन्तशाही विचार का प्रभाव आज भी भारत में यथावत् मौजूद है। जातिगत व्यवस्था की ताकतवर उपस्थिति के कारण भारतीय जनमानस की नसों में सामन्ती व्यवस्था के बीज आज भी मौजूद हैं। भारत में जातिगत व्यवस्था इतनी मजबूत है कि पूँजीवाद के विकास तथा जमींदारी व्यवस्था के बावजूद भी आधुनिक विचार प्रवाह कभी पैर नहीं जमा सके। धर्मवादी विश्वासों का प्रभाव कभी कम नहीं हो पाया। जाति व्यवस्था का सम्पूर्ण निर्माण तथा ढाँचा उच्चता-नीचता, पवित्रता-अपवित्रता जैसी कल्पना पर खड़ा है। फिर इसमें एक विशिष्ट वर्ग का परिश्रम करना उचित, एक विशिष्ट वर्ग का परिश्रम करना अनुचित, एक विशिष्ट वर्ग का सम्पत्ति पर अधिकार, एक विशिष्ट वर्ग को सम्पत्ति पर अधिकार करने से पूर्णत: रोक आदि भौतिकवादी आधार प्रदान किए गए। इसमें कोई दो राय नहीं कि यह व्यवस्था अवैज्ञानिक और अमानवीय धरातल पर आधारित है। जब तक हम लोग जाति व्यवस्था की इन जड़ों को उखाड़कर फेंक नहीं दे देते हैं तब तक विज्ञानवादी और मानवीय विचारों का प्रचार-प्रसार होना और अन्धविश्वास की बेड़ियों को तोड़ना सम्भव नहीं है।

महाराष्ट्र में उपर्युक्त विचारों का प्रचार-प्रसार महात्मा ज्योतिबा फुले, महर्षि विट्ठल रामजी शिंदे, डॉ. बाबा साहब आम्बेडकर आदि ने किया है। रूढ़ि-परम्परा, अन्धविश्वास, गलत धारणाएँ जैसी तमाम बातों को विज्ञानवादी धरातल पर तर्कशास्त्रीय कठोरता के साथ प्रयोगात्मक रूप से विरोध करनेवाले इन महान व्यक्तियों के नामों का जिक्र आजकल हमेशा होता है। लेकिन जिन हालातों से हम गुजर रहे हैं उससे ये आशंकाएँ पैदा होती हैं कि कहीं उनके विचारों की अवहेलना तो नहीं हो रही है।

इन मतों या विचारों की अवहेलना केवल महाराष्ट्र या भारत में ही होती है ऐसी बात नहीं है। दुनियाभर में कई जगहों पर विविध कारणों से ऐसे होता

आया है। उसके कारण स्थान और समय के चलते बदलते रहते हैं। विज्ञानवाद की स्पर्धा में सबसे आगे रहनेवाले अमरीका में भी भविष्य, अद्‌भुत मानसिक ताकतें, पिरामिड पावर, उड़न तश्तरियाँ, सायकिक सर्जरी (मानसिक ताकत के आधार पर की जानेवाली सर्जरी), युरी गेलर की अद्‌भुत ताकतें आदि बातों का प्रचलन है। दैनिक समाचार-पत्रों में भविष्यवाणी को ज्यादा जगह दी जा रही है। ईश्वरीय ताकतों के बारे में कुतूहल बढ़ने लगा है। पूँजीवाद के एक ऐसे मोड़ पर विकास के कारण यह घटित हो रहा है। महसूस हो रहा है कि अनेक बातें अपनी पहुँच से परे की हैं। ऐसे दौर में लोगों को किसी अद्‌भुत व्यक्ति और विचार की सख्त जरूरत होती है। अर्थात् इन विचारों को अगर स्वीकारना है तो आलोचनात्मक दृष्टि और विवेकवादी नजरिए का परित्याग करना पड़ता है।

ज्ञानी विचारक मंडल, वैज्ञानिकों की संगोष्ठियाँ, मनोवैज्ञानिक सम्मोहन आदि से अन्धविश्वास और अराजक माहौल का विरोध हो रहा है। इस विरोध का नतीजा यह हुआ है कि दुनियाभर में इन बातों और विचारों को लेकर विचार मंथन शुरू है। कई लोगों को यह विरोध गैरजरूरी लगता है तो कई लोगों को लगता है कि इस विरोध से कोई लाभ नहीं होगा। इस प्रकार की सोच का कारण यह भी है कि इन लोगों ने अपने दिमाग के सारे कपाट बन्द कर रखे हैं। अत: बेमतलब की लड़ाई क्यों करें? लेकिन कुछ लोग ऐसे भी हैं जो कई घटनाओं और कारणों के विरोध में लड़ाई लड़ने के पक्ष में खड़े हो जाते हैं। जिन देशों में दूरदर्शन का माध्यम सरकारी नियंत्रण में नहीं है वहाँ टी.वी. चैनलों पर ईश्वरीय ताकतें और चमत्कार उत्पन्न करनेवाले धारावाहिक दिखाए जाते हैं। सायकिक सर्जरी जैसे नकली उपायों के प्रचार से पीड़ित व्यक्ति की जान के साथ खिलवाड़ किया जाता है। इसलिए इन बातों का विरोध होता है। आगे चलकर इस तरीके का भ्रम समाज में और अधिक पुख्ता होता गया तो इसका मतलब यह है कि विज्ञान की प्रगति के लिए इकट्ठा की गई पूँजी को इसी प्रकार की खोजबीनों में खर्च करने की माँग सामने आने की डरावनी स्थितियाँ पैदा की जा रही हैं।

एकाध अन्धविश्वास का समाज में प्रचलन शुरू हुआ नहीं कि धीरे-धीरे साबित न हो चुके सिद्धान्तों की स्थापना शुरू हो जाती है। सच्चाई के साथ खिलवाड़, झूठ-फरेब, मक्कारी, सबूतों को छिपाना, मनगढ़ंत बातों का प्रचार-

प्रसार आदि पाखंडी बातों को बढ़ावा मिलना शुरू होता है। समाज और मनुष्य का मन प्रयासवादी विचारों की अपेक्षा ईश्वरवादी विचारों से भर जाता है। प्रयासवादी विचारकों का कार्य यह है कि हमारे मन में निर्माण हो रहे कई सवालों के ईश्वरवादी उत्तरों को नकार कर प्रत्यक्ष तौर पर यथार्थवादी परिस्थिति का अध्ययन करना और सही उत्तरों की स्थापना करना। इसका बुनियादी आधार विज्ञानवादी दृष्टिकोण है। इसके लिए तीन स्तरों पर प्रयास करना जरूरी है। सबसे पहले परम्परा से हम पर थोपी गई ईश्वरवादी गुलामी को नकारने का पक्का निश्चय करना होगा। कम-से-कम वैसी कोशिश तो करें। दूसरा, विज्ञानवादी विचारों का अनुसरण करते वक्त कई प्रश्नों के वास्तविक उत्तर बड़ी स्पष्टता के साथ दिख जाते हैं, उनको स्वीकार और समर्थन कर बेझिझक तरीके से आगे बढ़ते रहना होगा। उदाहरणार्थ, एक समय महामारी (प्लेग) की भयानक बीमारी के चलते हजारों लोग मर रहे थे। यह बीमारी खत्म हो जाए इसलिए महामारी देवी के पूजा-पाठ किए जाते थे। आज हम भलीभाँति परिचित हैं कि यह आडम्बर कितना गलत है। वैसे ही आज कैन्सर को लेकर ढेरों गलत धारणाएँ मौजूद हैं। मन की दृढ़ता ऐसी हो कि एक दिन इन गलत धारणाओं को भी खत्म किया जा सके। इसके बावजूद भी ऐसे कई रास्ते होंगे जो हमारे लिए अपरिचित होंगे। लेकिन हमारे कदमों की उचित दिशा और आँखों को खुला छोड़कर चलने का प्रयास अज्ञात-अपरिचित रास्तों पर भी रहस्यवाद और ईश्वरवाद का कभी स्वीकार नहीं करेगा।

बेरोजगारी, महँगाई आदि बातों का हमारे नसीब के साथ कोई सम्बन्ध नहीं है। उनका निर्माण मनुष्य और व्यवस्था ने किया है। किसी भी भगवान के सामने जाकर बिना मनौती माँगे और अपने नसीब को बिना दोष दिए उस पर जीत हासिल की जा सकती है; इस प्रकार का भरोसा और उसके अनुकूल प्रयास करते रहना इसका तीसरा स्तर है।

बुद्धि को आधार मानकर, आलोचनात्मक विचारों के सहारे और विवेकवादी निश्चय के साथ इन तीन स्तरों पर प्रयास करने पड़ेंगे। इन्हीं रास्तों से हमारा सफर जारी रहेगा तब कल के मनुष्य को प्रगति का रास्ता प्राप्त हो सकता है।

पाखंड के प्रति विद्रोह

हम लोग अज्ञात ताकतों के हाथ की कठपुतलियाँ हैं। उनकी कृपादृष्टि से अपने जीवन का उद्धार होता है। उनकी अवकृपा और क्रोध के चलते अपने जीवन की बरबादी हो सकती है, ऐसा भय मनुष्य मन में हमेशा बना रहता है। इस अपरिचित अज्ञात ताकतों की खोजबीन करना, उनकी बारीकियों को समझना और मांगल्य बना रहे तथा अमंगल का नाश हो इसलिए प्रयासरत रहने का ठेका कुछ लोगों ने अपने हाथ में ले रखा है। उन्होंने उसका धन्धा शुरू किया है। हम इन लोगों को बुवा-बाबा, महाराज आदि कहते हैं। जिस प्रकार एकाध दलाल कमीशन पर दलाली करता है वैसे मनुष्य की चिन्ता, दुःख, डर आदि से मुक्ति देने का कार्य ये लोग करते हैं। आखिरकार वह एक प्रकार से लाभ प्राप्ति का धन्धा बन जाता है और उसके लिए सारी जरूरी कुशलताओं को हासिल किया जाता है।

बाजार में जैसी माँग होती है वैसे ही वस्तुओं की उपलब्धता होती है, यही नियम बुवा-बाबा के धन्धे में अपनाया जाता है। छोटी बस्ती के किसी गरीब का बच्चा बीमार पड़ जाए तो उसे गाँव के डॉक्टर के पास ले जाकर इंजेक्शन दिया जाता है। शहर में किसी बच्चे को वही बीमारी हो जाए तो विशेषज्ञ को दिखाया जाता है और मुम्बई में किसी अमीर का बच्चा उसी बीमारी से पीड़ित है तो जसलोक अस्पताल की सुविधा उसके लिए मुहैया की जाती है। पिछड़ी बस्तियों और ग्रामीण इलाके के जनमानस को उनका भविष्य बताने के लिए, चिन्ता दूर करने के लिए, तंत्र-मंत्र का पाठ करने के लिए रास्ते पर बैठा भविष्य वक्ता, ज्योतिष का ज्ञाता कोई छोटा-मोटा व्यक्ति होता है। तोते का पिंजड़ा लेकर कोई व्यक्ति बैठ जाता है। हाथों से हलदी-कुंकुम निकालकर जादू दिखानेवाली कोई स्त्री होती है। पढ़े-लिखे मध्यवर्गीय लोगों के लिए

जन्मकुंडलियाँ होती हैं। कोई हाथ देखकर, कोई काजल की डिबिया में देखकर, कोई रुद्राक्ष की माला देखकर तो कोई बिल्लौरी के लोलक से भविष्य बताने की कोशिश करता है। सबसे अधिक स्थापित और प्रतिष्ठा प्राप्त कर चुकी है भृगुसंहिता। ऐसे कहा जाता है कि भृगु ऋषि ने तीन-चार हजार ताम्रपत्रों पर इस दुनिया में जन्म ले चुके और दुनिया के अन्त तक आगे भी जन्म लेनेवाले हर बच्चे का भविष्य लिखा है। अपना काम केवल उसे पढ़कर बताना है। अर्थात् उसे पढ़ने का भी एक अलग शास्त्र है और उसके लिए खर्चा भी बहुत अधिक आता है। भृगुसंहिता पढ़नेवाले ख्यातिलब्ध एक महाराज के साथ मेरी काफी बहस हो चुकी है। मैंने उनके सामने कुछ ऐसे प्रश्नों को रखा जिनका उत्तर वे दे नहीं सके। मैंने कहा, 'केवल तीन-चार हजार ताम्रपत्रों पर दुनिया के सभी लोगों का भविष्य लिखा जाना विश्वसनीय बात नहीं है। यह कैसे सम्भव है?' महाराज ने मेरी तरफ एक बार गुस्से से देखा, मेरे अज्ञान पर अफसोस जताया और कहा, 'बच्चे, तुम्हें क्या ऐसा लगता है कि जिन महान ऋषि को सारा भूत-भविष्य ज्ञात था उनसे तुम जो पूछ रहे हो वैसा पूछने के लिए कौन-कौन आनेवाला है उन्हें यह पता नहीं था? जो भविष्य पूछने के लिए आता था उसका भविष्य बिना किसी गलती के उन्होंने लिखा था। यही तो उनकी महानता है। अब बोलो।'

बड़े-बड़े व्यापारियों, मिल मालिकों, राजनेताओं इन सबको जरूरत होती है किसी सत्य साईं बाबा की, महेश योगी, हरे कृष्ण हरे राम पन्थी या आचार्य भगवान रजनीश की। सत्य साईं बाबा तो हवा में केवल हाथ उठाकर तत्काल भभूतों से लेकर रत्नहारों तक कुछ भी निकालने का चमत्कार करते थे। हरे कृष्ण हरे राम के ध्यान मन्दिर तो किसी पाँचतारा होटल से भी अधिक आलीशान होते हैं, तो भगवान रजनीश सम्भोग और समाधि का आधार लेकर 'सम्भोग से समाधि की ओर' का तालमेल बिठा देते हैं। सम्पत्ति, स्पर्धा, राजनीति और जीवन की जानलेवा भागदौड़ में इन बातों से थोड़ा मानसिक आधार मिल जाता है।

निरुपाय लाचार इनसान को इस प्रकार से आधार देने की समर्थता इन पाखंडी बाबाओं में होती है, यही उनकी सफलता का राज है। सामनेवाले व्यक्ति के मन को पढ़ना, उसकी व्यथा, वेदनाओं को चन्द मिनटों में पहचानना और आसपास के माहौल का निरीक्षण करके क्या सही हो सकता है ऐसे

निष्कर्षों की सम्भावनाएँ जताना पाखंडी बाबा की टेकनीक होती है। मेरे अस्पताल में आनेवाले एक पाखंडी बाबा की ख्याति स्त्री के मन को तत्काल परखने की थी। मैंने उसे इस ख्याति का राज पूछा। पहले तो उसने मेरे सामने थोड़ी-बहुत झूठी बातें बताकर टालना चाहा। लेकिन मैंने उसे छोड़ा नहीं, पीछे ही पड़ गया तब जाकर उसने कहा कि 'डॉक्टर साहब, बहुत आसान है। हम लोग किसी के घर के सामने जाकर माँ कहकर गुहार लगाते हैं। कोई स्त्री घर के अन्दर से बाहर देख लेती है। फिर आ रही हूँ का संकेत देकर वह पाँच-एक मिनट में हमारे सामने हाजिर होती है। इतना समय हमारे लिए काफी है। हम परखना शुरू कर देते हैं। घर की दीवार पर पति-पत्नी की तसवीर टँगी होती है। कई बार उसके नीचे तारीख भी लिखी होती है। फिर हम लोग देखते हैं कि घर में कहीं बच्चे की तसवीर है या नहीं? वह अगर नहीं है तो घर में बच्चों के खिलौने हैं या नहीं देख लेते हैं। नहीं तो बच्चे की उछलकूद और उठापटक से घर अव्यवस्थित हुआ है या नहीं इसे देख लेते हैं। इसके बाद देखते हैं कि अन्दर या बाहर कहीं बच्चों के कपड़े तो पड़े नहीं हैं? यह सब कुछ देखने के बाद कुछ दिखा नहीं तो धाँधली से बाहर आ रही स्त्री से हम तुरन्त कहते हैं, 'हे माँ, कोई चिन्ता न करें, इस साल आपको बच्चा जरूर होगा।' झट से वह स्त्री कहती है, 'हे बाबा जी! आपने तो मेरे मन की मुराद को सुन लिया। इस शुरुआत से आगे का व्यापार बिलकुल आसान हो जाता है।'

किसी चतुर-चालाक व्यापारी का किसी ग्राहक के मन को अपने काबू में करना और पाखंडी बाबा, भविष्यवक्ता, तंत्र-मंत्र जाननेवाले बाबा का ग्राहक को चालाकी से मूर्ख बनाना इसमें कोई अन्तर नहीं है। एक प्रकार से दोनों काम-धन्धा ही हैं इसलिए आवश्यक बुनियादी कुशलताओं का होना जरूरी होता है।

उपर्युक्त कुशलताओं को पाने के लिए अलौकिक शक्तियों की परत चढ़ाने की कोशिश भी की जाती है। अधिकतर समय ईश्वरीय कृपा से सम्भव हो चुके किसी चमत्कार का आधार लेकर इस स्थापना को मजबूत किया जाता है। चालाकी का स्तर और सामनेवाले भक्तजन बदल भी गए तो चमत्कारों का प्रकार वही होता है। सतारा जिले के फलटण तहसील से नजदीक तरवड़ गाँव का विलास बाबा हाथ से भभूत को निकालता था। यज्ञ के दौरान पाँव से आग जलाता था और मुँह से शिवलिंग बाहर निकालता था।

सत्य साईं बाबा तो हाथ ऊपर उठाकर केवल भभूत ही नहीं चाँदी-सोने की अँगूठियाँ, सोने के हार और जेवरात निकालकर प्रसाद के रूप में देता था (फिलहाल इस सत्य साईं बाबा का देहान्त हो चुका है)। हमें आश्चर्य होता है कि किसी भी कस्टम विभाग को इस चमत्कार की जाँच-पड़ताल करने की जरूरत है ऐसा क्यों नहीं लगा? भक्तजनों की श्रेणी के हिसाब से साईं बाबा की कृपादृष्टि भी बदल जाती थी। साधारण जनों को प्राप्त होता था केवल भभूत। व्यापारी, उद्योगपति के लिए छोटी अँगूठियाँ और नामदार, मुख्यमंत्री, राजा-रजवाड़ों और बड़े विदेशियों के लिए हवा में हाथ उठाकर निकाले जाते थे हीरों के हार। चमत्कारों की इस अद्‌भुत ताकत को बाबा के ऊपर ईश्वरीय शक्तियों का आशीर्वाद है का लक्षण बताया जाता था। पीड़ित-लाचार भक्तजन यही शक्तियाँ हमें संकटों से मुक्ति देने में सक्षम हैं की मानसिकता बना लेते हैं।

चमत्कारों के साथ एकाध सिद्धि या विशेषता को भी प्रत्यक्ष अनुभूति का लक्षण माना जाता है। जैसे बारामती का मीठा बाबा (गोड़ बाबा) जिस भी वस्तु को हाथ लगाता था तो उसे मीठा करने की शक्ति पा चुका था, तो एकाध हनुमान बाबा अपने पिछवाड़े में हनुमान की पूँछ उगी है का दावा करता था। ऐसा केवल महाराष्ट्र और भारत में होता है ऐसी बात नहीं है। इंग्लैंड के टी.वी. चैनलों पर युरी गेलर मनुष्य दिमाग से परे के चमत्कारों को दिखाता है और कुछ समय के लिए क्यों न हो देखनेवाले तमाम दर्शकों को मूर्ख बनाने में सफल हो जाता है। आलोचनात्मक दृष्टि के अभाव में चारों तरफ लाचारी से मदद की गुहार लगानेवाली पीड़ित जनता इन सबको सच्चाई मान बैठती है।

कुछ पाखंडी बाबा भयंकर और घिनौने तरीके से अपनी विशेषता को साबित करते हैं। नेर्ले गाँव के जंगली महाराज बाबा की पंचाग्नि पूजा इस प्रकार का एक उदाहरण है। उसके यहाँ तीन फिट त्रिज्या वाले गोलाकार के चारों तरफ से आग लगाई जाती थी और इस प्रखर अग्नि के अंगारों के बीच कड़ी गर्मी के दिनों में दोपहर ठीक बारह बजे साधना को बैठा जाता था। जिन लड़कियों को इस प्रकार की साधना में बिठाया जाता था वे अविवाहित रहा करती थीं। पन्द्रह-सोलह साल की जवान लड़कियाँ बड़े भक्तिभाव से पूजा किया करती थीं। इस पूजा के लिए हजारों की तादाद में लोग इकट्ठा हो जाते थे और जंगली दास बाबा के भक्त बन जाते थे।

सच्चाई यह है कि कोई चमत्कार नहीं होते हैं। जिसको हम लोग चमत्कार समझते हैं वह केवल बेवकूफी का मामला होता है या जिस विज्ञान से हम परिचित नहीं होते हैं उसका रहस्यवादी स्वरूप होता है। बेवकूफ बनाए जाने के इन प्रकारों को डॉ. कोवूर जी ने पहले से ही चुनौती दे रखी है। उनके द्वारा सूचीबद्ध चमत्कारों का यहाँ नामोल्लेख किया गया है। उसे किसी ने भी कर दिखाया तो उस व्यक्ति के लिए डॉ. कोवूर ने एक लाख रुपए की पुरस्कार राशि रखी है। लेकिन यह चमत्कार डॉ. कोवूर अथवा उनके साथियों के सामने दो गुटों की तरफ से मान्य मंच पर होना जरूरी है। इस दौरान हाथ की सफाई करने की कोशिश की गई तो इसकी जाँच-पड़ताल करने का अधिकार डॉ. कोवूर के पास रखा जाना चाहिए।

1. लिफाफे में बन्द किसी नोट का अनुक्रमांक पहचान लें।
2. किसी नोट की प्रतिकृति बनाकर दिखा दें।
3. पाँव को बिना हिलाए अंगारों पर आधे मिनट तक खड़े होकर दिखाएँ।
4. डॉ. कोवूर जिन चीजों को बताएँ उन्हें हवा से निकालकर दिखाएँ।
5. अन्त:शक्ति की सहायता से किसी भी वस्तु को हिलाकर या टेढ़ा करके दिखाएँ।
6. अन्तर इन्द्रियों की सहायता से दूसरे व्यक्ति के मन के विचारों की पहचान करें।
7. प्रार्थना, आत्मिक शक्ति, पक्की श्रद्धा, पवित्र जल, भभूत, पवित्र रेत की सहायता से कटे हुए शरीर के अंगों को शरीर के साथ जोड़कर कम-से-कम इंच भर बढ़ाकर दिखाएँ।
8. योग शक्ति की मदद से हवा में तैरकर दिखाएँ।
9. योग शक्ति की मदद से हृदय की धड़कनों को पाँच मिनट तक बन्द रखें।
10. योग शक्ति की मदद से तीस मिनटों तक साँस को रोककर दिखाएँ।
11. पानी पर चलें।
12. एक जगह पर शरीर को छोड़कर दूसरी जगह पर प्रकट होकर दिखा दें।
13. भविष्य में क्या होनेवाला है इसे पहचान लें।

14. योग–समाधि अथवा भाव के परे की ध्यान धारणा से ज्ञानप्राप्ति या विचार–शक्ति का विकास करके दिखाएँ।
15. ईश्वरीय ताकत अथवा भूत का संचरण शरीर में हुआ है इसके परिणामस्वरूप या पुनर्जन्म हुआ है इसलिए अनजान भाषा में बोलकर दिखाएँ अथवा उसका अर्थ जानते हो तो बताएँ।
16. जिसकी तसवीर खींची जा सकती है ऐसे भूत को अवतरित करें।
17. तसवीरों की निगेटिव से गायब करके दिखाएँ।
18. ताला बन्द कमरे से अद्‌भुत शक्ति की मदद से बाहर निकलकर दिखाएँ।
19. ईश्वरीय ताकत के आधार पर किसी वस्तु का वजन बढ़ाकर या आकार बढ़ाकर दिखाएँ।
20. छिपाई गई वस्तु को ईश्वरीय ताकत के आधार पर ढूँढ़कर दिखाएँ।
21. पानी का पेट्रोल अथवा शराब में रूपांतर करके दिखाएँ।
22. शराब को खून में परिवर्तन करके दिखाएँ।
23. किसी व्यक्ति के हाथों के ठप्पे देखकर अथवा किसी के दुरुस्त जन्म समय, अक्षांश–रेखाओं के साथ जन्मस्थान बतानेवाली जन्म पत्रिका के आधार पर वह व्यक्ति जीवित है या मृत्यु पा चुका है, स्त्री है या पुरुष है बताएँ।

उपर्युक्त प्रश्नों के उत्तर देते वक्त पाँच प्रतिशत गलती की अनुमति भी दी है।

डॉ. कोवूर 1972 के दौरान भारत आए थे। वे उनके द्वारा जाँचे चुनिन्दा मानसिक मरीजों को आधार बनाकर निर्माण की जा रहीं 'पुनर्जन्म' और 'भऊ पिरवी' फिल्मों के काम से भारत आए थे। उस दौर में इन चुनौतियों को भारत में बहुत अधिक प्रसिद्धि मिल गई थी।

डॉ. कोवूर के पास इन चुनौतियों के पश्चात् ढेरों पत्रों की बाढ़–सी आ गई। कई सारे पत्र किसी पाखंडी बाबा या उनके भक्तों द्वारा लिखे गए थे। उन पत्रों में अपनी अपार शक्ति को साबित करने के दावे भी थे। इसी दौरान अनेक समाचार–पत्रों में अपनी अद्‌भुत ताकतों का बढ़ा–चढ़ाकर वर्णन करनेवाले लेख भी प्रसिद्ध हो गए। उसमें डॉ. वड़लामुदी (डेक्कन हेरॉल्ड), सन्त तीर्थंकर (हिन्दू और दि टाइम्स ऑफ सिलोन), आर.पी. तिवारी (इंडियन

एक्सप्रेस और भारत ज्योति) और कालना से एक अनामिक (अमृत बाजार पत्रिका) आदि व्यक्तियों के लेखों का समावेश है। इन्होंने डॉ. कोवूर की चुनौती स्वीकारने की तैयारी दर्शायी थी। इन चुनौतियों और प्रतिचुनौतियों को ठोस रूप देने के लिए डॉ. कोवूर ने निम्नलिखित योजना को घोषित किया :

डॉ. कोवूर की चुनौती स्वीकारने का जो-जो लोग दावा कर रहे हैं वे उनके मुम्बई या बिहार के प्रतिनिधि के पास 1000 रुपए की अमानत रकम जमा करें। यह रकम प्राप्त होने के बाद हमारा प्रतिनिधि उस सिद्धपुरुष की सच्चाई परखने हेतु एक प्राथमिक परीक्षा लेगा। उस सिद्धपुरुष को उसे दिखाए गए नोट की प्रतिकृति बनानी होगी या प्रतिनिधि की जेब में रखे गए बन्द लिफाफे में रखे गए नोट के नम्बर की पहचान करनी होगी। इस प्रकार की यह आरम्भिक कसौटी थी। इसमें से किसी भी एक कसौटी को लेकर दावा करनेवाला व्यक्ति सफल हो गया तो उसकी अमानत रकम वापस की जाएगी।

पाखंडी रूप धारण करनेवाले लोगों से समय की बर्बादी न हो और उन्हें दूर रखा जाए इसलिए इस प्राथमिक कसौटी को रखा गया था।

इस कसौटी को भारत और श्रीलंका के अखबारों में जब प्रकाशित किया गया तब तथाकथित सिद्धपुरुषों की खोखली बकवास बन्द हो गई। सत्य साईं बाबा, नीलकान्त बाबा, पंड्रीमलै स्वामीगल, आचार्य रजनीश, वड़लामुदी, तीर्थंकर, तिवारी, दत्ता बाल, गुरुदेव मुक्तानन्द, निर्मला देवी, त्रिप्रचार योगिनी, पूज्य दादाजी, आनन्दमूर्ति, गुरु महाराज और अन्य पाखंडी बाबाओं की हाथ की सफाई को डॉ. भगवंतम् या गवर्नर के.के. शहा जैसों लोगों ने आँखें बन्द करके कितना भी समर्थन दिया हो तो भी इसे चमत्कार के रूप में थोड़े ही साबित किया जा सकता है।

आखिरकार डॉ. कोवूर की इस चुनौती को साईंकृष्ण बालयोगी की तरफ से स्वीकारनेवाला एक व्यक्ति सामने आया। उसकी कथा सचेत करनेवाली और मनोरंजक है।

कर्नाटक के पांडवपुर में एक दिन छह साल की उम्रवाले किटी नाम के बच्चे की साईंकृष्ण बन जाने की कहानी सामने आई। यह लड़का भगवान श्रीकृष्ण का अवतार है और वह हवा से वस्तुओं को निकालने का चमत्कार कर लेता है, ऐसा दावा उसके माता-पिता और सत्य साईं बाबा कर रहे थे।

कहा जाने लगा था कि साईंकृष्ण के माता-पिता और अन्य साईं भक्त हर रोज जब साईं बाबा के भजन गाना शुरू करते हैं तब साईंकृष्ण अचानक समाधि अवस्था में जाकर माँ की गोद में सो जाता है। जब वह माँ की गोद में सो जाता था तब साईं बाबा की तसवीरें, साईं बाबा की मुद्राएँ (जर्मन में बनाई), भभूत, शहद, प्रचलित रुपयों के नोट आदि चीजें हवा से उसके आसपास आकर गिरती थीं।

अद्‌भुत, अकल्पनीय और अप्राकृतिक ताकतों के चमत्कार को दिखाने की चुनौती के बदले में डॉ. कोवूर ने एक लाख रुपयों की पुरस्कार राशि को रखा था। साईंकृष्ण की तरफ से डॉ. जी. वेंकटराव ने इस चुनौती को स्वीकारा था। डॉ. कोवूर की भारत में प्रतिनिधि संस्था 'इंडियन रेशनलिस्ट असोसिएशन' थी। इस संस्था में एक हजार अमानत रकम जमा करके डॉ. जी. वेंकटराव ने डॉ. कोवूर को इस अद्‌भुत बालक की जाँच-पड़ताल करें और एक लाख रुपए दें की प्रतिचुनौती दी। डॉ. कोवूर को लिखे 24 सितम्बर, 1975 के पत्र में डॉ. राव लिखते हैं कि 'हमारे इस अवतारी बालक के शरीर से केवल भभूत, कुंकुम, शहद आदि चीजें बाहर निकलती हैं। ऐसी बात नहीं तो वह लिफाफे में बन्द नोटों के नम्बर बता सकता है। उसके लिए यह सारे काम दाएँ हाथ का खेल है। आप जब खुद उसके अद्‌भुत चमत्कारों को अपनी आँखों से देखेंगे तभी विश्वास कर पाएँगे और आखिर में एक लाख रुपए अपने हाथों से गिनकर देने पड़ेंगे। मुझे इस अवतारी बच्चे ने बताया है कि आप दुनियाभर में अपनी प्रसिद्धि मिले इसलिए इस प्रकार के प्रयास कर रहे हैं। उसने मुझे यह भी बताया है कि इन प्रयासों के पहले आपने लोगों से जो मान-सम्मान प्राप्त किया है उसे खो देंगे। आपको बहुत जल्दी अपने करतूतों का फल मिल सकता है।'

डॉ. राव ने डॉ. कोवूर की चुनौती स्वीकारी है यह खबर भारतीय समाचार-पत्रों में जैसे ही छपी वैसे ही इस नए अवतारी बालक का आशीर्वाद लेने के लिए मूर्ख भक्तजनों की भीड़ साईंकृष्ण के चरण में लीन होने के लिए दौड़ पड़ी। भारतीय पत्रकारों को इस बात पर पहले से सन्देह था इसलिए उन्होंने यह चुनौती केवल पाखंड है इस तरह की टिप्पणियाँ कर इन बातों से अपना पल्ला झाड़ना मुनासिब समझा।

डॉ. कोवूर की सहायता से कर्नाटक रेशनलिस्ट असोसिएशन के अध्यक्ष प्रा. ए. एम. धर्मलिंगम् जाँच-पड़ताल के लिए कुछ पत्रकारों के साथ डॉ. राव

के पास गए तब वे जाँच-पड़ताल की चुनौती से बचने लगे और पीछे हट गए। उन्होंने एक हजार की अमानत रकम पर पानी फेर दिया। साईंकृष्ण के पिता सेत्ताप्पा ने तो उस बच्चे की अद्‌भुत ताकतों की जाँच-पड़ताल को नकारते हुए कहा कि हम किसी डॉ. राव को पहचानते नहीं हैं और वे हमारी तरफ से आपकी चुनौती स्वीकारने का दावा कैसे कर सकते हैं? मेरे बच्चे ने हमें बताया है कि डॉ. कोवूर को बताएँ कि एक लाख रुपयों की मुझे जरूरत नहीं है, अगर उन्हें (डॉ. कोवूर) कुछ पैसों की जरूरत है तो बताएँ, मैं निर्माण करके दे सकता हूँ।

डॉ. कोवूर ने भारत में आकर पाखंडी बाबाओं की करतूतों के विरोध में भाषण दिया था। इस कार्यक्रम के उपरान्त बैंगलोर विश्वविद्यालय के उपकुलपति अणुवैज्ञानिक डॉ. एच. नरसिंहय्या की अध्यक्षता में बारह सदस्यों की समिति का गठन किया गया। भारत में अवतारवादी पुरुषों की चमत्कार वाली कोशिशों की वैज्ञानिक जाँच-पड़ताल करना इस समिति का उद्‌देश्य था। इस समिति में वैज्ञानिक, मानसशास्त्रज्ञ, मनोवैज्ञानिक, वकील, और अन्य क्षेत्रों के विद्वज्जनों का समावेश था। समिति के कुछ सदस्य चुपचाप 15 जुलाई, 1976 के दिन साईंकृष्ण के घर गए। वह गुरुवार का दिन था। पांडवपुर के साईं बाबा भक्तजन हर गुरुवार के दिन साईं भजन गाने के लिए इकट्‌ठा होते थे और इसी समय साईंकृष्ण भक्तों के सामने चमत्कार करके दिखाता है इस बात की खबर थी इसलिए समिति के सदस्यों ने यह दिन तय किया था। उस दिन किसी भी प्रकार का चमत्कार नहीं हुआ और भक्तजन उठकर जाने लगे। भक्तजन जब उठकर जाने लगे तभी समिति की एक सदस्य और मानसशास्त्रज्ञ डॉ. (श्रीमती) विनोद एन. मूर्ति के ध्यान में आया कि साईंकृष्ण अपनी चड्‌डी के कमरबन्द को हाथ लगाकर कुछ करने लगा है। वे उसके पास गईं और पूछा कि 'तुम्हें कुछ तकलीफ हो रही है? क्या तुम्हारे पेट में दर्द हो रहा है?' इसके उत्तर में उसने 'हाँ' कहकर गर्दन को हिलाया। उसकी चड्‌डी के तंग नाड़े को थोड़ा ढीला करने के लिए वे आगे बढ़ीं, उसकी कमीज और बनियान को थोड़ा ऊपर उठाया और तभी चमत्कार हो गया। बनियान के नीचे तहों में छिपाया गया भभूत नीचे गिरने लगा!

इस प्रकार से इस अवतारवादी बच्चे का अवतार उसके भक्तजनों के सामने झूठा साबित हुआ।

डॉ. कोवूर की मृत्यु के बाद बी. प्रेमानन्द (केरल) ने इस चुनौती को आगे जारी रखा। प्रेमानन्द की चुनौती को भी पिछले आठ सालों से किसी ने स्वीकारा नहीं है। उसके बाद दो साल पहले चर्चा में आ चुके महाराष्ट्र विज्ञान मेले के दौरान वाई. के. रहस्यवादी विद्या अनुसन्धान केन्द्र (गूढ़विद्या संशोधन केन्द्र) चलानेवाले लोग चुनौती स्वीकारने के लिए तैयार हो गए और समय आने पर पीछे हट गए। तरड़गाँव (तहसील फलटण, जिला सतारा) के विलास बाबा की ओर से एड. अशोक निले ने 'मैं इस चुनौती को स्वीकारता हूँ' ऐसा अखबारों में लिखा और जब अपनी बात को साबित करने का समय आ गया कि अपने कदम पीछे हटा लिए। इस प्रकार के चमत्कार सम्भव हैं ऐसा दावा करनेवाले लोगों के स्पष्टीकरण दो प्रकार के होते हैं। इस विषय को लेकर दत्ता बाल का विस्तृत साक्षात्कार मैंने लिया था। वह 'ज्ञात-अज्ञात की सीमारेखा के परे' विशेषांक में प्रकाशित भी हो चुका है। उन्होंने यह स्पष्टीकरण दिया था कि ऐसे चमत्कार करनेवाले हजारों लोगों में से एकाध ही असली होता है। शेष सारे पाखंडी हैं। लेकिन ये बातें सम्भव हैं इसमें कोई शक नहीं है। अदृश्य भूत-पिशाचों पर नियंत्रण पानेवाले कुछ लोग होते हैं। उनके माध्यम से ये लोग अपने हाथों में चीजों को लाकर देते हैं। दूसरा पहलू अत्यन्त महत्त्वपूर्ण है। वह यह कि प्रत्येक अणु की Electron, Proton, Neutron की एक विशेष संरचना है। अणु का स्वरूप उसके कारण तय होता है। अलौकिक शक्तियों की प्राप्ति कर चुके लोग अपनी सामर्थ्य के बल पर अणु का विघटन करते हैं। अणु उन्हें अपने पास खींचता है और फिर उनका संयोग करके वस्तु का निर्माण करता है। This Universe is Porous (यह विश्व सूराखों से भरा है) यह सिद्धान्त स्वीकृति प्राप्त कर चुका है। इसीलिए इन सूराखों से वस्तु का विघटित स्वरूप अपनी ओर आना सम्भव है। इसी प्रकार दूसरी जगह पर उपस्थित किसी भी वस्तु को अपने हाथों से खींचना सम्भव है। ऐसा करने के लिए बहुत बड़ी ताकतों की कुर्बानी देनी पड़ती है, अतः कभी-कभार ही ऐसी घटनाएँ घटित होती हैं।

इस विवेचन में प्रत्यक्ष तौर पर कोई अनुभव और अनुभूति नहीं है, इसे केवल पाखंड नहीं तो और क्या कह सकते हैं? किसी भी ज्ञात भौतिक शक्ति के उपयोग के बिना सूई का भी एक जगह से दूसरी जगह पर जाना सम्भव नहीं है। वैश्विक जादूगरों के संघटन ने ऐसे चमत्कार करनेवालों के लिए बहुत

बड़ी पुरस्कार राशि रखी है। जादूगर रघुवीर की मृत्यु होने से पहले मेरी उनसे एक बार मुलाकात हो गई थी तब उन्होंने कहा था कि किसी पदार्थ के मूलतत्त्वों का अन्दरूनी ताकतों से विघटन करना, उनको एक जगह से दूसरी जगह ले जाना और फिर उनके संयोग से उस पदार्थ को उसी रूप में साकार करना इसे कल्पना शक्ति के सहारे फैलाया हुआ बहुत बड़ा झूठ कहना होगा।

मनुष्य की मनोवृत्तियों को पूरी तरह से जानने का कार्य अभी तक विज्ञान के आधार पर भी सम्भव नहीं हो सका है। मनुष्य के दिमाग में उपस्थित अनेक छोटे-बड़े स्थलों के कार्य और सामर्थ्य की खोजबीन आज भी जारी है। हठवादी साधना करनेवालों का दावा है कि योग सामर्थ्य की बलबूते पर मज्जा संस्था के अज्ञात सामर्थ्य पर हम अधिकार प्राप्त कर सकते हैं। वे यह भी दावा करते हैं कि इन ताकतों के चलते और शरीर में मौजूद वायु, इन्द्रिय और मज्जा तंतु पर अधिकार पाने के बाद पानी पर चलने, दीवार की दूसरी ओर को देखने, बहुत दूर की सुनने या किसी गन्ध को सूँघने की अलौकिक शक्तियाँ प्राप्त होती हैं।

इस बात को मानने में कोई हर्ज नहीं कि ध्यान-सिद्धि से शरीर और मन की सन्तुलन अवस्था को प्राप्त किया जा सकता है, लेकिन उससे अद्‌भुत ताकतें प्राप्त होती हैं ऐसी अनुमति देने के लिए कोई आधार नहीं है। कुछ साल पहले एक हठयोगी ने पानी पर चलने का प्रयोग खुलेआम करने की कोशिश की। ब्लिट्ज से उसे काफी प्रसिद्धि भी दी गई। लेकिन वास्तव में स्वामी महाराज पानी पर पहला पैर रखते ही अन्दर चले गए। ऐसा हुआ लेकिन आगे भी ध्यान साधना और अद्‌भुत इन्द्रिय शक्तियों की चर्चा समाज में हमेशा जारी रहेगी।

वास्तविकता में किसी पाखंडी बुवा या बाबा के चमत्कार हों या किसी ध्यान-सिद्धि से प्राप्त होनेवाले सामर्थ्य की बातें हों, इसका खयाल रखना आवश्यक है कि इनमें से कोई भी अब तक साबित नहीं हो सका है। अपने पास इस प्रकार की ताकतें या शक्तियाँ होने का दावा जिसने भी किया है वह आज तक उन शक्तियों को वैज्ञानिक तथा वस्तुनिष्ठता की कसौटियों पर परखने के लिए सामने नहीं आया है।

कुल मिलाकर निष्कर्ष यह निकलता है कि चमत्कारों का सत्य की कसौटियों पर साबित होना सम्भव नहीं है। चमत्कार साबित करके दिखाना हमें नींद कितने बजे आई है इसे तुरन्त लिखने जैसा है। नींद आ रही है तो

लिखना सम्भव नहीं है और लिख रहे हैं तो उस समय नींद आना सम्भव नहीं है। वैसे ही चमत्कार साबित हो गए कि वे चमत्कार नहीं रहते हैं। वे साधारण वैज्ञानिक सच्चाई बन जाते हैं। उसके पहले बिना परखे और बिना साबित किए उन्हें चमत्कार कहा जाता है। किसी राख या भभूत के कारण बच्चे होते हैं ऐसा कोई दावा कर रहा है और बाद में उस राख या भभूत की वैज्ञानिक जाँच-पड़ताल से पता चला हो कि उसमें वाय क्रोमोसोम बढ़ाने वाली दवाई है तो वह चमत्कार नहीं रहता। बस, लोगों के लिए पता नहीं है ऐसा अकल्पनीय सत्य होता है। जिस भभूत में केवल राख के ही गुणतत्त्व हैं उसके सेवन से बच्चे का होना विज्ञान के ज्ञात नियमों के परे का चमत्कार हो सकता है। फिलहाल तो यह केवल कल्पना ही है।

लोग बाबाओं की शरण में जाते हैं उसका कारण यह है कि इस प्रकार के चमत्कार को अंजाम देनेवाली समर्थता उनमें होती है। आगे चलकर जब इसके भीतर का पाखंडी रूप सबके सामने उजागर होता है तो उपेक्षा का सामना करना पड़ता है। केवल विज्ञान के प्रचार और प्रसार से बुवा-बाबाओं की समस्या के उपाय नहीं ढूँढ़ सकते हैं। विज्ञान की प्रगति के साथ जनमानस की जिन्दगी में भय का साम्राज्य भी बढ़ने लगा है। उसके कई कारण सामाजिक वास्तविकता में मौजूद हैं। आज जैसे-तैसे हमारी थाली में रोटी परोसी जा रही है, लेकिन बढ़ती महँगाई के कारण हमारी थाली से कौन-कौन सी चीजें गायब होंगी यह पता नहीं है। बच्चों की पढ़ाई पूरी हो गई है लेकिन कौन सी नौकरी, कब मिलेगी इसका भरोसा नहीं है। लड़की शादी लायक बन गई है लेकिन दहेज का बाजार बोझ बनता जा रहा है। पास वाली गली में महिलाओं के साथ मवालियों ने बेवजह मारपीट की है। मेरी बीवी के साथ इस प्रकार का हादसा नहीं हो सकता है, इसका भरोसा नहीं है। पड़ोसी गाँव में अल्पसंख्यक लोगों के घर जलाए गए हैं लेकिन हमारे घर को जलाया नहीं जाएगा इसका कोई भरोसा नहीं है। जिन्दगी में ऐसे कई प्रश्न हैं जिनका कोई जवाब नहीं है। लोगों के सिर पर हमेशा एक अपरिचित भय का साया मँडराता रहता है।

शिक्षित समाज के भीतर भी अन्धविश्वास बहुत बड़े रूप में मौजूद है इसलिए हम ऐसा नहीं कह सकते कि केवल अशिक्षा या अज्ञान के कारण यह समस्या निर्मित हो गई है। शिक्षित समाज के व्यक्ति का जीवन भी अनियंत्रित सामाजिक परिस्थितियों के कारण घिर चुका है। नौकरी हासिल करना, उस

पर टिके रहना, पदोन्नति पाना, व्यवसाय का प्रगति पथ पर चलना आदि बातों पर व्यक्तिगत प्रयासों से प्राप्त कुशलताओं, बौद्धिक क्षमता और परिश्रम की अपेक्षा अनियंत्रित सामाजिक परिस्थितियों का प्रभाव अधिक होता है। किसी स्त्री की मनमुताबिक शादी तय होना यह दहेज, जात-पाँत, उच्चता-नीचता, कुल जैसी बातों पर निर्भर होता है और ये बातें अपने नियंत्रण से बाहर की होती हैं। जिस पुरुष के साथ शादी हुई है वह कैसा भी हो, उस स्त्री को उसे सहन करना पड़ता है। उस पुरुष की अच्छाइयों और बुराइयों पर जिन्दगी का गुजर-बसर कैसे होगा यह तय होता है। आखिरकार यह सब कुछ अपनी किस्मत का खेल लगने लगता है और शिक्षित स्त्रियाँ भी आगे चलकर भाग्यवादी बन जाती हैं। इसका कारण, उनका मन कमजोर और भ्रमित हो चुका होता है।

हमारे मन को किसी से आश्वस्ति की जरूरत होती है। लाचारी के बाद सहारे की आवश्यकता होती है। अपनी इन असहाय स्थितियों में कोई सहारा देनेवाली शक्ति हो ऐसी आवश्यकता महसूस होती है। हाथों से भभूत निकालने वाला, दूरदृष्टि के सहारे दीवारों के पार देखने वाला, मंत्रों से आग जलाने वाला बुवा-बाबा, महाराज इन लाचार लोगों के मन को आधार प्रदान करता है। जादूगर इन सारे प्रयोगों को इससे भी अधिक निपुणता के साथ करता है। वह केवल चालाकी और हाथ-सफाई के प्रयोग करता है। हम लोग जादू के प्रयोगों को टिकट निकालकर देखने के लिए जाते हैं। यहाँ हम इस बात से भलीभाँति परिचित होते हैं कि अपने आपको फँसाए जाने की स्थितियों को परखने के लिए जा रहे हैं। इसलिए खाली टोपी से जीवित खरगोश को निकालने वाला जादूगर अपने खुशी, कौतूहल और मनोरंजन का विषय होता है। लेकिन वहाँ हम लोग उसकी पूजा नहीं करते हैं और ऐसे जादूगरों को जरूरत से ज्यादा अहमियत भी नहीं देते हैं। वह अपने प्रश्नों के उत्तर देगा ऐसी आशा भी कभी रखते नहीं हैं। लेकिन हाथों से भभूत निकालने वाला पाखंडी बाबा अपना भविष्य बदल सकता है, ऐसी आशा होती है। हमें भरोसा होता है कि अद्भुत ताकतों का आधार लेकर दीवार के दूसरी तरफ वाली चीजों को देखने वाला कोई सिद्धि प्राप्त कर चुका महाराज हमारे अज्ञात भविष्य को देखकर कुछ ऐसे उपाय कर सकता है जिससे हमारी जिन्दगी सँवर सकती है। क्या ऐसा हम मानते हैं कि एकाध इनसान अच्छा भाषण देता है इसलिए वह

अच्छा गाना भी गा सकता है या अच्छा भरतनाट्य नृत्य कर सकता है? दोनों बिलकुल भिन्न कलाएँ हैं, इसे हम समझ सकते हैं। वैसे ही हमारी समझ में यह क्यों नहीं आता है कि हाथ से भभूत निकालना और भक्तों को संकटों से मुक्ति दिलाना दोनों भी बिलकुल भिन्न बातें हैं? इसे समझने की अपेक्षा चमत्कार करनेवाले व्यक्ति की शरण में मनुष्य जाता है क्योंकि चमत्कार से मनुष्य का मन लाचार, अन्धा और अपाहिज होता है।

अन्धविश्वास या पाखंडी प्रवृत्ति का अगर विरोध करना है तो असली लड़ाई उपर्युक्त बातों को लेकर है। मनुष्य अपनी मुश्किलों को यथार्थवाद के साथ जोड़कर देखे, उनसे छुटकारा पाने के लिए बड़े साहस के साथ उनके विरुद्ध लड़ना सीखे। तभी इनसान की इनसानियत को बनाए रखना सम्भव है। इनसान का अपनी इनसानियत को प्रगति की राह पर ले जाना आसान काम नहीं है इसीलिए परिवर्तनवादी आन्दोलनों को एक विशेष प्रकार की चुनौती का सामना करना पड़ता है। वर्तमान परिस्थितियों में इनसान को लाचार करनेवाले इन सवालों से मुक्ति सम्भव नहीं है और सारे सामाजिक ढाँचे को बिना बदले इस लाचारी पर प्रभावी और ठोस उपाय नहीं है। लेकिन इनसान की लाचारी को अपने धन्धे का हिस्सा बनाना गलत और घिनौना है। अन्धविश्वास की लड़ाई का प्रथम दायित्व इनसान की लाचारी के स्वरूप को समझना, उसे समझाना और आत्मनिर्भर बनाना है। सही मायने में इसकी शुरुआत करनी है तो पाखंडी बाबाओं की मक्कारी, ढोंग, मिथ्याडम्बर और खुद को महाराज तथा ईश्वर का अवतार समझनेवाली तथाकथित अद्‌भुत ताकतों को नंगा करना बहुत जरूरी है।

ईश्वरात्मा और भूत-पिशाच की बाधा होना

भूत-पिशाच से इनसान की मुलाकात बचपन में ही हो जाती है। गाँव हो या शहर भूतों से भय निर्माण करनेवाली कहानियों को अँधेरी रातों में सुना नहीं है ऐसे इनसान को ढूँढ़ा जाना बहुत मुश्किल होगा। मनुष्य के शरीर का अस्तित्व वस्त्रों जैसा होता है और आत्मा अनश्वर है यह बात मनुष्य के दिलो-दिमाग में गहरी जाकर बैठ गई है। मनुष्य मर जाता है लेकिन उसकी कई इच्छाएँ अधूरी रह जाती हैं। प्रसूति के दौरान, रजस्वला के समय दुर्घटना, आत्महत्या आदि कारणों से मृत्यु आती है। धोखे से भी कोई-कोई मारा जाता है। ऐसे मृत व्यक्ति की आत्मा प्रेत योनि में प्रवेश करती है। दूसरों को उसका एहसास दृश्य और अदृश्य रूप में होता रहता है। भूत भी पितृ-गन्धर्व जैसी एक मनुष्येतर योनि बन जाता है। भूतों की कोई छाया नहीं होती है। प्रतिबिम्ब नहीं दिखाई देता है। पैर उलटे होते हैं। कइयों के सिर भी नहीं होते हैं तो कइयों की आँखें छाती पर होती हैं। जिन ब्राह्मणों का खून होता है उनका ब्रह्मा से सम्बन्ध बन जाता है। धन लोभी ब्राह्मण के भूत को ब्रह्मराक्षस कहा जाता है। प्रसूति के दस दिन बाद जिस स्त्री की मौत होती है, वह डायन बन जाती है। भूत और भविष्य बताने वाले भूत-पिशाच को कर्णपिशाच कहा जाता है। श्मशान, वीरान घर, जीर्ण बावड़ियाँ, पीपल, पनघट भूतों के आश्रय के स्थान होते हैं। यहाँ से यह भूत अपनी करतूतों को अंजाम देते हैं। किसी को भूत-पिशाच की बाधा होती है। किसी को भूत बिगाड़ देते हैं। जिस व्यक्ति को भूत की बाधा हुई है उसके शरीर को भूत तब तक छोड़ता नहीं जब तक उसे पीले चावल की रबड़ी, उलटे परोंवाले मुर्गे का भोग चढ़ाया नहीं जाता है। 'राम' नाम के सामने भूत का कोई बस चलता नहीं है। 'राम' के केवल नाम उच्चारण से भूत भागने लगता है। इस प्रकार की अनेकों बातों की शिक्षा पाना

धीरे-धीरे खुद-ब-खुद होने लगता है। सारी दुनिया में इस प्रकार के भ्रम देखे जाते हैं। विज्ञान की कसौटियों पर इन बातों को आज तक कोई साबित नहीं कर पाया है लेकिन अज्ञान, भय, मनोविकृति आदि कारणों से चलती आ रही इन बातों पर लोगों का भरोसा होता है। कइयों को भूत-पिशाच की बाधा होती है, तो कइयों के शरीर में ईश्वरात्मा प्रवेश करती है। भूत-पिशाच हो या ईश्वरात्मा दोनों व्यक्ति के शरीर को बाधा पहुँचाकर मिले-जुले रूप से नुकसान पहुँचाने के लिए आमादा होते हैं। इन दोनों की मिलीभगत से इनसानी जिन्दगी में बिगाड़ होता है, इसका मतलब क्या होता है?

इनसान को भूत-पिशाच की बाधा होती है या उसके शरीर में ईश्वरात्मा प्रवेश करती है, क्या इसका अर्थ उस व्यक्ति का व्यक्तित्व दो हिस्सों में बँट चुका है, ऐसा माना जाना चाहिए—समन्दर पर तैरते हिम के टुकड़े का केवल एक अष्टमांश हिस्सा पानी के ऊपर दिखता है और सात अष्टमांश हिस्सा पानी के नीचे होता है। वैसे ही मनुष्य का 1/8 अभिव्यक्त मन दैनिक जीवन के कार्यव्यापार को देखता है और बहुत अधिक इच्छा-आकांक्षा, व्यथा-वेदना, आशा-निराशा का 7/8 मन में छिपा होता है। वास्तविक दुनिया में नीति-नियम के साथ टिकना है तो थोड़ा-बहुत कारोबारी बनना या चतुर बर्ताव करना जरूरी है। अपने झगड़े, कड़वे अनुभव, प्रेम, द्वेष, अधूरी आशा-आकांक्षाओं का हमेशा अतिरिक्त तनाव लेकर बोझ तले जीना अच्छा नहीं है और यह सम्भव भी नहीं है। इसीलिए हम इन्हें 7/8 मन में छिपा लेते हैं। अपना बहिर्मन अन्तर्मन की तलहटी में चल रहे इस कोलाहल पर नियंत्रण पाने की हमेशा कोशिश करता है। बहिर्मन का अन्तर्मन पर जो नियंत्रण होता है, वह कई कारणों से ढीला पड़ता है। मनुष्य बीमार होता है। चिन्ताओं से घिरा होता है। निरन्तरता झेल रहे किसी पीड़ा के कारण भयभीत होता है। कई सवालों के जवाब नहीं मिलते हैं इसलिए हमेशा उसका मन तनावों से भरा रहता है।

अपने देश में स्त्रियाँ हमेशा विविध दबावों तले जीती रही हैं। इसीलिए भूत बाधा, किसी देवी या ईश्वरात्मा का शरीर पर सवार होना जैसी घटनाओं में स्त्रियों की ही अधिक संख्या होती है। भारतीय स्त्रियाँ पारिवारिक, सामाजिक, आर्थिक, सांस्कृतिक परिस्थितियों से निर्मित कई दबावों को लम्बे समय से झेलती आ रही हैं। गरीब और पिछड़ी जाति की महिलाएँ तो सबसे अधिक दूसरों पर निर्भर रहा करती हैं। इन सारी बातों के कारण स्त्रियों के शरीर में

ईश्वरात्मा तथा देवी के प्रवेश के उदाहरण अधिक देखे जाते हैं। जिनके शरीर में देवी प्रवेश करती है या जिनको भूत बाधा होती है ऐसे लोग आम तौर पर दूसरों के आदेशों का पालन करनेवाले होते हैं। खुद सोचना और अपनी जिन्दगी के निर्णय खुद लेना उनके बस की बात नहीं होती है। इसलिए दूसरों से प्राप्त सूचनाओं और सुझावों का ऐसे लोग बहुत जल्दी पालन करते हैं। इनके शरीर में देवी का प्रवेश होना तथा उसके कारण आवेश का संचार होना हमेशा की घटनाएँ होती हैं। व्यक्ति की इस प्रकार की हरकतें जिस समय होती हैं उनके आगे-पीछे के दिनों में उसे बहुत बड़ा मानसिक या शारीरिक आघात पहुँचा होता है। व्यक्ति मन से बहुत अधिक संवेदनशील होता है। शरीर में देवी का प्रवेश, संचार होना, इस अवस्था में लोगों को सलाह-मशविरा देना और उपाय बताते जाने की क्षमताओं का विकास होना आदि बातों पर उस व्यक्ति का पक्के तौर पर भरोसा होता है। इस मानसिक दौर से गुजर रहे व्यक्ति के जीवन में घटित छोटी दुर्घटना भी उसके मन का नियंत्रण बिगाड़ने का कारण बन सकती है। ऐसी दुर्घटना अजीब साए के एहसास की हो, अमावस, पूर्णिमा इन दिनों की हो, सुनसान पनघटों से वापस लौटते समय लगनेवाले डर की हो, रात के समय में फैले डरावने अन्धकार की हो या फिर एकाध चीत्कार या कर्णकर्कश आवाज हो, ऐसे व्यक्ति के मन में थोड़ी-सी भी हलचल हो गई कि उसके चाल-चलन, बर्ताव और बातों में फर्क पड़ता है और आखिरकार उसके शरीर में देवी का संचार हो गया है तथा उसे भूत बाधा हो गई है कहा जाता है।

हमारे देश में लोगों पर परम्परागत उपचार पद्धतियों का बहुत अधिक प्रभाव है। अभी तक आधुनिक उपचार पद्धतियों का जितना प्रचार होना चाहिए उतना नहीं हुआ है। इसीलिए ईश्वरात्मा का प्रवेश या देवी के शरीर में संचार होने की घटनाएँ बहुत अधिक मात्रा में देखी जाती हैं। अन्य विकासशील तथा पिछड़े देशों में भी इस प्रकार की घटनाएँ घटित होती हैं। सामान्य तौर पर लोगों के मतानुसार किसी के शरीर में देवी का संचार और ईश्वरात्मा का प्रवेश होने का अर्थ एक व्यक्ति के शरीर में किसी दूसरे व्यक्ति (मृतात्मा) का संचार होना है। उस व्यक्ति पर दूसरी आत्मा का पूरी तरह से नियंत्रण हो जाता है। कुछ लोगों के शरीर में ईश्वरीय ताकतों का संचार होता है, चाहे वह माँढर देवी हो, यल्लम्मा हो या कोई बाबा, बुवा, गुरु हो।

जिस व्यक्ति के शरीर में इस प्रकार की ईश्वरात्मा का संचारण होता है उसकी मनोदशा बदल जाती है। वह व्यक्ति बहुत अधिक उत्तेजना में आता है या बहुत अधिक उदास रहने लगता है। वह ऊटपटाँग गीत गाने लगता है। बड़बड़ाने लगता है। असंगत बर्ताव करने लगता है। कभी-कभी तो जो काम साधारण आदमी नहीं कर सकता वैसे परिश्रमवाले कामों को अंजाम भी दे देता है। उसके चेहरे में परिवर्तन देखा जाता है। उसकी आवाज, बातों में परिवर्तन हो जाता है। आचरण बदल जाता है। मिरगी के मरीज के हाथ-पाँव जैसे अकड़ जाते हैं वैसे ही इसके हाथ-पाँव और शरीर की अवस्था हो जाती है। शरीर में किसी देवी या ईश्वरात्मा का संचार होने पर गोल-गोल घूमना, दौड़ना, आँखें बन्द करके बहुत देर तक बैठे रहना और अप्राकृतिक अवस्था में बहुत देर तक एक जगह पर बैठना आता है। कभी-कभी खाने-पीने या जीने की इच्छाओं से वासना का उठ जाना तथा एक ही स्थिति में एक जगह पर निर्विकार रूप से बैठे रहना भी होता है।

ऐसे व्यक्ति के सामान्य तौर पर तीन प्रकार होते हैं—

1. जिसके शरीर में ईश्वरात्मा या देवी का संचार होता है वह व्यक्ति वास्तविक दुनिया से काफी दूर जा चुका होता है। शारीरिक संवेदनाओं में पूर्ण रूप से बाधा निर्माण होता है। चेहरे के भाव बदलते हैं। आवाज बदलती है। ऐसे व्यक्ति को उस अवस्था से सामान्य अवस्था में वापस लेकर आना मुश्किल होता है। उसको ऐसी स्थिति में किए गए किसी भी कार्यव्यापार की याद रहती नहीं है।
2. व्यक्ति आधे होश की अवस्था में होता है। संवेदनाओं में बाधा निर्माण हो जाता है। आवाज में कोई बदलाव नहीं। देवी का संचार खत्म होने के बाद उसने उस अवस्था में क्या किया था और क्या बोल चुका है इसकी कुछ-कुछ बातें याद रहती हैं।
3. व्यक्ति पूर्णतया होश में होता है। उसकी आवाज या चेहरे में कोई बदलाव नहीं होता है। थोड़े से प्रयासों के बाद उसे सामान्य अवस्था में वापस लाया जा सकता है।

इन तीनों अवस्थाओं के दौरान व्यक्ति का मानसिक सन्तुलन बिगड़ चुका होता है। सच्चाई को जाने बिना उसे भूत-पिशाच की बाधा हो चुकी

है यह समझकर वैसे उपाय किए जाते हैं। भूत से मुक्ति देनेवाले मांत्रिक के पास उसे लेकर जाते हैं। वहाँ आग से धुआँ बनाकर उस धुएँ में उसे बहुत देर तक बिठाया जाता है। उसे पीटा जाता है। पीले चावल और मुर्गे का उसके नाम से भोग चढ़ाया जाता है। नीबू से उपाय किया जाता है। इससे मनोविकृत व्यक्ति को भरोसा होता है कि भूत होता है, उसकी बाधा होती है और उसने ही हमें बाधित किया है। उसे इस बात पर भी भरोसा होता है कि मांत्रिक मंत्रों-तंत्रों की सहायता से भूत को नीबू से पकड़ सकता है, भूत को भीतर से बाहर निकाल फेंका जा सकता है। इसीलिए मांत्रिक द्वारा की जानेवाली विधियाँ उसके नजरिए से मानसिक उपचार ही होता है। कई बार असहनीय ठुकाई तथा मारपीट से भी भूत-पिशाच की बाधा से बाधित व्यक्ति ठीक हो जाता है। इस प्रकार की मारपीट या ठुकाई इतनी अधिक होती है कि उस व्यक्ति को लगता है हमारे साथ दूसरा कुछ भी हो सहन किया जा सकता है लेकिन इस प्रकार की मारपीट न हो, अर्थात् वह अपनी मानसिक अवस्था से बाहर आने के लिए भरसक कोशिश करता है। इस प्रकार का उपाय क्रूर और भयंकर होता है।

ऐसा भी कई बार होता है कि भूत-पिशाच से बाधित किसी महिला पर पाँच-छह लोगों से भी नियंत्रण पाना मुश्किल होता है। यह ताकत उस महिला में कहाँ से आती है? वैसे दावा किया जाता है कि प्रेत बाधा या भूत बाधा के कारण ही उस महिला में इतनी ताकत आती है। लेकिन इसमें कोई सच्चाई नहीं होती है। सच्चाई यह होती है कि इस प्रकार से ताकत पैदा होना मन की उन्माद अवस्था होती है और ऐसी स्थिति में सामान्य परिस्थिति के आचरण से अलग आचरण होता है। लेकिन उसका घटित होना भी मनुष्य की अधिकतम सीमा तक ही सम्भव है। इस बात का हमेशा ध्यान रखें कि कई बार किसी महिला की असामान्य कृतियों का वर्णन बढ़ा-चढ़ाकर किया जाता है। सोलापुर में एक बहुत बड़ा इमली का पेड़ प्रसिद्ध है जिस पर लोग चढ़ नहीं सकते हैं। लेकिन जिसके शरीर में देवी का संचार हो रहा है वह महिला चढ़ सकती है, ऐसी बात आसपास के गाँवों में फैल चुकी थी। इसीलिए अन्धविश्वास उन्मूलन के कार्यकर्ता ने उस गाँव में जाकर सच्चाई जानने की कोशिश की तो पता चला कि वह पेड़ ज्यादा-से-ज्यादा पचीस फिट ही ऊँचा था। किसी बात को बढ़ा-चढ़ाकर बताने के सामाजिक स्वभाव के कारण लोगों द्वारा उस

पेड़ की ऊँचाई इतनी बढ़ाई गई थी कि वह लोगों की बातों से आकाश को छू रहा था। इन झूठी-पाखंडी बातों के चलते लोगों के मन में इस बात का विश्वास पैदा करना जरूरी है कि भूत-पिशाच की बाधा जिस व्यक्ति को हो चुकी है वह मनुष्य ताकत की सीमा से परे की बातों को अंजाम नहीं दे सकता है। जिन बातों में किसी विशेष कौशल की कम-से-कम आवश्यकता होती है वह अगर उसके पास नहीं है तो वैसी बातों को कितनी भी भूत-पिशाच की बाधा हो या ईश्वरात्मा या देवी का संचार हो वह अंजाम तक पहुँच नहीं सकता है। भूत-प्रेत से बाधित व्यक्ति पेड़ की चोटी पर चढ़कर जाकर बैठ सकता है लेकिन उसने अगर पहले कभी साइकिल चलाई नहीं है तो ऐसी अवस्था में कभी भी साइकिल नहीं चला सकता। वह किसी पेड़ की चोटी पर जा सकता है इसका मतलब उसको भूत-प्रेत से ताकत प्राप्त हो रही है ऐसी बात नहीं है। सामान्य विवेकवादी लोगों को इसका भय होता है कि पेड़ की चोटी तक चढ़ना खतरनाक है और वहाँ से अगर फिसल गए तो हमेशा के लिए अपाहिज करने वाली चोटें लग सकती हैं। लेकिन जिस स्त्री के मन का विवेक खत्म हो चुका है उसको इस प्रकार का कोई भय नहीं होता है। इन सारी बातों में बाधा से प्राप्त सामर्थ्य का होना नहीं बल्कि सोचने की ताकत खत्म होना है। इसके अलावा पूर्णिमा और अमावस के दौरान इन घटनाओं में वृद्धि होती है यह समझा जाना भी आधारहीन है। येरवडा मेंटल अस्पताल में कई हजार लोगों के उदाहरणों के अध्ययनोपरांत इस विषय को लेकर काफी खोज-बीन की गई है, लेकिन उससे यह पता नहीं चल पाया और न ही अन्य कहीं पर ऐसे निष्कर्ष तथा सबूत प्राप्त हुए हैं।

भूत-पिशाच की बाधा अथवा देवी का शरीर में संचार होना इन दोनों बातों पर अगर विचार करें तो पता चलता है कि ये प्रकार एक जैसे ही हैं। दोनों जगहों पर मानसिक स्थिति और आचरण एक जैसा ही होता है। कोई स्त्री सुहागन होती है और अपने पति के साथ ससुराल में रहती है। शादी हुए चार-पाँच साल हो गए हैं पर कोई बच्चा नहीं है तो ऐसी स्थिति में बच्चा न होने का दोष स्त्री के माथे पर ही मढ़ दिया जाता है। पति भी इसके लिए कारण हो सकता है इस बात को पुरुषप्रधान सामाजिक व्यवस्था में कौन ध्यान देता है? घर में सास उसे भला-बुरा कहकर तकलीफें देती है। वह स्त्री पास-पड़ोसवालों के उपहास का विषय बन जाती है। इस स्थिति में पति अगर

शराबी हो तो उसके द्वारा बीच-बीच में मारपीट भी होती है। वर्तमान सामाजिक व्यवस्था में इन सबसे मुक्ति पाने का कोई मार्ग नहीं है। ऐसे हालात में उस स्त्री के लिए न अपने माता-पिता के पास वापस लौटने का मौका होता है, न ही घर की परिस्थितियाँ बदली जा सकती हैं और न ही अकेले रहने का कोई मौका होता है। हमेशा होनेवाली इन शारीरिक और मानसिक तकलीफों के कारण उसके मन का सन्तुलन बिगड़ जाता है। उसने बचपन से अपने आसपास शरीर में देवी का संचार होनेवाली महिलाओं को देखा होता है। उस पीड़ित स्त्री के जीवन में जो तकलीफें हैं उनसे कोई मुक्ति का रास्ता दिखाई नहीं देता तब उसका मन इन रास्तों का आसरा ढूँढ़ लेता है। उसके जीवन की तकलीफों का यह समाधान नहीं है लेकिन फिलहाल कुछ दिनों के लिए इससे मुक्ति पाने का आसान रास्ता यही लगता है। इस स्त्री के शरीर में शुक्रवार के दिन देवी अंबाबाई का संचार होता है, यह एक बार सबको पता चला कि पास-पड़ोसवाले अपनी मुश्किलों को लेकर उसके पास आना शुरू करते हैं। जो सास रोज तकलीफें दे रही थी उसकी नजर में उसको सम्मान मिलने लगता है और उसे क्या चाहिए क्या नहीं देखा भी जाता है। शराबी पति कम-से-कम उस दिन तो पीटना बन्द करता है। इसलिए इस प्रकार से देवी का संचार होना उस स्त्री का अपनी तकलीफों से मुक्ति पाने का एक उपाय होता है। वह उसके द्वारा किया जानेवाला ढोंग नहीं उसके व्यक्तित्व का अंग बन जाता है।

उस स्त्री की ऐसी स्थिति का कारण हम ढूँढ़ सकते हैं। मनोचिकित्सा द्वारा उपचार और दवाइयाँ मददगार साबित हो सकती हैं। लेकिन केवल इतने से उसके शरीर में देवी का संचार होना रुक जाएगा इसका कोई भरोसा नहीं है। उसको अगर बच्चा नहीं हो रहा है तो दूसरों का उसके साथ प्यार तथा मान-सम्मान, आदर से रहना जरूरी होता है। यह बात उपचार करनेवाले के हाथ में होती है।

नवरात्र उत्सवों के दौरान घड़ों में फूँक मारने का चलन सुधारवादी महाराष्ट्र के शहरों में भी बढ़ता जा रहा है। घड़ों में जब फूँक मारी जाती है तब महिलाओं के शरीर में देवी का संचार होने लगता है। आखिरकार इसका मतलब क्या है? जिस घड़े में फूँका जाता है वहाँ उच्छ्वास तथा फूँक के माध्यम से बाहर पड़नेवाला कार्बन डाइ ऑक्साइड वायु भरने लगता है। वह साँसों के साथ फेफड़ों में चला जाता है, खून में घुलने लगता है और खून में

ऑक्सीजन का प्रमाण कम होने लगता है। इसलिए दिमाग में खून के साथ पहुँचनेवाले ऑक्सीजन की मात्रा कम होती है। अन्ततः दिमाग की कार्यक्षमता पर इसका असर पड़ता है। इसका देवी के संचार होने की प्रक्रिया और पास-पड़ोस के माहौल के साथ बहुत नजदीकी सम्बन्ध होता है। कुछ दिन (उदा. मंगलवार, शुक्रवार), कुछ तारीखें (पूर्णिमा, अमावस) और कुछ उत्सव विशेष होते हैं। देवी के संचार के लिए खासतौर पर कुछ तिथियाँ, वार, उत्सव के परम्परागत रूप में पहले से ख्यात होती हैं। देवी का साज-शृंगार, जोर-शोर से किए जानेवाले पूजा-पाठ, धूप का जलाया जाना, उसकी हवा में घुलती गन्ध, नगाड़ों की आवाज, घंटा नाद, मंत्रों की आवाज, भक्तजनों की भीड़ आदि माहौल का भी प्रभाव पड़ जाता है और देवी के संचारण से उछलना-कूदना शुरू होता है। इस बेहोश अवस्था में भी एक सावधानी होती है। सतारा की एक घटना मुझे याद आ रही है। गाँव के बीचोबीच बिलकुल चौक में देवी के सामने खुली जगह पर लगभग पचास के आसपास महिलाओं के शरीर में देवी का संचार हो गया था और वे नाचने लगी थीं। मेरे एक दोस्त ने उस जगह पर बड़ी जोरदार आवाज करते हुए मोटरसाइकिल को लेकर जाने की कोशिश की। एक्सिलेटर को मरोड़-मरोड़कर आवाज को जारी रखा। मोटरसाइकिल हमारे ऊपर से जाएगी इस भय से सबके शरीर से कुछ समय के लिए देवी भाग गई और मोटरसाइकिल के जाने के बाद फिर देवी का शरीर में संचार और फिर नाचना जारी रहा। एक बार तो एक स्त्री बेहोश होकर जोर-शोर से 'हाँ...हूँ...' कह नाच रही थी। वह अपना छह महीने का बच्चा घर पर छोड़कर आई थी। बच्चा घर में रोने लगा। पड़ोसियों ने उसे चुप करने की भरसक कोशिश की लेकिन वह चुप नहीं हो रहा था। वे उस बच्चे को उठाकर जहाँ उसकी माँ थी वहाँ लेकर आ गए। बच्चे के रोने की आवाज सुनकर देवी भाग गई और माँ जिन्दा हो गई। बच्चे को अपने पल्लू में छिपाकर उसने दूध पिलाया। शान्त किया। वापस दिया और फिर देवी से उसकी मुलाकात हो गई। 'हाँ...हूँ...' के साथ उसका फिर नाचना शुरू हुआ।

मानसिक सन्तुलन के खोने का कारण ढूँढ़कर उसके लिए उपाय करना मानसशास्त्रीय उपचार पद्धति का कार्य है। मनोचिकित्सकों की भाषा में इसे 'स्किजोफ्रेनिया' (गम्भीर मनोविकार) और 'हिस्टीरिया' (सौम्य मनोविकार) कहा जाता है। इस प्रकार से देवी का किसी के शरीर में आना एक प्रकार से

मनोविकृति है। ऐसी मनोविकृति का निर्माण होने से पहले मनुष्य डर और अनिश्चितता की खाई में धकेलनेवाले किसी बड़े हादसे का शिकार हो चुका होता है। घर में बढ़ चुका पारिवारिक तनाव, किसी की गम्भीर बीमारी, अचानक किसी बहुत बड़े आर्थिक नुकसान से निर्मित जिन्दगी की अनिश्चितताएँ, घर में देवी के संचार से होनेवाली किसी व्यक्ति की मृत्यु आदि तथा ऐसे ही कई अन्य हादसे होते हैं, जो मनोविकृति का कारण बनते हैं। यहाँ इस बात को ध्यान में रखना आवश्यक है कि भूत-पिशाच से पीड़ित या देवी के संचारण से पीड़ित हर व्यक्ति का मनोवैज्ञानिक विश्लेषण किया जा सकता है ऐसी बात नहीं है। मनोविश्लेषण बहुत गम्भीरता से धीरे-धीरे की जानेवाली प्रक्रिया है। कई बार यह भी गलतफहमी होती है कि अगर डॉक्टर के पास गए तो देवी कुपित हो सकती है या देवी के संचार की शक्ति कम हो सकती है। ऐसा उस व्यक्ति और उसके आसपास के लोगों को लगता है। अगर बीमारी कौन सी है यह पता चला तो उससे उसकी मुक्ति होगी या नहीं इसका भरोसा भी नहीं होता है। मानसिक अवस्था के लिए आसपास का माहौल, वहाँ घटनेवाली घटनाएँ कारण होती हैं और उसका इलाज कई बार मनोचिकित्सकों के लिए सम्भव नहीं होता है। मन का सन्तुलन नियंत्रण से ज्यादा बिगड़ चुका है तो उपचार करने की प्रक्रिया असफल होती है। रासायनिक तत्त्वों के कारण दिमाग और मज्जारज्जु का कार्य अधिक जटिल बन जाता है। उसकी मात्रा कम-ज्यादा हो गई तो भी मानसिक बीमारी पैदा हो सकती है। यह कैसे घटित होता है इसका उत्तर मनोचिकित्सकों के पास नहीं है।

मन के असन्तुलन को दुरुस्त कर इनसान को दुबारा साधारण बनाने का कार्य मनोविज्ञान करता है। मंत्र-तंत्रों के आधार पर भूत भगानेवाला तांत्रिक भी यह कर सकता है क्योंकि पीड़ित इनसान को इस बात पर भरोसा होता है कि हमें भूत की बाधा हो गई है और तांत्रिक या महाराज के पास उसे भगाने का अद्‌भुत सामर्थ्य है। इसी भरोसे की वजह से उसकी बीमारी का इलाज हो जाता है। उसके मन की इस अवस्था का कारण पूर्व-परम्परा से निर्मित रूढ़ियाँ होती हैं। ऐसे में हम जैसे लोगों को इस बात पर गौर करना जरूरी है कि मरीज को किन रास्तों से ले जाकर उपाय करें? परम्परागत अशास्त्रीय रास्तों से जाएँ या विज्ञानवादी रास्तों से जाएँ? इसके लिए पहले-पहल हमें इससे जुड़ी बातों की वास्तविक जानकारी को ध्यान में रखना चाहिए।

कई बार व्यक्ति के मनोव्यापार शारीरिक तौर पर बदलते हैं। उसके शरीर के बिगड़ने का शास्त्रीय कारण अगर समझ में नहीं आया तो लोगों को यह कहने का मौका मिलता है कि कोई टोना-टोटका हो चुका है। इसके लिए मनोविश्लेषण के आधार पर कुशल मनोचिकित्सक के उपाय के बाद टोने-टोटके का उपाय किया जा सकता है। इसका एक अच्छा उदाहरण है मेरी मेडिकल की पढ़ाई के समय का। उस वक्त एक बीस साल की जवान लड़की की हाल ही में शादी हुई थी और उसी समय उसे लकवे का दौरा पड़ गया। शरीर के आधे हिस्से की मानो जान ही निकल गई थी। उसे उपचार करने के लिए अस्पताल में दाखिल किया गया। वैसे देखा जाए तो इस उम्र में लकवे के दौरे की सम्भावनाएँ बहुत कम होती हैं। फिर भी उसकी जाँच-पड़ताल की गई लेकिन लकवे के सही कारणों का पता न चलने से चिकित्सा नहीं हो पाई। पन्द्रह-बीस दिनों तक उपचार होता रहा। लेकिन हालातों में कोई सुधार नहीं हो रहा था इसलिए ऐसे बीमार व्यक्ति को अस्पताल में ज्यादा दिन रखने में कोई अक्लमन्दी नहीं थी। लकवे की बीमारी के बाद वह मरीज तन्दुरुस्त होगा इसका भरोसा भी नहीं दिया जा सकता था।

उस समय हमारे प्राध्यापक और फिलहाल भारत के प्रसिद्ध मनोचिकित्सकों में से एक डॉ. देवसिकवार जी ने इस केस के बारे में सुना। उन्होंने उसका मनोवैज्ञानिक विश्लेषण किया। तब जाकर पता चला कि उसके शरीर के आधे हिस्से का काम न करने का कारण शारीरिक नहीं कुछ और है। दरअसल जिस पुरुष के साथ उसे शादी करने की इच्छा नहीं थी उससे उसकी शादी कानूनी ढंग से हो गई थी। इस पुरुष के साथ रहना तथा उससे शारीरिक सम्बन्ध बनाना उसे कतई पसन्द नहीं था। लेकिन इससे बचना भी मुश्किल था। इस प्रकार के शारीरिक सम्बन्ध का उसके मन में प्रखर विरोध था, और मानसिक दबावों के चलते शारीरिक सम्बन्धों के विरोध का एकमात्र मार्ग शरीर ने स्वीकारा था। लकवे की स्थिति में आधा निर्जीव शरीर पति को शरीर सुख देने में सक्षम नहीं था। इस प्रकार जबरदस्त मानसिक दबाव लकवे का कारण बन गया।

मनोवैज्ञानिक उपचारों के बाद यह दबाव कम किया गया। वह लड़की पहले जैसी बन गई। टोने-टोटके के उपचार करनेवाले तांत्रिकों, प्रसिद्धि प्राप्त करनेवाले देवर्षियों तथा पाखंडी बाबाओं को मौके क्यों मिलते हैं इसके

विश्लेषण के लिए यह एक आदर्श उदाहरण है। इस केस में हालातों को बदलने यानी तलाक देने और कहीं दूसरी जगह या मायके में जाकर रहने की गुंजाइश नहीं थी और उसके मन और शरीर को सँभालना था तो उसमें भरोसा निर्माण करने की आवश्यकता थी। मनोचिकित्सक दवाइयों और संवादों के माध्यम से इस आधार का निर्माण करते हैं लेकिन ऐसा ही आधार एकाध टोना-टोटका करनेवाला बाबा भी दे सकता था क्योंकि रिश्तेदारों के साथ-साथ लड़की को भी पता नहीं था कि उत्तेजना और अशान्त मनोव्यापारों के चलते ऐसा घटित हुआ है (मानसिक रूप से बीमार व्यक्तियों को अपनी बीमारी का पता नहीं होता है)। रिश्तेदारों को लग रहा था कि लड़की की जिन्दगी बरबाद करने का कारण कोई बुरी ताकतें या टोने-टोटके हैं। अर्थात् इस टोटके से बचाव करनेवाले प्रसिद्ध तांत्रिक पर उनको भरोसा था। इसी भरोसे के चलते और ऊपर विश्लेषित कुछ अद्‌भुत आकस्मिक उपायों के दिखावटी स्वरूप के चलते टोने-टोटके से मुक्ति मिल गई है ऐसी भावना प्रबल बन सकती थी और मानसिक सन्तुलन ठीक भी हो सकता था। आखिरकार जो मनोचिकित्सक या डॉक्टर नहीं कर सके उसे इस तांत्रिक बाबा या देवर्षि ने करके दिखाया इस प्रकार के ढोल पीटे जा सकते थे।

केवल मानसिक बीमारियों का ही नहीं कई शारीरिक बीमारियों का उद्‌गम भी मन के भीतर होता है, अतः बीमारी और अन्धविश्वास का नजदीकी सम्बन्ध है। मिरगी आना, चक्कर आना आदि का सम्बन्ध दिमाग की पेशियों के बिगाड़ से होता है। इन लोगों में मिरगी के साथ कुछ अन्य मानसिक बीमारियों की मौजूदगी के लक्षण भी दिखते हैं। उदाहरणार्थ आज भी तोड़-मरोड़ करना, हमेशा झगड़े करना, अचानक उठकर चले जाना आदि शारीरिक और मानसिक बीमारियों के लक्षण किसी देवी-देवता के क्रोधित होने से होते हैं ऐसी गलतफहमी समाज में मौजूद है। इन अन्धविश्वासों के चलते ऐसे बीमारों को किसी दरगाह या देवर्षि के पास जरूर लेकर जाते हैं। इससे कोई लाभ होने की सम्भावनाएँ बहुत कम होती हैं। बीमारी बढ़ती जाती है। आखिर में बहुत बीमार व्यक्ति को अस्पताल में लेकर जाते हैं। इन हालातों में कोई उपाय करना सम्भव नहीं होता और इस असफलता के चलते अन्धविश्वासों को अधिक मजबूती मिल जाती है। यही व्यक्ति शुरुआती दौर में डॉक्टर के पास आ जाता है तो आगे की सारी हानिकारक बातों को रोका जा सकता है

और अनेक मरीजों को उचित उपचारों से मुक्ति दिलाई जा सकती है।

कई बार मरीज.किसी निर्जीव मूर्ति जैसा चुपचाप बैठ जाता है। इस अवस्था में वह कई घंटे बैठे रहता है। खाना नहीं खाता है। कुछ बोलता नहीं है। बाथरूम जाने की विधियों को भी वह छोड़ देता है। ऐसे लक्षणों वाले मरीज को यकीनन देवर्षि या किसी तांत्रिक के पास लेकर जाते हैं। कल-परसों तक अपने कार्यकलाप ठीक-ठाक करनेवाला व्यक्ति अचानक अजीब तरीके से बर्ताव करने लगे तो समझा जाता है कि इसे पक्के तौर पर भूत बाधा हो गई है। किसी के द्वारा टोना-टोटका या जादू-टोना किया है। मनोचिकित्सकों की नजर में ऐसा व्यक्ति स्किजोफ्रेनिया का शिकार होता है। मानसिक बीमारी के अनेक प्रकारों में स्किजोफ्रेनिया बहुत अधिक गम्भीर बीमारी है। समय पर उपचार करें तो यह भी बीमारी ठीक हो सकती है। लेकिन ओझाओं और दरगाहों में फँसा कोई मरीज समझ पाए तब तक समय निकल जाता है।

शराब, गाँजा, चरस इन गलत आदतों से पीड़ित अनेक लोग हम देखते हैं। किसी आदत के अधीन होना स्वास्थ्य विज्ञान की भाषा में मानसिक विकृति ही होती है। इन लोगों को मनोचिकित्सकों की निगरानी में विशिष्ट प्रकार के उपचार दिए जाएँ तो फर्क पड़ सकता है। लेकिन इनको अलग-अलग धार्मिक स्थलों पर लेकर जाने की होड़-सी लगती है। मनौतियाँ माँगी जाती हैं। सोलह सोमवार का उपवास, सन्तोषी माता का व्रत आदि उपाय किए जाते हैं। इन उपायों से कुछ समय के लिए थोड़ा फर्क भी महसूस होता है। लेकिन फिर बहुत जल्दी पुरानी आदतें सिर उठाना शुरू करती हैं। शराब, गाँजा, चरस का नशा करनेवाले व्यक्तियों के सम्पर्क से, कुछ समय के लिए गलत आदतों से मुक्ति पा चुका इनसान फिर व्यसनाधीन हो जाता है। बाद में इसकी सम्भावनाएँ अधिक बढ़ जाती हैं और वह किसी गम्भीर बीमारी का शिकार हो सकता है। उसमें बीमारी की जड़ें गहराई से मौजूद हैं, यही इसका कारण होता है।

अन्धविश्वासों का बहुत अधिक और गहरा प्रभाव मानसिक तौर पर बीमार मरीजों पर होता है। डॉक्टरों के उपचार के बाद मरीज ठीक भी हो जाए तो उसके अन्धविश्वास बने रहते हैं। पूरी तरीके से ठीक होने के बाद व्यक्ति से अगर पूछा गया कि तुम्हें क्या हो गया था? तो वह कह देता है कि 'पागल हो गया था।' 'तुम कैसे ठीक हो गए?' 'शॉक और दवाइयों से ठीक हुआ।'

'पागल कैसे हो गए थे?' 'जादू-टोना या टोटका किया था किसी ने।' मतलब यह कि ठीक होने के बावजूद भी मरीज के दिमाग से जादू-टोना, भूत बाधा आदि कल्पनाओं को निकालना मुश्किल होता है। इन बातों पर उसका भरोसा होना उसकी व्यक्तिगत सोच होती है। वह जिस समाज में रहता है वहाँ टोना-टोटका, जादू-टोना, भूत बाधा इन कल्पनाओं पर पक्का विश्वास रखा जाता है। तांत्रिक उपाय बताकर उसको ठीक करता है और डॉक्टर दवा-पानी और शॉक से ठीक करता है। इसीलिए टोने-टोटके से मुक्ति देने का परिणाम एक ही निकलता है। इससे टोना-टोटका नहीं होता है यह कहाँ साबित होता है? ऐसे सवाल उसके दिमाग में उठने लगते हैं। कुछ मरीज देवर्षि के उपचारों से ठीक होते हैं; तो कुछ मरीज अस्पतालों में उपचारों के बावजूद भी ठीक नहीं हो पाते हैं। इसके पीछे कई कारण हो सकते हैं, जैसे मरीज की बीमारी का छोटा-बड़ा होना, बीमारी का कारण बन चुकीं सामाजिक परिस्थितियाँ आदि। ऐसे अनेक कारण हो सकते हैं। वह साधारण मनुष्य के आकलन से बाहर की चीजें होती हैं। उसकी मूल वजह यह है कि जिस समय एकाध गाँव, हिस्सा, समूह, इन अन्धविश्वासों पर जब विश्वास रखता है तब वहाँ यह सांस्कृतिक अन्धविश्वास (कल्चरल बिलीव) बन जाता है। एक व्यक्ति उसके विरोध में कुछ भी कर नहीं पाता है।

मानसिक बीमारी का समाज में सम्मानजनक स्थान नहीं है। ठाणे नहीं तो येरवडा के अस्पताल में (पागलों के अस्पताल में) इसको भर्ती करो जैसे उपेक्षा वाले, द्वेषमूलक और अपमानजनक वाक्य कहे जाते हैं। उसके साथ किसी भी प्रकार से सहानुभूति नहीं बरती जाती है। इसीलिए सुशिक्षित लोग भी मनोचिकित्सालयों में जाने से कतराते हैं। समय आ पड़ा तो देवर्षि या किसी बाबा के पास जाने के लिए तैयार हो जाते हैं। अपनी मानसिक स्थिति में कोई बिगाड़ हो गया है यह मानने की अपेक्षा हमें हमारा बुरा चाहनेवाली बाहरी ताकतें यह काम कर रही हैं यह मानना उन्हें उचित और बहुत आसान लगता है क्योंकि यह मानने से अपमान और अप्रतिष्ठा से बचा जा सकता है। इसलिए अन्धविश्वास उन्मूलन आन्दोलन में काम करनेवाले कार्यकर्ताओं को मानसिक बीमारियों के स्वरूप, मनोचिकित्सालयों के कार्य आदि का प्रशिक्षण लेना चाहिए।

जिनके शरीर में देवी का संचार होता है ऐसे लोगों को हमारे यहाँ

मानसिक रूप से बीमार नहीं समझा जाता है। किसी को मानसिक रूप से बीमार समझा गया और वह अविवाहित है तो शादी के बाद अपने आप ठीक हो जाने का सामाजिक भ्रम भी है। दूल्हा-दूल्हन तथा घरवाले एक-दूसरे को इसकी जानकारी दिए बिना शादी करवाना अत्यन्त लाभकारी उपाय है समझते हैं और शादी करवाते हैं। शादी के बाद फर्क पड़ने की अपेक्षा लोगों द्वारा रखी जाती है लेकिन इसके बाद अगर कुछ होता है तो यही कि इनके हालात पहले से अधिक बिगड़ जाते हैं। नए रिश्ते-नाते पैदा होते हैं। पूरी तरह से अपरिचित व्यक्ति के साथ घने सम्बन्ध बन जाते हैं। विवाह के पश्चात् जीवन में नई आशाएँ और उमंगें होती हैं। ऐसे हालात में पहले से मानसिक रूप से बीमार व्यक्तियों का दम घुटने लगता है। बीमारी ठीक होने की अपेक्षा बढ़ जाती है। फिर और एक भ्रम पैदा किया जाता है कि स्त्री को बच्चा हो गया कि सब कुछ ठीक होगा। गर्भावस्था से शरीर और मन में रचनात्मक बदलाव होते हैं, ऐसी स्थिति में मानसिक रूप से बीमार स्त्री का माता बनना और उसे निभाया जाना मुश्किल होता है। कुछ कालोपरांत मानसिक विकार गम्भीर स्वरूप धारण करते हैं। दोनों परिवारों के हाथ चिन्ता, परेशानी, कड़वाहट इसके अलावा और कुछ लगता नहीं है। वास्तव में मानसिक तौर से बीमार व्यक्ति का ठीक होना और उसके बाद दो सालों तक कोई तकलीफ नहीं हो रही है अगर ऐसी स्थिति है तो डॉक्टरों से सलाह-मशविरा करें और अगर वे इजाजत दे रहे हैं तो ही शादी करने की बात पर गौर करें।

हाल-फिलहाल अनेक मनोचिकित्सकों ने तांत्रिक और देवर्षि के पास लोग क्यों जाते हैं इस विषय को लेकर खोजबीन तथा अनुसन्धान किया है। उससे कई बातें उभरकर सामने आई हैं।

ये देवर्षि और तांत्रिक बहुत आसानी से उपलब्ध होते हैं। पास-पड़ोस में ही रहते हैं इसलिए कभी भी इनके पास जा सकते हैं। वे जिस तरीके से लोगों से सवाल पूछते हैं, मुश्किलों को समझने की कोशिश करते हैं, वह भाषा, तरीका लोगों को परिचित होता है, इसीलिए वे लोगों को अपने लगते हैं। दूसरा पहलू यह है कि देवर्षि और तांत्रिक का व्यक्तित्व प्रभावित करनेवाला होता है। वह किसी व्यक्ति को और पूरे समुदाय को भी सम्मोहित करने की क्षमता रखता है। उसकी आवाज, उसका व्यवहार इसके अनुकूल होता है। वह हाजिर-जवाब होता है। उसका निरीक्षण सूक्ष्म होता है। सामनेवाले व्यक्ति की

बातों, निरीक्षण तथा उसके आसपास के माहौल से उसमें यह सामर्थ्य आता है। ये लोग जिन जगहों पर बैठते हैं वहाँ का वातावरण भी जानबूझकर गूढ़ और गहरा बनाया जाता है। संवेदनशील लोगों के मन पर उसका भी प्रभाव बन जाता है। साथ ही आसपास के इलाके में उसकी पहचान कम्युनिटी लीडर के रूप में होती है। अपनी शरण में आनेवाले लोगों को वह शारीरिक और मानसिक बीमारियों से मुक्ति की सलाह तो देता ही है, साथ ही किसी वस्तु के गुम होने तथा जानवरों के गायब होने से लेकर शुभ समय बताने तक का कार्य कर लेता है। खरीदारी का शुभ समय बता देता है। अशुभ बातों के निपटारे की विधि बता देता है। इस प्रकार कई विधियाँ वह अपना लेता है। अगर पाप हो गया तो उपाय बताने का काम करता है। कुल मिलाकर उसकी भूमिका किसी भी प्रकार की मुश्किल घड़ी में सलाह देनेवाली, उपाय बताकर धैर्य बढ़ानेवाली होती है। हर बीमारी की दवा इस तांत्रिक और देवर्षि के पास होती है इसलिए हमारी संस्कृति में किसी भी प्रकार की मुश्किल का उपाय बतानेवाले इस गुरु को इतना महत्त्व क्यों प्राप्त हो चुका है इस बात का रहस्य समझ में आ जाता है। इन देवर्षियों और तांत्रिकों की समाज में प्रतिष्ठा तथा सम्मान होता है। इसलिए उनके पास जाना अपमानजनक नहीं लगता है। उनके बारे में रसमय और चमत्कारपूर्ण कहानियों को फैलाने के लिए भक्तजन माहिर होते हैं। काल्पनिक और अतिशयोक्तिपूर्ण बातों का प्रचार जोर-शोर से होता है। इससे अन्धविश्वासी लोगों का भरोसा बढ़ जाता है। भक्तजनों की संख्या बढ़ने लगती है। उपचार के लिए आनेवाले पन्द्रह-बीस प्रतिशत लोगों की बीमारियाँ बहुत छोटी और आरम्भिक दौर की होती हैं। वे कुछ समयोपरान्त अपने आप ठीक हो जाती हैं। इस प्रकार से ठीक होनेवाले मरीजों की सफलता का माध्यम इन देवर्षि और मांत्रिकों को माना जाता है। इस सफलता का प्रचार-प्रसार शुरू होता है। लेकिन अस्सी-पचासी प्रतिशत असफलता को नजरअन्दाज किया जाता है।

मानसिक अन्धविश्वासों के बारे में कार्यकर्ता इस बात का ध्यान रखें कि हमें जो अन्धविश्वास लगता है वह श्रद्धावान लोगों के नजरिए से जिन्दा रहने के लिए अत्यन्त महत्त्वपूर्ण तरीका होता है। किसी ने जादू-टोना, टोटका किया, खाने की चीजों से विषबाधा हुई या सपने में आकर किसी ने संकेत दिए हैं आदि बातों पर इनके द्वारा भरोसा रखा जाना स्वाभाविक होता है। ऐसे

लोगों के अन्धविश्वासों का मजाक उड़ाकर उन्हें दुखी करने से या उनका परहेज करने से कुछ हाथ लगता नहीं है। इन अन्धविश्वासों पर किया गया विवेकवादी हमला उनकी आँखें खोल सकता है लेकिन उनकी आँखें पूरी तरह से खोली नहीं जा सकती हैं। हो सकता है वे आपसे दूर चले जाएँ। इसलिए ऐसे व्यक्तियों से अकेले, व्यक्तिगत तौर पर, उचित और जो उनकी समझ में आ सकता है ऐसी भाषा में संवाद करना आवश्यक है। साथ ही देवर्षि के पास नहीं जाना है तो उसके विकल्प कौन से हैं, उनके लिए क्या करना चाहिए आदि बातों का ज्ञान कार्यकर्ता के पास होना चाहिए। मानसिक उपचार के केन्द्र कहाँ-कहाँ पर हैं, वहाँ कौन से उपाय किए जाते हैं, वहाँ मरीजों को प्रवेश दिलाने के लिए क्या करना पड़ता है आदि बातों के साथ बीमार व्यक्ति के घरवालों, पड़ोसियों को कौन सी एहतियात बरतनी चाहिए इन बातों की जानकारी रखते हुए बड़े प्यार और आत्मीयता के साथ इनसे सम्बन्ध स्थापित करना ही इसका सही उपाय है। अर्थात् अन्धविश्वास उन्मूलन कार्यकर्ता को कुशलता से इस प्रकार के ज्ञान को गाँव-गाँव पहुँचाना आवश्यक है।

अन्धविश्वास का कोड़ा

सुबह सात बजे की घटना है। रोज दूध लेकर आनेवाले युवक के साथ और एक युवक था। दूधवाला ही उसे साइकिल से लेकर आया था। उसे चक्कर आ रहा था। चलते समय वह लड़खड़ा रहा था। हट्टा-कट्टा और लम्बा-चौड़ा युवक। क्या हुआ है देखने के लिए उसे टेबल पर बिठा दिया और जाँचते-जाँचते उससे बात की तो उसने कहा, 'डॉक्टर साहब आँखों के सामने अचानक अँधेरा फैलने लगा है। कुछ दिखाई नहीं दे रहा है।' इतना कहते-कहते वह बेहोश हो गया। इस गति के साथ देखते-देखते एकदम बढ़नेवाली बीमारी बहुत कम होती है। पहली सम्भावनाएँ विष बाधा की हो सकती हैं। दूधवाले के साथ उसके घरवाले दौड़कर उसे अस्पताल में ले आए। सतारा के पड़ोस में डेढ़-दो किलोमीटर पर ही उनका गाँव था। घरवालों ने जानकारी दी कि रात में दस के आसपास घर से नजदीक जानवरों के बाड़े में साँप ने काट लिया है। पास ही में बहिरोबा का पहाड़ है और वह साँप का विष उतारने की प्रसिद्ध जगह है। गाँववाले उसे उस मन्दिर में लेकर गए थे। तंत्र-मंत्र हो गया। प्रदक्षिणा हो गई। लेकिन ठीक होने की कोई सम्भावना दिख नहीं रही थी इसलिए आखिरकार लोगों को अस्पताल की याद आ गई। मेरे अस्पताल से उसे तत्काल सरकारी अस्पताल में भर्ती किया गया। लेकिन लोगों के अन्धविश्वास के कारण जो समय जाया हो गया था उसकी कीमत उसे चुकानी पड़ी। साँप के विष का मज्जातंतुओं पर बुरा असर पड़ा था। चक्कर, अन्धत्व, बेहोशी ये सारे लक्षण विष बाधा के बढ़ते परिणाम थे। सारे उपचार किए गए लेकिन उपचार शुरू होने के लिए काफी देर हो चुकी थी। तीन दिनों के बाद छब्बीस साल के उस जवान और दो लड़कियों के पिता ने छटपटाकर जान छोड़ दी।

विष के असर को कम करनेवाले मन्दिर और तांत्रिक हर गाँव में हैं। उनके द्वारा फैलाए गए भ्रमों के कारण कई लोग बेवजह अपनी जान से हाथ धो बैठते हैं। फिर भी ऐसी करतूतों के विरोध में कोई कुछ कहता नहीं है और न ही आवाज उठाता है। कारण, ऐसी जगहों पर जानेवाले सौ में से नब्बे लोगों की साँप के काटने के बाद भी जान बचती है। इसकी सफलता का श्रेय उस जाग्रत जगह और मन्दिर के सामर्थ्य के नाम जमा होने लगता है। साँप के काटने के बाद सामान्य तौर पर सौ में से नब्बे लोग कोई भी उपाय किए बिना जिन्दा रह जाते हैं। उसका कारण यह है कि अपने देश में साँपों की जितनी भी जातियाँ मौजूद हैं उसमें से केवल चार जातियाँ ही विषैली हैं। बिना विषवाले साँप के काटने के बाद कोई नुकसान होने की सम्भावनाएँ कम होती हैं। फिर उपाय चाहे करें या न करें। लेकिन विषैले साँप के काटने के बाद अगर आप तांत्रिकों पर भरोसा करने लगे तो चन्द घटों में काम तमाम हो जाता है। उचित समय पर उचित उपचार किया जाए तो अनमोल जिन्दगी को बचाया जा सकता है। एक इंजेक्शन समय पर दिया गया तो साँप से काटे गए व्यक्ति को मृत्यु के रास्ते से वापस लाया जा सकता है।

कुत्ते के काटने के बाद भी बेपरवाही दिखाना जान से खिलवाड़ ही है। पागल कुत्ते के काटने से विषैले कीटाणु मज्जातन्तु तक पहुँच गए कि हायड्रोफोबिया नाम की बीमारी हो जाती है। यह बीमारी भयानक है क्योंकि इसका अभी तक कोई उपाय नहीं ढूँढ़ा गया है। आप मरीज को लन्दन लेकर जाएँ; न्यूयॉर्क या मास्को लेकर जाएँ; मृत्यु अटल है। इससे जान बचाने का एक ही मार्ग है। बीमारी होने से पहले ही रोकी जाए और उसका उपाय है ऐंटी रैबीज वैक्सीन (प्रतिबन्धात्मक टीका) का इंजेक्शन लेना। इस टीके के चौदह इंजेक्शन लेने पड़ते हैं (आजकल इसकी संख्या कम हो गई है)। कुत्ते ने अगर काटा है तो वह पागल है कि नहीं इसको समझ पाना मुश्किल होता है। वह अगर पालतू है, हमेशा देखा जानेवाला है तो भी आगे चलकर यह नुकसान न हो इसलिए ऐंटी रैबीज वैक्सीन के तीन इंजेक्शन दिए जाते हैं। आगे के दस दिनों तक उस कुत्ते की निगरानी रखी जाती है; अगर वह पागल नहीं हुआ तो उस व्यक्ति को आगे के इंजेक्शन से मुक्ति मिल जाती है। कुत्ता अगर पागल हो गया तो वह दस दिनों में मर जाता है। ऐसी स्थिति में चौदह इंजेक्शन लेने ही पड़ते हैं। अब नए इंजेक्शनों का निर्माण हुआ है, वे बहुत

कारगर होते हैं। तीन से पाँच तक इनकी संख्या है लेकिन ये बहुत महँगे हैं।

कुत्ता पालतू नहीं है और वह भाग गया या उसे दस दिनों के भीतर ही किसी ने मार दिया तो वह पागल है समझकर चौदह इंजेक्शन लेने पड़ते हैं। लोमड़ी, भेड़िया, बन्दर, नेवला आदि प्राणी तो पूरे तरीके से जंगली ही हैं। उन पर ध्यान रखा जाना तो बहुत मुश्किल है इसीलिए उनके काटने के बाद इंजेक्शन लेना अत्यन्त आवश्यक है। बच्चा हो, बूढ़ा हो, महिला हो या कोई हट्टा-कट्टा इनसान हो इंजेक्शन से दूसरा कोई विकल्प मौजूद नहीं है। आम लोगों को इंजेक्शन लेने से भय है क्योंकि इंजेक्शन दर्द देनेवाले होते हैं। रोज एक जैसे चौदह इंजेक्शन। इसलिए इन इंजेक्शन्स के अलावा कुछ दूसरे उपायों को ढूँढ़ने की इनसान कोशिश करता है। यह मनुष्य की मूल स्वभावगत विशेषता हो तो भी ऐसा करना अज्ञान के कारण मृत्यु को आमंत्रण देना है। पागल कुत्ते के काटने के पश्चात् किसी के हाथों से दवा लेने से वह ठीक हो सकता है, ऐसी धारणा यकीनी तौर पर बनाना मृत्यु से बहुत जल्दी मुलाकात होना है। लेकिन अनेक जगहों पर आजकल इस प्रकार से दवाइयाँ देनेवालों का बोलबाला है। इनके पास आनेवाले अधिकांश लोग पालतू, साधारण और पागल नहीं होनेवाले कुत्ते के काटे हुए होते हैं। ठीक, अच्छे और पालतू कुत्ते की लार में हायड्रोफोबिया के कीटाणु नहीं होते हैं। इसलिए इससे कोई बीमारी होने की सम्भावनाएँ नहीं होती हैं। लेकिन लोगों की धारणा हो जाती है कि इस आदमी के हाथों से हमने दवा ले ली इसलिए होनेवाली बीमारी को रोका गया। प्रत्येक जिले में ऐसे दो-चार लोग यकीनन होते हैं। उनकी प्रसिद्धि पास-पड़ोसवाले गाँवों में होती है। कोल्हापुर जिले का नांदणी गाँव कर्नाटक के सीमावर्ती इलाके में है और इस गाँव का परिचय दूर-दूर तक इसी काम के लिए फैल चुका है। कई सालों से शेख नाम का एक व्यक्ति इस गाँव में इस प्रकार का धन्धा कर रहा है। हर रविवार के दिन वह दवा देता है। प्रत्येक पुड़िया में बहुत छोटे आकार की छह काली गोलियाँ होती हैं। वह कई पुड़ियों का एक गट्ठा बना देता है। फिर किसी मंत्र का जाप करता है, उस गट्ठे पर फूँक मारता है और एक मरीज को एक पुड़िया देता है। ऐसे ही सबको दवा देता है। तीन दिनों तक सुबह और शाम एक-एक गोली भगवान का नाम लेकर ली जाती है। इसके साथ एक महीने तक मेथी की सब्जी, खसखस, पपीता, कटहल, मांस नहीं खाना है और शराब नहीं पीना है। बहुत सारी जगहों

पर ऐसी दवाई को धर्मार्थ सेवा के नाम पर किया जाता है लेकिन वास्तव में पैसे लिए जाते हैं। रविवार के दिन इस शेख नामक व्यक्ति के दरवाजे पर लोगों की भीड़ जमा हो जाती है। पाँच-छह सौ लोग दवा को लेकर जाते हैं। महीने में चार-पाँच दिन का यह धन्धा होता है लेकिन तीन-चार हजार की कमाई होती है। अगर बिल्ली ने काटा है तो उसकी दवा अलग होती है। उसकी भी फीस देनी पड़ती है। शेख दावा करता है कि रत्नागिरि, पूना, सतारा, कर्नाटक से कई लोग उसके पास दवा लेने के लिए आ जाते हैं। उसका यह धंधा पिछली तीन पीढ़ियों से चल रहा है।

शेख का भरोसा है कि उसकी दवा पागल कुत्ते से काटे व्यक्ति को यकीनी तौर पर लाभकारी है। यह भरोसा प्रत्येक दवा देनेवाले व्यक्ति को होता है। लेकिन साँगली, कोल्हापुर के सरकारी जिला अस्पतालों में कुत्ते के काटने से हायड्रोफोबिया हो चुके और मृत्यु प्राप्त कर चुके मरीजों के आँकड़े कुछ अलग कहानी बयाँ करते हैं। इचलकरंजी की रंजना गणपति गाखे—इस ग्यारह साल की बच्ची को पागल कुत्ते ने काटा था। उसके पिता ने नांदणी गाँव से लाकर दवा को खिलाया। लेकिन कुछ दिनों के भीतर ही रंजना बीमार पड़ गई। इचलकरंजी के अस्पतालों में कोई फर्क नहीं पड़ा तो साँगली के सरकारी अस्पताल में 28 जुलाई, 1982 के दिन भर्ती किया गया। 29 जुलाई, 1982 के दिन उसकी मृत्यु हो गई। नांदणी की दवा देकर बेटी के मृत्यु को उन्होंने खुद आमंत्रण दिया था। अब सिर पीटने के अलावा और क्या कर सकते हैं। उदगाँव के शहाबुद्दीन नदाफ और तातोबा मगदूम इन दोनों को एक दिन एक ही पागल कुत्ते ने काट लिया था। तातोबा मगदूम ने तत्काल सरकारी अस्पताल में जाकर चौदह इंजेक्शन ले लिए थे लेकिन शहाबुद्दीन नदाफ का भरोसा नांदणी की दवा पर था। उन्होंने वहाँ से दवा ले ली। शहाबुद्दीन के साले फरीद नदाफ का इस दवा पर बिलकुल भरोसा नहीं था। उन्होंने शहाबुद्दीन को इंजेक्शन लेने के लिए कई बार मिन्नतें की थीं। लेकिन शहाबुद्दीन ने इसे हलके में लेकर नजरअन्दाज किया। कुछ दिनों के बाद हायड्रोफोबिया के चलते शहाबुद्दीन की मृत्यु हो गई। तातोबा मगदूम की जान उचित समय पर अस्पताल जाने से और दवा के चलते बच गई।

जयसिंहपुर की मनीषा का भी बहुत दुर्भाग्यपूर्ण उदाहरण है। पूना में रिश्तेदारों के पास वह गई थी तब उसे कुत्ते ने काट लिया। उसके एक रिश्तेदार

डॉक्टर थे। उन्होंने उसे ऐंटी रेबीज के तीन इंजेक्शन दिए। लेकिन उसी समय मनीषा के घरवाले कुछ काम से उसे अपने घर वापस लेकर आ गए। मनीषा को बाकी बचे हुए ग्यारह इंजेक्शन देने की हिदायत रिश्तेदार डॉक्टर ने दी थी। लेकिन घरवालों ने समझा कि वह बहुत छोटी है और तीन इंजेक्शन दे दिए काफी हुआ। शेष ग्यारह इंजेक्शन के बदले में नांदणी की दवाई लेना उन्होंने उचित समझ लिया और घरवालों ने अपनी आँखों से बहुत दर्दनाक रूप में मनीषा का अन्त होते हुए देखा। उपचार विषयक अन्धविश्वास के चलते घटित यह घटना और उसके कारण जान से हाथ धो बैठने की बात इस प्रकार से दवा देनेवाले व्यक्ति की क्रूरता नहीं तो और क्या है?

अपनी सुविधा और श्रद्धाशीलता की वजह से लाचारी और आशा से ग्रस्त लोग अपने विचार और बुद्धि के कपाट बन्द कर देते हैं। किसी से उनको समझा जाना भी पसन्द नहीं आता। इसके विरोध में संघर्ष और लड़ाई तो बहुत दूर की बात है। उलटा उनका हठ के साथ यह मानना होता है कि हम जो कर रहे हैं वही सही है। सतारा जिले की अकेली माँढरदेवी की जात्रा के दौरान हजारों बकरों की आहुति दी जाती है। मन्दिर के आसपास खून-मांस का कीचड़ बन जाता है। कई लोगों के शरीर में देवी का संचार होता है। लेकिन यह सब कुछ मनोभाव से करनेवाले लाखों भक्तों के चलते माँढरदेवी का पहाड़ रंग-बिरंगा हो जाता है। वाई तहसील में बावधन का बगाड़ प्रसिद्ध है। पूना जिले में भी कुछ जगहों पर इसके प्रकार देखे जाते हैं। एक जगह अपनी मनौती को पूरा करने की इच्छा रखनेवाले व्यक्ति को सूर्योदय के समय नदी में नहलाया जाता है और उसे एक लम्बे खम्भे में आड़ा बाँधा जाता है। वह खम्भा बैलगाड़ी पर रखा जाता है जिसमें दौड़ के लिए तैयार किए गए बैल होते हैं। बैलों के दौड़ते वक्त आड़े टँगे हुए व्यक्ति को कितनी तकलीफें होती होंगी इसकी कल्पना करना भी मुश्किल है। यह भी पता नहीं कि इस क्रूर और भयंकर प्रथा से कौन-सी मनौती को पूरा किया जाता है। लेकिन लोग बड़े मान-सम्मान के साथ इस गलत प्रथा से अपना भला होने की अपेक्षा रखते हैं। बगाड़ के विरोध में एक शब्द का उच्चारण भी आफत मोल लेने जैसा है। ब्रिटिशों के काल में ही बगाड़ के विरोध में कानून को मंजूरी दी गई है, लेकिन अन्धविश्वास और पक्की धारणा के चलते कानून क्या कर सकता है?

फलटण तहसील के जावली गाँव में चैती पूर्णिमा की जात्रा में टक्करें होती हैं। गाँव के मन्दिरवाली दीवार पर मातंग समाज के लोग आकर टक्करें मारते हैं। कभी किसी दुर्घटना से पत्थर किसी के सिर पर लगे तो भी डॉक्टरों को चिन्ता होती है। दिमाग के भीतरी हिस्सों में खून के बहने से व्यक्ति की जान का खतरा होता है। यहाँ तो पत्थर की दीवार को दौड़ते हुए आकर टक्करें मारी जाती हैं। उसके विरोध में कोई बोले भी तो कैसे? (महाराष्ट्र अन्धविश्वास उन्मूलन के प्रयासों के बाद यह प्रथा बन्द हो गई है)।

आड़गाँव का एक किस्सा सुनने लायक है। पाटण से पाँच मील की दूरी पर यह गाँव है। उस गाँव में आज भी घासलेट का दीया नहीं जलाया जाता है। दीए जलाए जाते हैं खाने के तेल के।

खाने के तेल के भाव आसमान छू रहे हैं। गरीबों को यह तेल खाने के लिए नसीब नहीं है। वहाँ लालटेनों में इसका उपयोग कैसे सम्भव है? लेकिन आड़गाँव यही करता है। कपड़े खरीदने के लिए भी पैसे नहीं हैं लेकिन दीए के लिए यह तेल होता है। पिछले 70-80 सालों में आड़गाँव में किसी ने घासलेट का इस्तेमाल किया है, इसका उदाहरण नहीं है। घासलेट के इस्तेमाल से अशुभ होता है और इसके चलते कोई दुर्घटना होती है की धारणा पक्की है। कभी साँप सामने आ जाता है तो कभी कुछ और। शिवराम भीमा नाम के व्यक्ति ने रात में केकड़े पकड़ने के लिए घासलेट का इस्तेमाल किया तो वह अन्धा हो गया। कोंडिबा खराड़े ने घासलेट घर में लाकर रखा था इसलिए उसके घर में लगातार संकट आए और उसके लड़के मर गए, अन्ततः वह भी पागल हो गया जैसी बातें फैलाई जाती हैं और इन घटनाओं पर गाँववालों का पक्का भरोसा होता है।

गाँववालों के इस अन्धविश्वास को दूर करने के लिए कुछ कार्यकर्ता वहाँ गए। गाँव के मन्दिर में घासलेट की लालटेन को जलाया गया। कोई दुर्घटना नहीं हुई। काँच नहीं टूटा। लालटेन की आग बहुत ज्यादा भभकी भी नहीं। जमीन से कोई साँप ऊपर भी नहीं आया। लेकिन इसके बाद भी गाँववालों को पुरानी बातों पर बहुत अधिक भरोसा था। यह बात गाँववालों के गले में कैसे उतर सकती थी? कार्यकर्ताओं के वापस लौटते ही पहले जैसे था वैसे ही जारी रहा। उस गाँव से आए पत्र में लिखा था कि आपके जाते ही गाँव के पोलीस-पाटिल ने लोगों को इकट्ठा कर मन्दिर में जाकर ईश्वर से क्षमा माँगी

और भगवान को आवाहन किया कि 'जिन्होंने भी तुम्हारे दरबार में घासलेट को जलाया है उन्हें देख लो। उन्हें साड़ी पहनाकर अपनी जात्रा में नाचते-नाचते आने के लिए मजबूर करो।'

बोरगाँव में एक बार भाषण देने के लिए मेरा जाना हुआ था। अन्धविश्वासों पर ही बात करनी थी। गाँव वालवा तहसील के शक्कर मिल के पड़ोस में ही था। पानी के कारण हरा-भरा और सम्पन्न। सुशिक्षित। मेरा भाषण सुनने के लिए काफी भीड़ भी जमा हो गई थी। इस गाँव में एक बन्दर ने काफी ऊधम मचाया था। चार दिन पहले मेहमान बनकर आए व्यक्ति ने उसे बन्दूक से गोली दागकर मरवाया था। गाँववाले नाराज थे। सबके सामने हनुमान के वंशज को गोली मारना बहुत बड़ा गुनाह था। फिर ढोल-ताशे के साथ हनुमान के वशंज को विदा किया गया। गाय भी उपयुक्त प्राणी है। उसे सँभालना कठिन हुआ तो काट दो कहना तो बहुत दूर की बात है। खेती का नुकसान करनेवाले ऊधमी बन्दर को मारना भी वैसे ही मुश्किल है।

अन्धविश्वास को बढ़ावा देनेवाले ऐसे कई प्रकार के बुद्धिवादी महाराष्ट्र में हो रहे हैं। महाराष्ट्र और कर्नाटक की सीमा पर स्थित कई गाँवों में देवदासी प्रथा जीवन की बरबादी के भयानक रूप के दर्शन करवाती है। यल्लम्मा देवी के लिए लड़कियों को छोड़ दिया जाता है। इसका कारण क्या है? बालों में लट बन गई है इसलिए। लड़की के घर में गरीबी होती है। हमेशा से चलता आ रहा अज्ञान होता है। बालों की साफ-सफाई नहीं और तेल-पानी भी नहीं। बाल एक-दूसरे में अटक जाते हैं और गुँथ जाते हैं। अन्ततः कहा जाता है कि देवी की लट आ गई। लट आई का अर्थ ये लोग साक्षात् देवी का बुलावा आया है ऐसा समझ लेते हैं। फिर लड़की को यल्लम्मा के पहाड़ पर लेकर जाते हैं। देवी के साथ उसकी शादी की जाती है। उस लड़की के जीवन से देवी का कहीं कुछ सम्बन्ध नहीं होता है और आगे उसे भोग का साधन मानकर भोगना शुरू होता है। एक तरह से उसके नाम दर्दनाक जिन्दगी लिखी जाती है। उम्र से छोटी और कोमल लड़कियाँ इस गलत, भ्रम पैदा करनेवाले अन्धविश्वास के चलते वेश्या व्यवसाय के दरवाजे पर खड़ी की जाती हैं। मुम्बई के कामाठीपुर (वेश्या व्यवसाय की बस्ती) से सम्बन्ध स्थापित कर दलालों की एक लम्बी और मजबूत कड़ी तैयार हो जाती है। नाक-नक्श से खूबसूरत लड़कियों की ताक में रहकर उसके बाल कब गुँथ जाते हैं और लट

का बहाना बनाकर यल्लम्मा के सहारे वेश्या व्यवसाय के लिए बेचने के लिए दलालों की खोजी नजरें इन गाँवों पर मँडराती हैं।

कुछ माता-पिता देवी के सामने मनौती माँगते हैं कि हमारी इस माँग को पूरा कर दें देवी, हम तुम्हारे दरवाजे पर लड़की का दान करेंगे। उनकी छोटी-मोटी माँगें पूरी हो जाती हैं और देवी की झोली में अपनी बच्ची का दान दिया जाता है। किसी बूढ़ी देवदासी के गले में देवी का दर्शन और सिर पर यल्लम्मा का संसार (छोटा मन्दिर) होता है। अपनी मृत्यु से पहले उस देवदासी को दर्शन और यल्लम्मा का संसार किसी के गले में बाँधना होता है। यल्लम्मा के नाम पर माँगी जानेवाली भिक्षा की प्रथा (जोगवा) हमारे बाद आगे भी निरन्तरता से जारी रखी जाए, इसका खयाल रखा जाता है। केवल इसीलिए वह बड़ी चालाकी के साथ किसी को मना लेती है और उस लड़की की कोमल भावनाओं को कुचलकर उसे चिता पर चढ़ाया जाता है। जो देवदासियाँ मुम्बई में बेची नहीं जातीं वे अपने गाँव और प्रदेश में ही रहती हैं। एक अप्राकृतिक और अनैतिक जिन्दगी उस जवान लड़की के नाम लिख दी जाती है। सुखी जीवन के सपनों को जलाकर राख किया जाता है। सुखी और सुरक्षित जीवन के उसके लिए कोई मायने नहीं होते हैं। उसे प्रतिष्ठा, मान-सम्मान ये शब्द किसी दूसरी दुनिया के लगते हैं। उसकी पूरी जिन्दगी सड़ जाती है। यह सब कुछ क्यों और किसलिए?

बालों के गुँथने का अर्थ लट मानना या खुद यल्लम्मा की ओर से बुलावा आया है कहना यह केवल अन्धविश्वास से जिन्दगी की दुर्गति करना है। यल्लम्मा का जबरदस्त डर होता है। वह सबसे ज्यादा क्रोधित होनेवाली देवी है। यल्लम्मा की केवल चर्चा भी किसी ने की तो वह सारे घर-बार का जीना मुश्किल कर देती है। किसी पुरुष को हिजड़ा बना देती है। उसका डर भयानक होता है। इस भय से पीड़ित मन की मुक्ति और बालों की लटों को सुलझाने का कार्य अब महाराष्ट्र के कई स्थानों पर किया जा रहा है। बालों की लट देवी का बुलावा नहीं होती है। उसे सहज ही ठीक किया जा सकता है। और जिनकी लटों को ठीक किया जाता है उनका देवी कुछ बिगाड़ नहीं सकती है। ये बातें धीरे-धीरे अब जनमानस की समझ में आ रही हैं लेकिन कितने धीरे-धीरे इसका पता देवदासी प्रथा के विरोध में लड़ते समय व यल्लम्मा की जात्रा में आवाज उठाते वक्त पता चलता है। देवी अपने बच्चों की माँग नहीं करती

है। देवी के दरवाजे पर अपने बच्चों को न छोड़ें ऐसी आवाज हम दो सौ कार्यकर्ता दे रहे थे और हमारे चारों तरफ भक्तिभाव से जमा हो गया जनसमुदाय दो लाख का था।

गलत प्रथाओं से हमारा जीवन भर जाता है और इससे हमारा मन और भविष्य डाँवाँडोल हो जाता है। घर से किसी काम के लिए बाहर निकलते समय अगर तीन लोग हैं तो 'तीन तिगाड़ा काम बिगाड़ा' मन में आता है। रास्ते से चलते समय बिल्ली ने रास्ता काट लिया या कोई विधवा सामने से गुजर गई कि मन में आशंकाएँ पैदा होने लगती हैं। इससे उलट गाय और गाय का बछड़ा या कोई सुहागन रास्ते से गुजरते वक्त दिख जाए तो वह बेवजह मन में आशाओं को पैदा करती है। किसी काम से बाहर जा रहे हैं और कोई छींका तो मन में भय पैदा होता है। उल्लू की आवाज सुनी कि लगता है कुछ अशुभ होनेवाला है। किसी के सपने में कोई जीवंत आदमी मर गया तो वास्तविक जिन्दगी में उसकी उम्र लम्बी होती है की धारणा लोगों के मन में रही है। ऐसी अनेक बातें अन्धविश्वासों से भिन्न नहीं हैं। इन घटनाओं से किसी का कोई सम्बन्ध नहीं होता है लेकिन उनसे तालमेल बिठाकर अपना जीवन व्यतीत करने का प्रयास इनसान करता है। और अगर यह नहीं हो पाया तो मन दुखी होता है। अशुभ वास्तव में साकार होता है इस गलतफहमी का बारीकी से अध्ययन करें तो पता चलेगा कि धर्म तथा परम्पराओं में शोषण के लिए निर्माण किए गए कई आधारों के कारण ही इसका उद्‌गम हुआ है। किसी स्त्री के पति की मृत्यु में उसका कोई दोष नहीं होता है लेकिन उसकी विधवा होने की अवस्था को अशुभ माना जाता है। पति चाहे कितना भी जुआरी-शराबी हो लेकिन उसके होते किसी स्त्री के माथे पर कुंकुम लगाने का कारण तो है इसलिए उस स्त्री को शुभ माना जाता है।

उपर्युक्त गलतफहमियों से स्वास्थ्यविषयक गलतफहमियाँ थोड़ी अलग बातें हैं, लेकिन वे भी बहुत पक्की और समाज के लिए हानिकारक होती हैं। लेकिन वास्तविक दुनिया में उन्हें प्रयोगों से दुरुस्त करने के प्रयास किए जा सकते हैं। बिल्ली द्वारा रास्ता काटे जाने से काम नहीं हो पाता है इसे साबित करने की अपेक्षा चावल खाने से जख्मों में मवाद नहीं होता है यह साबित करना और समझाना आसान होता है। यह करना बहुत जरूरी है, इससे यह लाभ होता है, इससे मनुष्य का जीवन सुखी होता है। नमक खाने से खून की

शुद्धि होती है। तीखा खाने से ताकत आती है। मांसाहार करना शाकाहार से फायदे का है। गर्म किए बिना दूध पीना स्वास्थ्य के लिए लाभकारी होता है आदि गलतफहमियाँ जनमानस में बहुत गहरे तक बैठ चुकी हैं। इस प्रकार की बातें केवल डॉक्टरों को पता हों ऐसी बात नहीं, इनके बारे में अन्धविश्वास उन्मूलन कार्यकर्ताओं को भी पता होना चाहिए। उनकी वास्तविकता की जानकारी वे लोगों को भी दें। नमक से खून की शुद्धि नहीं होती है। हम लोग रोजमर्रा की जिन्दगी में जितना नमक खाते हैं उससे बहुत कम नमक की आवश्यकता शरीर को होती है। नमक ज्यादा खाने से ब्लड प्रेशर बढ़ जाता है, मूत्राशय की बीमारी होने की सम्भावनाएँ बढ़ जाती हैं। नमक जितना कम खाएँ उतना शरीर के लिए फायदेमन्द होता है, इसकी जानकारी होना आवश्यक है। नई पीढ़ी को शुरुआत से कम नमक खाने की आदत डालनी चाहिए। तीखा खाने और ताकत का सम्बन्ध दूर-दूर तक नहीं है। तृणधान, दलधान, मूँगफली और ऐसे अनेक पदार्थ खाने से मांसाहार जैसे ही पोषक तत्त्व मिल जाते हैं। गाय, भैंस को तपेदिक हो सकती है, उसके विषाणु दूध में उतर जाते हैं। मनुष्य के हाथ, बर्तन और अशुद्ध पानी के कारण दूध में अनेक विषाणु घुल-मिल जाते हैं। इसीलिए दूध को बिना उबाले कभी भी ना पीएँ। यह और इनके जैसी कई बातों को लोगों तक सहजता से पहुँचाना आवश्यक है।

इससे आगे की गलतफहमियाँ उपचार की गलत कल्पनाओं को लेकर होती हैं। अचानक आँखों से कम दिखाई देने लगे तो कोई ईश्वरीय बाधा या किसी का जादू-टोना माना जाता है। छूत-अछूत, चांडाल का काम है ऐसा समझकर देव-देवर्षि, तांत्रिक, मुर्गे की बलि देना, तंत्र-मंत्र आदि बातों में समय की बरबादी की जाती है। बहुमूल्य समय की बरबादी के बाद मरीज जब डॉक्टर के पास पहुँचता है तब तक आँखों को गम्भीर हानि हो चुकी होती है और उसको दुरुस्त करना बहुत मुश्किल होता है।

आँखों में कभी-कभी कुछ आ जाता है। आँखों की बाहरी बीमारी के दौरान आँखों में कुछ चुभने लगता है। पलकों के ऊपर-नीचे होते समय अन्दर कुछ है का आभास होता है। ऐसे समय में गन्दगी निकाल दो की सलाह दी जाती है। अकेले सतारा जिले में गन्दगी निकालनेवाली कई स्त्रियाँ केंजल, बावधन, सरताले, बावले, वालंजवाड़ी, नेरले, कीड़गाँव, आनेवाड़ी, देवूर, फलटण आदि गाँवों में मौजूद हैं। वे आँखों में सूई डालकर, जीभ से, रुई या

तिनके से गन्दगी निकालती हैं। कुछ समय के लिए थोड़ा-बहुत ठीक होने का एहसास भी होता है लेकिन आगे जाकर जो नुकसान होता है उससे सबकी आँखें हमेशा के लिए खुल जाती हैं। दुर्भाग्य से तब तक आँखों का अन्धापन आने का समय आ चुका होता है। जीभ या लार में विषाणु होते हैं, कोई फफूँद की बीमारी होती है, वह मरीज की आँखों में चली जाती है, आँखों की चमड़ी को इसका इन्फेक्शन होता है। उससे आँखों की पुतलियाँ सफेद हो जाती हैं, मवाद पैदा होता है। सूई लगने से धनुर्वात हो सकता है, मोतियाबिन्द हो सकता है या आँखें भी जा सकती हैं। इसके बाद मुश्किलों की गाज ऐसी गिर जाती है कि वह आदमी अगर नौकरीपेशा है तो उसकी नौकरी भी जा सकती है और सारे परिवार को आर्थिक समस्याओं का सामना करना पड़ता है।

'अ' जीवनसत्व के अभाव से बच्चों में रात का अन्धापन आ जाता है। उस पर समय रहते अगर उपचार किया जाए तो वह दूर हो सकता है। बिलकुल कम पैसों में अस्पतालों में इसके उपचार हो सकते हैं। लेकिन अक्सर इसके गलत उपाय किए जाते हैं। जैसे—सात घरों से भीख माँगकर खाने की चीज इकट्ठी करना और दहलीज पर बैठकर उसे खाना। कर्णभेद करके किसी धागे को मंत्रित करके उसमें डालना। मोतियाबिन्द तो अत्यन्त नाजुक सर्जरी के बाद निकाला जाता है। चश्मा पहनाकर नजर को पहले जैसा बनाया जाता है। लेकिन अनपढ़, गँवार गाँवों में चालाक नीमहकीम आ जाते हैं। कई बार देखा गया है कि वे अन्य राज्यों से आ जाते हैं। उनके द्वारा मरीज को सामने बिठाया जाता है। उनका कोई साथी मरीज का सिर पकड़ लेता है। दूसरा डफली बजाता है। नीमहकीम किसी नोकवाले हथियार से पुतलियों में आर-पार छेद करके एक झटके के साथ मोतियाबिन्द को अन्दर धकेलता है। यह इतनी जल्दी झटके से होता है कि क्या हुआ समझ में भी नहीं आता है। मरीज को तत्काल दिखाई देने लगता है और नीमहकीम जितना माँगे उतने पैसे दे देता है। इस व्यक्ति को गाँव में घुमाकर उसकी मिसाल दी जाती है और अन्य लोगों को इस उपचार के लिए तैयार किया जाता है। भीड़ बढ़ती है और पैसों की माँग भी बढ़ती है। पैसे कमाकर ये लोग एक ही दिन में भाग जाते हैं।

आगे कुछ दिनों के बाद मोतियाबिन्द अन्दर फूलता है और फूट भी जाता है। नीचे झुकने के बाद, खाँसने पर, छींकने पर वह अन्दर से पुतलियों से

टकराता है। असहनीय वेदना और दर्द पैदा होता है। ऐसे समय में मोतियाबिन्द अस्पताल में जाकर निकलवाना पड़ता है लेकिन वह व्यक्ति नजर लगभग खो देता है।

गूँगे और बहरे बच्चे का भी कई बार भयंकर उपचार होते देखा जाता है। फलाँ-फलाँ साधु-सन्त बच्चों का गूँगापन दूर कर सकता है यह सुनकर बच्चे के माँ-बाप उस साधु के पास बच्चे को लेकर जाते हैं। वहाँ कोई भी तंत्र-मंत्र करते हुए बच्चे की जीभ को गर्म धातु से दागा जाता है तो बच्चा जानलेवा तकलीफ से चिल्लाता है और उसके मुख से कुछ आवाजें निकलने का आभास होता है। साधु-बाबा के आशीर्वाद से बच्चा बोल सकता है की आशा शिक्षित, पढ़े-लिखे माता-पिता भी रखे रहते हैं इसलिए वे बच्चे को बार-बार वहाँ लेकर जाते हैं। किसी-किसी गूँगे और बहरे बच्चे के बारे में, इसके शरीर के दोष कभी दुरुस्त नहीं होंगे यह किसी डॉक्टर ने बताया होता है लेकिन अभिभावक ज्योतिषी, तांत्रिकों द्वारा दी गई राख आदि उपायों के पीछे दौड़ने लगते हैं। कोई-कोई ज्योतिषी बता देता है कि बच्चे के मन पर जबरदस्त आघात हो जाए तो वह बोल सकता है। अब अभिभावक अपने बच्चे को किस प्रकार जबरदस्त आघात पहुँचाया जाए इसका दिमाग खुजलाकर (दिमाग गिरवी रखकर) सोच-विचार करने लगते हैं। उनको ध्यान में आता है कि अपना बच्चा तैर नहीं सकता है। उसे तालाब के पास घुमाने के लिए लेकर जाया जाए और अचानक धक्का देकर पानी में गिरा दिया जाए। वैसा हुआ तो बच्चे को मानसिक धक्का लगेगा और उसकी वाणी वापस आएगी। माता-पिता ऐसे प्रयोग करते रहते हैं। इन प्रयोगों से बच्चे की जान जोखिम में आ जाती है तो भी प्रयोग जारी रहते हैं।

यह नहीं हो सकता और होगा नहीं ऐसा चिकित्साशास्त्र विज्ञान के आधार पर बता देता है लेकिन वहाँ पर लाचारी के साथ, अज्ञान से, झूठी आशा-अपेक्षाओं के साथ अन्धविश्वास जन्म लेता है। छह साल के एक बच्चे गणेश का पैर पोलियो के कारण बेजान हो गया था। किसी ने बताया कि इस बच्चे को गड्ढे में जहाँ कूड़ा फेंका जाता है कमर तक गाड़ दो। ऐसा करने से उसके पैरों में जान आ जाएगी। गणेश के पिता ने इस उपाय को आजमाने का मन बना लिया। सुबह-सुबह पत्नी के साथ कतवारखाने की पूजा की और सूर्योदय के समय बच्चे को कमर तक गाड़ दिया। वह थोड़े ही समय में रोने-चिल्लाने

लगा। पर दया किसे आती है और ध्यान कौन देता है? आखिरकार उसके रो-रोकर बेहोश होने का समय आ गया। उस समय उसे बाहर निकाला गया। उसके दोनों पाँवों में सूजन आ गई थी। जगह-जगह कूड़ेखाने में मौजूद चींटियों और कीड़ों ने उसे काटा था। एक पैर पोलियो के कारण गया था और अब इस क्रूर-भयानक अन्धविश्वास से दूसरा पैर भी काम से गया।

ऐसे स्वास्थ्य से सम्बन्धित क्रूर अन्धविश्वास और गलत धारणाएँ जानलेवा होती हैं। इनसे जीवन का बहुत अधिक हिस्सा घिर जाता है। जन्म से पहले ही इसकी शुरुआत होती है। अस्पताल में जाकर गर्भवती स्त्री की जाँच-पड़ताल न कराएँ यह गलतफहमी छोटे गाँवों में आज भी है। अनेकों की धारणा यह है कि घर में बच्चे को जन्म देना अच्छा होता है। बढ़ते बुखार के कारण कोई स्त्री बड़बड़ाने लगे तो सबसे पहला सन्देह जताया जाता है कि उसे कोई भूत बाधा हो गई है। दमे से घुटती-फूलती साँस से पेट ऊपर-नीचे होता है और ऐसी स्थिति में उसे कोई पेट की बीमारी हो गई है का सन्देह जताया जाता है। फेफड़ों की बीमारी को ठीक करने के लिए पेट को जलती सलाखों से दागकर बच्चे को जानलेवा तकलीफ दी जाती है।

मार्क्स ने कहा था कि 'मनुष्य को मनुष्य के दुःख भोगने ही चाहिए।' वैसे देखा जाए तो बड़ी तेज गति के साथ विकास पानेवाली उपचार पद्धतियों से, प्रतिरोधक उपायों से और स्वास्थ्यविषयक पढ़ाई के कारण सारे तंत्र-मंत्र, पाखंडी प्रवृत्ति का खात्मा होना जरूरी था। लेकिन अन्धविश्वासों से भरी मानसिकता, साधारण जनमानस की लाचारी से जुड़कर बनी सामाजिक व्यवस्था और इसके विरोध में दृढ़ता से लड़नेवालों के अभाव के कारण यह हो नहीं सका। कम-से-कम इससे आगे तो यकीनी तौर से सफलता देनेवाले इस मोर्चे पर लड़ना आवश्यक है।

भानमती का माजरा

अन्धविश्वास, बुवा–बाबा पर चर्चा करने के लिए जब भी बैठ जाते हैं तब भानमती पर हमेशा प्रश्न पूछे जाते हैं। उस छोटी–सी बैठक और चर्चा के दौरान हमने भानमती के कारनामे देखे हैं ऐसा बतानेवाले दो–चार मिलते हैं। भानमती के चमत्कारों के कुछ प्रसिद्ध किस्से लोगों में बहुत अधिक चर्चित और प्रसिद्ध हैं। घर का सामान बिना किसी वजह के हिलने लगता है। बर्तन आवाज करते हुए गिर जाते हैं। कपड़े बाहर आकर गिरते हैं। घर में रखी अलमारियाँ, कुर्सियाँ, टेबल भी एक कमरे से दूसरे कमरे तक का सफर करती हैं। भानमती की अधिक चर्चा है तो देखनेवालों की भीड़ घर के आसपास जुट जाती है तब चौथी मंजिल से कुछ चीजें तैरती हुई नीचे आने के दृश्य दिखते हैं। कभी घर में रखा गन्दगी से भरा घड़ा अचानक आकर फूटता है। कैसे आया, कहाँ से आया इसका कोई अता–पता चलता नहीं है। कभी घर में सूखने के लिए रखे गए कपड़ों में अचानक आग लग जाती है। बेवजह कपड़ों पर और शरीर पर काले दाग तथा धब्बे बन जाते हैं। जिन घटनाओं का तथा बातों का कोई उत्तर नहीं होता है ऐसी अमानवीय घटनाएँ होती हैं। कहीं घर में बनाया प्रत्येक पदार्थ कड़वा लगने लगता है, कहीं बच्चे का चाँदी का कमरबन्द अपने आप गायब होता है। अर्थात् इन कारनामों से सारा घर परेशान होता है। पास–पड़ोसवाले भी भयभीत होते हैं। लोगों के मन में भय, आश्चर्य और कुतूहल जगता है। कुछ दिनों तक वहाँ पर इन घटनाओं की चर्चा होती रहती है।

मराठवाड़े के बहुत सारे गाँवों में शरीर पर देवी का सवार होना—भानमती हो गई है ऐसे कहा जाता है। कुछ महिलाएँ 'हाँ...हूँ' के साथ जोर–जोर से चिल्ला–चिल्लाकर घूमने लगती हैं। जमीन पर लुढ़कती हैं और करवटों के

साथ अपने आपको घसीटती भी जाती हैं। बिना बात बड़बड़ाने लगती हैं। कोई दाढ़ी बढ़ा चुका, जटाधारी, गेरुए कपड़े पहना हुआ, गले में रुद्राक्ष की माला पहना हुआ महाराज इन महिलाओं को इससे छुटकारा देनेवाला होता है। किसी महिला की खोपड़ी, हाथ की दो हड्डियाँ, काले फटे कपड़ों से बनी पुतली, लकड़ी की पुतली, नीबू, कील, सूआ, सूई, जंगली खजूर की छड़ी आदि सामग्री को सजाकर बीच में आग जलाई जाती है और डफली की आवाज के साथ यह महाराज उनकी भानमती को दूर भगाता है। डफली की बढ़ती आवाज से इन महिलाओं का 'हाँ...हूँ' करना घूमना-गिरना भी बढ़ता जाता है। शरीर के विविध हिस्सों को विचित्र रूप से मरोड़ना जारी रहता है। हम कहाँ हैं, हमारे शरीर पर कपड़े हैं या नहीं इसकी सुध भी नहीं रहती है। घंटे, डेढ़ घंटे बाद डफली की आवाज धीरे-धीरे खत्म होने लगी कि इनका 'हाँ...हूँ' और घूमना-गिरना भी कम होने लगता है। वे खुद ठीक-ठाक हो जाती हैं। फिर उन महिलाओं को महाराज के सामने लाया जाता है। वह कोई राख-भभूत लगा देता है। कभी कोई महिला उसके सामने असंगत कुछ बड़बड़ाने लगती है तो फटाक से उसके शरीर पर छड़ी मारी जाती है या उसके कान के नीचे तमाचा लगाया जाता है। महाराज के सामने एक नारियल, पाँच नीबू रखना पड़ता है। एक नीबू में मंत्र फूँककर उसे वापस दिया जाता है और बाकी उसके पास रखे जाते हैं। सामान्य तौर पर पाँच-छह बार यहाँ आकर इस विधि को करने के बाद ठीक होने की हामी दी जाती है। इतने में अगर ठीक नहीं हुआ तो भानमती बहुत ताकतवर है कहकर आगे आने की हिदायत दी जाती है। ऐसी भानमती से पीड़ित लोगों के लिए मई 1982 में एक बड़े शिविर का आयोजन हिंगोली (अब हिंगोली एक अलग से जिला बन गया है) जिला परभणी में किया था। लगभग 300 व्यक्तियों की मनोवैज्ञानिक चिकित्सा की गई। भानमती कोई जादू-टोना नहीं है, यह तो एक प्रकार से मानसिक बीमारी है यह उन्हें प्रत्यक्ष तौर पर सुबूतों के साथ दिखाया था।

भानमती का शाब्दिक अर्थ टोना-टोटका, भूत बाधा, काला जादू इस रूप में लिया जाता है। इनसानों को तकलीफ देनेवाली, सहजता से स्पष्ट न होनेवाली ऐसी कोई अकल्पनीय घटना का मतलब ही भानमती है। शरीर पर देवी के सवार होने की स्थिति को अगर कुछ जगहों पर भानमती कहा जा रहा है तो पूरी तरह से ठीक नहीं है। भानमती की विशेषता यह है कि ऐसी घटनाएँ

चमत्कार और डर पैदा करनेवाली होती हैं। भानमती की दुर्घटना से बच गया, तो भानमती से बावड़ी में पानी आ गया, लॉटरी लगी या लड़का हो गया समझा जाता है लेकिन असल में ऐसा कभी होता नहीं है। आरम्भ में जैसे लिखा है वैसे कपड़े पर पड़नेवाले काले धब्बे, अचानक आग पकड़नेवाले कपड़े या उपले, घर की वस्तुओं की जगह अपने आप बदल जाना, घर पर गिरनेवाले कंकड़ और पत्थर, घर में मिल जानेवाले नीबू और पुतलियाँ आदि को भानमती के नाम पर खपाया जाता है। जिस महिला को भानमती हो चुकी है उसको लेकर भी कई गलतफहमियाँ फैलाई जाती हैं। ऐसी महिला किसी कोने में या खूँटी पर बैठ जाती है, वह अपने बालों के सहारे छत से लटकती है। ऐसी महिला की आँखों से, नाक से और कान से सूई, सूआ, कील भी निकलती हैं।

भानमती से पीड़िता और घर को लेकर लोगों में सहानुभूति होती है। दुःख भी होता है, लेकिन उन्हें इस तकलीफ से मुक्ति दिलाने का किसी से प्रयास नहीं होता है। 'यह सब कुछ पाखंड और बकवास है' कहनेवाले भी यह बकवास कैसे है यह बताने का कष्ट नहीं उठाते हैं। मन ही मन में कहते हैं कि बेवजह खतरा क्यों मोल लें, अगर वह है और हम पर गुस्सा हो गई तो क्या करेंगे? ऐसे विचार उसके मन में आना सम्भव है। सुनी हुई बातों को बढ़ा-चढ़ाकर कहने से वह कितनी बदलती है, बढ़ जाती है तथा उसका कितना विपरीत प्रभाव पड़ता है इसका पता बतानेवाले को नहीं होता है। इसलिए होता इतना ही है कि विज्ञानवादी युग में भी भानमती की भयावहता बरकरार है।

प्रत्येक कार्यकर्ता के मन में यह पक्की धारणा होनी चाहिए कि उसे विज्ञानवादी सिद्धान्तों के आधार पर भानमती का विवेचन और विश्लेषण करना है। किसी भी भौतिक ताकत के बिना कोई भी वस्तु एक मिलीमीटर भी एक जगह से दूसरी जगह पर नहीं जा सकती। या हवा से किसी चीज या वस्तु को निकाला नहीं जा सकता। अगर ऐसा कुछ हो रहा है तो यह ध्यान में रखना अत्यन्त आवश्यक है कि उसके पीछे कोई मानवीय, रासायनिक, जैव-रासायनिक, आदि करामातें हैं और उन्हें जानबूझकर अद्‌भुत चमत्कारी कहा जा रहा है। अचानक गिरनेवाले बर्तन, जलनेवाले कपड़े, कहीं से आकर गिर जानेवाला गन्दगी से भरा घड़ा अथवा कपड़ों पर पड़नेवाले काले दाग

इनके पीछे कोई–न–कोई सजीव हाथ जरूर होता है। भानमती को खत्म करने का मतलब है इस हाथ को पकड़ना। अर्थात् उसके लिए अनुभव, विज्ञानवादी विचार, विवेचनात्मक वृत्ति का आधार लेना पड़ता है। साधारण तर्क और विचार भी हमें यह बता सकते हैं कि आत्मा, भूत हैं ऐसा मानकर हम चलें तो भी उनका भौतिकवाद में कोई अस्तित्व नहीं है। तो फिर बिना भौतिकवादी अस्तित्व के भानमती किसी घटना को कैसे अंजाम दे सकती है? लेकिन यह सन्देह हमारे मन में कभी पैदा ही नहीं होता है।

भानमती के कई कारनामों को देखने के बाद क्या पता चलता है? विफलता से पीड़ित, घृणित, असफल व्यक्ति हमेशा ऐसे कारनामे करता है। असफलता और विफलता को पचाने की क्षमता उस व्यक्तित्व में नहीं होती है। यह असफलता हर बार गलत कामों के कारण आती है ऐसा नहीं है, दूसरे भी कई कारण होते हैं। इन स्थितियों में लोगों का ध्यान आकर्षित करने के लिए तथा मैं कितनी तकलीफ में हूँ, मुझे कितनी यातनाएँ हैं, मैं कितनी पीड़ाओं में हूँ दिखाकर लोगों की सहानुभूति और प्यार पाने के लिए ऊपर से दिखनेवाली आत्मपीड़ाओं से भरी घटनाओं को ऐसे व्यक्ति अंजाम देते हैं।

दूसरों का प्यार और सहानुभूति प्राप्त हो ऐसा सबको लगता है। लेकिन इसे अप्राकृतिक तथा विकृत रास्तों से पाना दुर्बलता का लक्षण है इसलिए उसके लिए और समाज के लिए भी हानिकारक है।

भानमती से पीड़ित व्यक्ति कभी छिप–छिपकर, कभी जानबूझकर तो कभी जाने–अनजाने अपने मन के भीतरी दबावों में आकर ऐसी कृतियों को अंजाम देता है। ऐसे व्यक्ति को मानसिक दृष्टि से कमजोर (सायकोलॉजिकली मालएडजेस्टेड) और अप्राकृतिक, विकृत (ऐबनॉर्मल) होने से मनोचिकित्सक की जरूरत होती है। ऐसे व्यक्तियों का मनोचिकित्सक उपचार करते हैं और भानमती के कारनामों को अंजाम दे चुके हैं की बात को कबूल भी करवाते हैं तथा ऐसी विकृत कृतियाँ आगे नहीं करेंगे की हामी ले सकते हैं। ऐसी सम्मोहनात्मक अवस्था में दिए गए वचनों का पालन उन व्यक्तियों से होता है। भानमती के सन्दर्भ में एक मजाकिया बात यह है कि व्यक्ति का बर्ताव ऊपर से तकलीफें निर्माण करनेवाला है ऐसा लगता है लेकिन वास्तव में वैसा नहीं होता है। शरीर पर पहने हुए कपड़ों में अचानक आग लग जाती है लेकिन ऐसा कभी नहीं होता कि इससे वह व्यक्ति बहुत अधिक झुलस गया है।

अलमारियों में रखी चीजें बाहर आ जाती हैं लेकिन कभी भी सोने-चाँदी के जेवर बाहर नहीं आते हैं, अगर आए तो छुट्टे पैसे आते हैं। किसी चीज के गायब होने का केवल आभास निर्माण किया जाता है। उस वस्तु पर अपना मालिकाना हक बरकरार रहे इसका भी खयाल रखा जाता है। बेवजह कोई अपने शरीर की तकलीफ या अपना आर्थिक नुकसान क्यों सहन करेगा?

भानमती को इस तरीके से खुली आँखों से देखने लगें तो कई मजाकिया बातें और असंगतियाँ पता चलती हैं। इसका झूठ सबके सामने आता है। गाँव से वसतीगृह में रहने के लिए आई एक जवान नादान लड़की वर्षा भानमती का शिकार हो गई। शरीर पर काले दाग पड़ने लगे। घरवाले घबराए और गाँव वापस लेकर गए। भानमती की बाधा खत्म हो गई। फिर वसतीगृह में भेज दिया तो दुबारा वही बात हो गई। फिर गाँव वापस भेज दिया तो बन्द हुआ। घरवाले परेशान हो गए। एक मनोचिकित्सक ने निरीक्षण के पश्चात् इस बात की ओर सबका ध्यान आकर्षित किया कि ये काले दाग शरीर पर सब तरफ आ जाते हैं, लेकिन पीठ जहाँ खुद का हाथ नहीं पहुँचता वहाँ ऐसे काले धब्बे पैदा करना सम्भव नहीं है। उस जगह पर कोई काले दाग नहीं हैं। कुछ धब्बे बिलकुल व्यवस्थित सफाई के साथ बने हैं तो कुछ ऊपर-नीचे अव्यवस्थित। ये भानमती से बने या खुद के दाएँ हाथ के अकुशल होने के अभाव से? आखिरकार सच कारण उस लड़की ने बताया। उसे पढ़ना नहीं था। गाँव के ही किसी लड़के के साथ उसे शादी करनी थी इसलिए वसतीगृह से गाँव की तरफ वापस लौटने के लिए उसने भानमती के कारगर उपाय को ईजाद किया था।

एक बारह-तेरह साल का लड़का। उसके सिर पर अचानक पत्थरबाजी होती थी। माता-पिता लड़के के चिल्लाने से दौड़कर आते थे और देखते थे कि लड़का सिर पकड़कर बैठा है और पास-पड़ोस में दो-चार पत्थर पड़े हैं। भानमती की करामातें। घरवाले घबराए हुए थे। देव, देवर्षि, सफेद-काले धागों को बाँधना आदि उपाय किए। लेकिन यह बार-बार होता रहा, रुकने का नाम नहीं ले रहा था। लड़के को कोई नुकसान न हो इसलिए स्कूल जाते समय इसे हेल्मेट पहनाया जाता था। डेढ़-दो साल से इसी परेशानी से सारा परिवार चिन्ता में पड़ा था। आखिर में नाराजगी के साथ हाँ-ना करते एक विवेकवादी की मदद ली गई। उसने जाँच-पड़ताल की और पूछा कि 'लड़के के सिर पर और शरीर पर पत्थर आकर गिरते हैं इसे किसी ने देखा है?' ऐसा न माँ ने

देखा था, न पास-पड़ोसवाले ने और न दोस्तों ने। लड़के से पूछा कि 'स्कूल जाते समय सिर पर हेल्मेट लगाने की आवश्यकता तुमने महसूस की या तुम्हारी माँ ने?' उसने उत्तर दिया, 'माँ ने।' उसकी माँ ने आगे उससे यह भी कहा कि 'तुम्हारे साथ अपना एक आदमी चौबीस घंटे रख देते हैं, देखें कि भानमती कैसे आती है।' उसने कहा, 'आपके डर से भानमती भाग जाएगी। आपके जाने के बाद फिर वापस आएगी।' इतनी चर्चा के दौरान परिवार की अन्य जानकारी भी दूसरे स्रोतों से इकट्ठी की गई थी। पता चला कि इस परिवार में यह लड़का अकेला है। पिता शराबी है। माँ बेटे से ज्यादा प्यार करती है और पढ़ाई में उससे अधिक अपेक्षाएँ रखती है। लड़के की बौद्धिक प्रगति साधारण ही है। प्रयासों और मेहनत से कितना फर्क पड़ सकता है? माँ की लड़के से पढ़ाई को लेकर काफी नाराजगी है। माँ का प्यार मिले, वह कुछ न कहे और पढ़ाई से छुटकारा मिल जाए इसके लिए लड़के ने ही भानमती की करामातें की थीं।

उस लड़के को पहले कुछ दिनों में ही इसका लाभ होते दिख रहा था। पढ़ाई को लेकर रोज का डाँटा जाना बन्द हो गया था। भानमती का जादू-टोना इस पर हुआ है ऐसा समझकर उसे दूसरों से सहानुभूति और प्यार प्राप्त हो रहा था इसलिए उसने भानमती को अपने पास ही रखना उचित समझा। यहाँ इस बात का खयाल रखना जरूरी है कि यह उस बच्चे का झूठापन और चालाकी नहीं, बल्कि निरुपाय, लाचार बनकर उसके बाल मन द्वारा अपनी अबोध मानसिक स्तर पर खोजा हुआ रास्ता था। अन्ततः उसके माता-पिता को समझाया गया कि आप अपने बच्चे को ज्यादा दबाव में डालेंगे, डाँटेंगे और फटकारेंगे तो इसके परिणाम उलटे ही होंगे। लड़के की भावनात्मक आवश्यकताओं के अनुकूल उन्हें पूरा करने की कोशिश जब माता-पिता से होने लगी तो बच्चे में भी धीरे-धीरे सुधार होने लगा।

एक व्यापारी को घर में कुछ भी खाना अचानक कड़वा लगने लगा। खाना खाए, चाय पीए या शक्कर खाए, सब कुछ कड़वा-कड़वा लग रहा था। सारे घरवाले परेशान हो गए कि यह कौन सी आफत आन पड़ी? बाहरवाले सहानभूति दिखाने लगे। यह कड़वाहट कुनैन की थी। एक चतुर कार्यकर्ता ने व्यापारी की आर्थिक स्थिति की जानकारी हासिल की। तब पता चला कि ऊपर-ऊपर से जो सब कुछ ठीक-ठाक होने का दिखावा किया जा रहा है वह

ठीक नहीं है। व्यापार में उसका बहुत बड़ा नुकसान हुआ है। देनदारों के पैसे देना भी मुश्किल हो रहा है। इस मुश्किल से कुछ समय के लिए छुटकारा पाने के लिए और लोगों से दया तथा सहानुभूति पाने का यह प्रयास था।

एक माँ की शिकायत थी कि उसके बच्चे को पहनाई चाँदी की करधनी किसी ने चुराई है। परिवार वैसे सम्पन्न था। एक करधनी गुम हो गई तो दूसरी लाते थे। लेकिन घर में आनेवाले सब पर नजर रखी गई। आखिरकार पुलिस में शिकायत की गई तो जाँच-पड़ताल की गई, जवाब ले लिए गए। आखिरकार कोई भानमती जैसी बाहरी ताकतें काम कर रही हैं मानकर तांत्रिकों पर पैसा भी खर्च किया गया। घर बैठे-बैठे कौन सी मुश्किल इस महिला के पीछे लगी यह सोचकर उसके सारे रिश्तेदार सहानुभूति दिखाने लगे और उसका पति भी उसके साथ बड़े प्यार तथा आस्था से रहने लगा। बच्चे पर कल आनेवाले संकटों की यह शुरुआत तो नहीं है, ऐसी चिन्ता सबको हो रही थी। सारे उपाय हो गए तो थककर उस महिला को मनोचिकित्सक के पास लेकर गए। उपचार के दौरान सच उसी के मुँह से सामने आया। दूसरी महिला के साथ गुलछर्रे उड़ानेवाला उसका पति घर में उस पर और लड़के पर ध्यान नहीं दे रहा था। भानमती का सहारा लेना उसका अपने तथा बच्चे की ओर पति को आकर्षित कर सहानुभूति और प्यार पाने का तरीका था। करधनी को बेचकर पैसे पाने का उसका उद्देश्य बिलकुल नहीं था। आज तक की सारी करधनियाँ उसने घर में ही एक डिब्बे में रखी थीं क्योंकि वह जानती थी कि माँ ने ही बच्चे की करधनी चुराई है ऐसा सन्देह कोई कैसे करेगा? भानमती के लिए वही जिम्मेदार है और ऐसी घटनाएँ खत्म होनी चाहिए इसका एहसास उसको दिलाया गया। अन्ततः सबको चिन्ता में डालनेवाले उसके बर्ताव में सुधार आया।

अज्ञान, अन्धविश्वास, लाचारी आदि कारणों से पैदा होनेवाली भानमती से घर के अन्य लोगों को काफी तकलीफ होती है। इसलिए इसका जिम्मेदार कौन है जब पता चलता है तब परिवार के लोगों द्वारा उससे जैसा बर्ताव करना चाहिए वैसा करना स्वाभाविक और सम्भव होता है। लेकिन 'हमें तकलीफ दी है तो अब तुम्हारी कोई खैर नहीं' इस प्रकार का बदले का भाव मन में रखकर भानमती करनेवाले के साथ बर्ताव करना किसी के भी हित में नहीं होता है। मन से दबी-कुचली, दुर्बल महिला इससे छुटकारा पाने के लिए भानमती का विचित्र मार्ग अपना लेती है। उनके साथ बदले की भावना से

किया गया बर्ताव तथा उपेक्षा और अपमान उनकी मानसिक समस्याओं को और अधिक मुश्किल तथा जटिल बना देता है। इसके विपरीत इसने ऐसा क्यों किया इसकी बड़े प्यार से जानकारी पाकर उसकी मूल समस्या को दूर करने का प्रयास करना चाहिए। समझ में नहीं आ रहा है तो मनोचिकित्सकों की मदद लेना भी जरूरी है। जिस घर में भानमती होती है उस घर की दोषी महिला के अलावा दूसरों को भी इस समस्या से कैसे सामना करें इसका मागदर्शन करना चाहिए।

पीड़ित परिवार का भानमती की घटनाओं पर विश्वास रखना केवल मूर्खता है कहकर मजाक उड़ाना उचित नहीं है। अगर ऐसा हुआ तो उस परिवार के सदस्य आपके साथ भरोसे से तथा खुले मन से बात नहीं कर पाएँगे और सच्चाई को ढूँढ़ना मुश्किल होगा। भानमती की घटनाओं को हमेशा झूठ का सहारा लेकर बढ़ा-चढ़ाकर बताने की कोशिश होती है। इसीलिए सुनी-सुनाई बातों पर कभी भी विश्वास न करें। इस जानकारी की असंगतियों की खोज करें और वास्तव में घटित घटनाओं को स्वीकार कर चर्चा से सामने वाले व्यक्ति को समझाने की कोशिश करें क्योंकि ऐसा किया जाना ही हितकारी होता है। कई बार यह बात साबित हो चुकी है कि भानमती घर की ही कोई महिला सदस्य बनती है। अत: सन्देहजनक महिला को घटना जहाँ घटित हो रही है उन स्थानों से दूर रखें और भानमती बन्द हो गई तो वह महिला भानमती की भूमिका करती है इसे समझें। निश्चित तौर पर ठोस खोजे प्रश्नों को पूछें, घटनाओं का सूक्ष्मता से निरीक्षण करें। आचरण की असंगति को पकड़कर निरीक्षण किया गया तो कई बार भानमती भाग जाने का अनुभव आता है। इसलिए भानमती का पता किया है इसके लिए खुश होने की अपेक्षा वह कौन सी महिला कर रही है इसे परखें, उसका परिवार बदले की भावना से उसको तकलीफ न दे इसकी जिम्मेदारी लें और उचित माहौल बनाने की कोशिश करें। ऐसी घटनाओं को बहुत जल्दी प्रसिद्धि मिल जाती और उन्हें सनसनीखेज माना जाता है। लेकिन इस बात का खयाल रखें कि समाज के सामने सच को रखकर सामाजिक परिस्थिति से निर्मित किसी महिला की जानलेवा मर्मांतक तकलीफों को सबके सामने रखकर उसे उससे मुक्ति दिलाना है।

वशीकरण विद्या का विज्ञान

हमारे समाज में सम्मोहन शास्त्र को लेकर बहुत अधिक कुतूहल और गलतफहमियाँ मौजूद हैं। उसे 'वशीकरण विद्या' समझा जाता है। सड़क पर चलते-चलते फलाँ-फलाँ व्यक्ति को देखा और बेहोशी आ गई। उस व्यक्ति के साथ कहाँ तक गए यह याद भी नहीं। जब होश आया तो पता चला कि इस जगह पर हूँ। फिर वहाँ से यहाँ वापस आ गया। ऐसी कहानियाँ समाचार-पत्रों में हमेशा छपा करती हैं। सम्मोहन करनेवाले व्यक्ति को लेकर भयमिश्रित आश्चर्य होता है। लोग उससे दूर भागते हैं इसलिए कि कहीं उसने हमें जादू से बेहोश किया तो! ऐसा भय शिक्षित व्यक्ति के मन में भी पहले से मौजूद होता है। उसको क्या, उसका तो शौक है। वह किसी के साथ भी खिलवाड़ कर सकता है, ऐसी भावना भी होती है। इसलिए सम्मोहन शास्त्र को एक चमत्कारिक तांत्रिक विद्या के नाते देखा गया है।

'हिप्नॉटिज्म' मूलत: ग्रीक भाषा का शब्द है। वह 'हिप्नॉस' शब्द से बना है। 'हिप्नॉस' का अर्थ नींद है। इस अर्थ से देखें तो यह शब्द गलत है क्योंकि सम्मोहन का अर्थ नींद नहीं है। फिर सम्मोहन का अर्थ क्या है? अपनी जाग्रत अवस्था को दो हिस्सों में बाँटा जा सकता है। एक बाह्य जागृति और दूसरी केंद्रित जागृति। सम्मोहन अवस्था में बाह्य जागृति के एहसास नींद के स्तर पर होते हैं, लेकिन केंद्रित जागृति के एहसास बढ़ते हैं, वे अधिक जाग्रत होते हैं। इसके विपरीत असली नींद के दौरान केन्द्रित जागृति बिलकुल नहीं होती है।

मन की इस अवस्था का विवेचन अठारहवीं शताब्दी में पहली बार मेस्मर ने किया इसलिए उसे 'मेस्मॅरिज्म' नाम दिया गया। इसके बाद ब्राइड चारकॉट, बर्नहॅम, जैनेट, फ्रॉइट ऐसे अनेक प्रसिद्ध मनोचिकित्सकों ने अनुसन्धान किया। 1930 के बाद अमरीका के स्वास्थ्य शास्त्र में ईरकिसन ने इसका उपयोग किया।

गायक, विचारक, कवि, लेखक आदि तल्लीन होते हैं तो सारा होश खो बैठते हैं इस बात से सब परिचित हैं और मानते भी हैं। यह एक मनोदशा है। नींद में चलना अथवा दिन में सपने देखना भी मन की एक अवस्था ही है। सम्मोहन में इससे अलग अगर कुछ होता है तो वह यह है कि इसमें आनेवाली तल्लीनता उस व्यक्ति को आदेश देनेवाले व्यक्ति की विशेष सूचनाओं के साथ जानबूझकर जोड़ती है। इसलिए इन सूचनाओं के सहारे वास्तविक दुनिया में कुछ कर पाना सम्भव नहीं होता है।

ऐसा भी नहीं कि हिप्नॉटिज्म से व्यक्ति को कुछ विशेष ताकत प्रदान की जाती है। हिप्नॉटिज्म से जो प्राप्ति होती है वह मनोचिकित्सा के अन्य उपायों से भी प्राप्त होती है। लाभ इतना ही होता है कि उपायों का प्रभाव हिप्नॉटिज्म के कारण बढ़ जाता है। व्यक्ति को हिप्नॉटिज्म के माध्यम से एक शान्त जाग्रत अवस्था (तर्ल्लीनता) में लेकर जा सकते हैं।

व्यक्ति को सम्मोहित करना है तो उस व्यक्ति का सम्पूर्ण मानसिक अनुकूलन होना चाहिए। माहौल भी शान्त और सुरक्षावर्धक हो। कपड़े सीधे-सादे और ढीले-ढाले होना अच्छा होता है। सम्मोहन करने की पद्धति में प्रत्येक सम्मोहक (हिप्नॉटिस्ट) के हिसाब से अन्तर आता है। सामान्य तौर पर एकाध कार्ड, बिन्दु पर ध्यान केन्द्रित किया जाता है। फिर दीर्घ, गहरे और एक लय में साँसें लेने तथा आँखें बन्द करने की सूचना प्राप्त होती है। बन्द आँखों से भीतरी आँख के गोलक नीचे करके नाक की नोक की ओर देखने तथा आँख के गोलक ऊपर लेकर दोनों आँखों के बीच स्थिर करने की सूचना दी जाती है। इसके बाद एकाध क्रिया करने की सूचना दी जाती है, जैसे हाथ ऊपर लेने का आदेश दिया जाता है। फिर अधिकार के साथ कहा जाता है कि 'अब आपका हाथ अटक चुका है। मैं जब तक नहीं बता दूँगा तब तक हाथ नीचे नहीं ले सकते। यह आपके लिए चुनौती है। देख लो हाथ नीचे आता है या नहीं।' व्यक्ति का हाथ वैसे ही अटका हुआ होता है। वह सम्मोहित हो चुका है, इसका यह संकेत होता है। ऐसे में उस व्यक्ति तथा मरीज और डॉक्टर के बीच निर्मित आपसी विश्वास से गहरे सम्बन्ध स्थापित होना होता है और इस स्थिति में उस अवस्था की प्रभावात्मकता और बाद की सफलता निर्भर होती है।

वह व्यक्ति सम्मोहित हो चुका है, सो गया है अथवा नाटक कर रहा है, इसकी तसल्ली करके आगे की सूचनाएँ दी जाती हैं। उस परीक्षण का एक

आसान तरीका है—इस दौरान सम्मोहित हो चुके व्यक्ति के आँखों के गोलक ऊपर जा चुके होते हैं। सम्मोहन अवस्था में जा चुके हजारों लोगों के निरीक्षण के पश्चात् मनोचिकित्सकों ने इसे माना है। नींद में ऐसा नहीं होता है। सम्मोहन का नाटक करनेवालों में भी ऐसा नहीं होता है। सम्मोहित होनेवाले व्यक्तियों का प्रतिशत अन्दाजन 75 से 80 तक होता है। इच्छा होकर भी जो लोग सम्मोहित नहीं हो सकते हैं उन्हें तेज मानसिक असमाधान, बीमारी अथवा दिमाग पर प्रभाव डालनेवाली कोई बीमारी होने की सम्भावना होती है। सम्मोहित होनेवाले व्यक्ति सामान्य तौर पर तीन अवस्थाओं से गुजरते हैं। पहली अवस्था तल्लीनता, दूसरी अवस्था गहरी तल्लीनता और तीसरी अवस्था प्रगाढ़ तल्लीनता है।

पहली अवस्था में इनसान कैसी भी स्थिति में टेढ़ा-मेढ़ा, बिना हिले-डुले और गले की हलचल किए बिना पड़ा रहता है। यह स्थिति उसके पहली अवस्था में होने का पक्का सबूत है। इस अवस्था में सम्मोहन प्राप्त कर चुका व्यक्ति होश में होता है और अपने आसपास क्या शुरू है यह उसको पता चलता है। सम्मोहन करनेवाले व्यक्ति (हिप्नॉटिस्ट) के शब्द उसे सुनाई देते हैं इसलिए सम्मोहन का प्रयोग सफल होने की बात को यह व्यक्ति नकारता है। उसका कहना होता है कि हिप्नॉटिज्म का प्रयोग मुझ पर हुआ था ऐसा मुझे लगता नहीं है। मुझे नींद नहीं आई थी। आपका प्रत्येक शब्द मुझे सुनाई दे रहा था। सम्मोहन अवस्था में जाना नींद नहीं है। सम्मोहन की तल्लीन अवस्था में सम्मोहक से दी जानेवाली सूचनाएँ सुनाई पड़ती हैं और उस तल्लीन अवस्था से उसे बाहर लेकर जब आते हैं तब उसकी यादें भी मौजूद रहती हैं। सम्मोहित करनेवाले व्यक्ति (डॉक्टर) के सम्बन्ध में मरीज के कुछ अनुमान होते हैं। उस वर्णन से तालमेल बिठानेवाला कोई डॉक्टर रहा तो वह व्यक्ति बहुत जल्दी तथा गहराई में सम्मोहित होता है।

सम्मोहन के दूसरे स्तर में वह व्यक्ति सम्मोहित अवस्था की सूचनाओं का पालन कर रहा है यह बताने की तथा उसके मन में ऐसे भाव पैदा करने की कोशिश होती है। वही शारीरिक कृतियाँ दुबारा उससे करवाई जाती हैं। जैसे-जैसे समय निकलता जाता है वैसे-वैसे व्यक्ति और आदेशों में गहरा सम्बन्ध स्थापित होता है। सम्मोहन की इस अवस्था में व्यक्ति अधिक गहरी नींद की अवस्था में जाता है। उसे जो शारीरिक क्रियाएँ पता हैं उनकी सूचना

मिलते ही वह उन्हें करने लगता है। सम्मोहन के खुलेआम प्रयोग होते हैं। तब यह अवस्था दर्शकों का मनोरंजन करती है और वे हँसने लगते हैं। 'मच्छर मार दो' कहा कि व्यक्ति एक के बाद एक तमाचे लगाने लगता है। 'पानी पर तैरते रहो' कहा कि व्यक्ति उलटा होकर हाथ-पैर चलाने लगता है। इसी अवस्था में दर्द विरहित अवस्था, स्पर्श ज्ञान विरहित अवस्था अथवा शारीरिक पीड़ाओं का एहसास न होनेवाली स्थितियाँ भी आदेश के बाद पैदा की जा सकती हैं। हाथ के तलुओं की चमड़ी को ऊपर उठाकर सूई को आर-पार किया तो भी उसे किसी प्रकार का दर्द नहीं होता है। शरीर इतना कड़ा किया जा सकता है कि मस्तक और ऐड़ियों के नीचे कुर्सी रख दी तो वह व्यक्ति किसी लकड़ी के लट्ठ जैसा सीधा रह सकता है। शरीर ढीला करने का आदेश देकर सारे शरीर के स्नायुओं को ढीला भी किया जा सकता है। स्पर्श ज्ञान, गन्ध, स्वाद इसके भ्रम भी इस अवस्था में पैदा किए जा सकते हैं। सम्मोहित व्यक्ति कड़वा करेला या कुनैन की गोली भी जैसे चॉकलेट खाते हैं वैसे खाता है। हाथ में लगाए गए घासलेट को भी इत्र जैसे सूँघा करता है।

सम्मोहन की तीसरी अवस्था में मरीज कुछ अंशों में सम्मोहन की सूचनाओं पर प्रतिक्रिया नहीं करता है। तैरना सीखने की क्रिया के साथ इसकी तुलना की गई तो इस मुद्दे का अधिक स्पष्टीकरण हो सकता है। तैरना सिखानेवाला व्यक्ति किसी तैरना सीखनेवाले व्यक्ति का तालाब के किनारे खड़ा होकर मागदर्शन कर सकता है। पानी में छलाँग भी लगवा सकता है, पानी में गिरने के बाद क्या होगा, क्या करना पड़ेगा इसकी पूरी जानकारी भी देता है। लेकिन वास्तव में जब तैरने की शुरुआत होती है तब वह व्यक्ति कितने आत्मविश्वास, कितनी सफाई और गति के साथ तैर सकता है यह वही तय करता है। वैसे ही सम्मोहन भी कुछ अंशों में मरीजों के आचरण पर निर्भर होता है। मरीज की क्षमता और उसकी प्रतिक्रिया पर उसकी सफलता अवलम्बित होती है। सभी लोग एकदम तीसरी अवस्था में नहीं जा सकते। बार-बार उन पर प्रयोग करने के बाद तीसरी अवस्था में लेकर जाना सम्भव होता है।

इसलिए सम्मोहन से होनेवाला और किया जानेवाला उपचार जिम्मेदारी का कार्य होता है। किसलिए हम लोग सम्मोहन कर रहे हैं इसकी पूर्ण जानकारी डॉक्टर को होनी चाहिए। यह जानकारी डॉक्टर द्वारा मरीज को बताई जानी चाहिए। सम्मोहन करना, सम्मोहन अवस्था को टिकाना और

सूचनाओं को देना कुशल, निपुण तथा प्रशिक्षण पा चुके व्यक्ति का कार्य होता हैं।

व्यक्ति जिस समय प्रगाढ़ सम्मोहन अवस्था में होता है तब वह उसे दी गई सूचनाओं का बिलकुल ठीक ढंग से पालन करने लगता है। सभी लोग कम-अधिक रूप से सूचनाओं का पालन करनेवाले होते हैं। इन सूचनाओं का पालन केवल सम्मोहन अवस्था के समय ही होता है। दूसरी ओर तीसरी सम्मोहन अवस्था में पहुँच चुके व्यक्ति को किसी अन्य व्यक्ति की आवाजें सुनाई नहीं देती हैं। बहुत नजदीकी रिश्तेदार की आवाज सुनाई देती है लेकिन वह उसकी आवाज को नजरअन्दाज कर देता है। इस शास्त्र के एक अध्येता श्री भावे ने अनुभव किया एक किस्सा बताया है। एक मराठा मिल का परिचित मजदूर उनके पास आया। मुम्बई में हमेशा उसे रात की ड्यूटी करनी होती थी इसलिए उसे दिन में सोना पड़ता था। लेकिन एक ही कमरे में अनेक लोग रहते थे इसलिए उस शोर-शराबे में उसे दिन में नींद नहीं आती थी। उसके स्वास्थ्य पर इसका बुरा असर पड़ने लगा। उपचार के दौरान श्री भावे ने उसे सूचना दी कि मेरे लाल पेन से किए गए दस्तखत तुम्हें दिखे कि गहरी नींद आ जाएगी। आसपास कितना भी शोर-शराबा हो तुम्हारी नींद में कोई रुकावट नहीं आएगी। कुछ मुलाकातों के दौरान इस सूचना को उसके मन पर स्थापित किया गया और उसको लाल पेन से दस्तखत किया गया कागज दे दिया गया। आगे उस मजदूर को लगभग एक महीने तक शोर-शराबे के बीच दस्तखत देखते ही तत्काल नींद आती रही। जैसे-जैसे समय गुजरता गया वैसे-वैसे सूचना का असर कम होता गया। समझ लें कि सम्मोहित व्यक्ति को सूचना दी कि तुम पंद्रह मिनट के बाद जाग जाओगे। उस समय मैं जो सिगरेट पी रहा हूँ उसे माँग लोगे और एक-दो कश लगाकर बुझा दोगे। वह व्यक्ति वैसे ही करता है। उस समय उसको यह याद नहीं होता है कि इस तरह की सूचना दी गई है। वह दो कश लगाकर उसे बुझा देता है और किसी ने पूछा कि क्यों बुझा दिया तो वह अपनी बुद्धि से इसका स्पष्टीकरण देने लगता है कि वह गीली थी या मुझे खाँसी है या और कुछ भी ठीक लगनेवाला कारण देने का प्रयास करता है।

मनुष्य शरीर को जो अलग-अलग बीमारियाँ होती हैं वे दो प्रकार की होती हैं। पहला प्रकार यह कि हमारे शरीर के कुछ अंग ठीक होते हैं लेकिन

उनकी क्रिया ठीक नहीं होती है और दूसरा प्रकार है अंगों के बिगड़ने के कारण क्रियाएँ भी बिगड़ जाती हैं। पहले प्रकार को क्रिया विषयक विकृति (Functional Disease) और दूसरे प्रकार को स्वरूप विषयक विकृति (Organic Disease) कहा जाता है। क्रिया विषयक विकृति जिसे है उसे सम्मोहन का लाभ होता है। फिलहाल विदेशों में दाँत निकालने के लिए और सहज वेदना विरहित प्रसूति के लिए सम्मोहन की इस तकनीक का उपयोग कभी-क्भार किया जाता है। प्रसूति के लिए सम्मोहन का उपयोग किया जा रहा है तो उस महिला को गर्भावस्था में ही सम्मोहन सूचनाओं के आदेश पालन की आदत बनानी पड़ती है। तब जाकर प्रसूति के दौरान दी गई सूचनाओं का लाभ वेदना विरहित प्रसूति में होता है। यानी सूचनाओं से प्रसूति वेदनाओं का अनुभव किए बिना किसी स्त्री का प्रसूता होना सम्भव होता है। लेकिन Episiotomy के टाँके लगाते वक्त होनेवाली वेदनाओं को सहन करने की सूचनाएँ नहीं दी गई हैं तो Episiotomy के टाँके लेते वक्त होनेवाली वेदनाओं से मुक्ति पाने के लिए बेहोशी का इंजेक्शन देना ही पड़ता है। Episiotomy का मतलब यह है कि प्रसूति के सहज होने के लिए विशेषत: पहली बार की प्रसूति में योनि मार्ग के निचले हिस्से को कोने में काटा जाता है। प्रसूति के बाद उसे फिर टाँके देकर पूर्ववत् किया जाता है।

ऐसी घटनाओं में सम्मोहन प्रक्रिया की मदद लेते वक्त विशेषज्ञ डॉक्टरों की मदद लेना जरूरी होता है। क्योंकि जो प्रसूति योनि मार्ग से होनेवाली है ऐसी प्रसूतियों में वेदना विरहित प्रसूति सम्मोहन से सम्भव है, लेकिन योनि मार्ग से प्रसूति होना किसी कारण से सम्भव नहीं वहाँ बच्चे को सीजेरिअन ऑपरेशन कर बाहर निकाला जाता है। ऐसे पेशेंटों में यह वेदना विरहित प्रसूति सम्भव नहीं है। कारण, पेट की वेदनाएँ बढ़ जाती हैं और ऐसी स्थिति में वेदनाओं पर नियंत्रण पाना बहुत मुश्किल होता है। गर्भाशय के फटने से मरीज की जान का खतरा भी बढ़ जाता है। पेट दर्द के उदाहरण से इसे अधिक स्पष्ट किया जा सकता है। पेट दर्द अनेक प्रकारों का होता है। अपेंडिसायटिस के कारण पेट अगर दर्द करने लगा है तो सम्मोहन अवस्था से वेदना खत्म करना मृत्यु के लिए निमंत्रण है। वेदना कुछ समय के लिए रुक जाती है लेकिन इसको समय रहते निकाला नहीं गया तो अपेंडिक्स के सूजन से फटने का खतरा बढ़ जाता है और गम्भीर परिणाम भुगतने पड़ सकते हैं। ऐसे पेट दर्द

में अपेंडिक्स का निकाला जाना ही सही उपाय होता है और यह विशेषज्ञ सर्जन से ही करें।

मरीज के मन की धारणाओं, उसका हित और इच्छा आदि बातों को ध्यान में रखते हुए सम्मोहन करना पड़ता है। अपने जीवन मूल्य और श्रद्धाओं को चोट पहुँचानेवाली किसी भी गलत अनैतिक बात को सम्मोहन अवस्था में इनसान नहीं कर सकता है। जैसे कोई किसी को सम्मोहन अवस्था में 'तुम घर में जाकर माता-पिता को थप्पड़ जड़ दो', ऐसी सूचना दे तो वह मानेगा नहीं। ऐसी किसी बात से कोई बहुत अधिक गुस्सा हो गया तो वह अचानक जाग्रत अवस्था में आ जाएगा। इस संदर्भ में पाश्चात्य देशों में किए गए एक प्रयोग का यहाँ स्पष्टीकरण दिया जा रहा है। तीन जवान लड़कियों को सम्मोहन अवस्था में कपड़े उतारने के लिए कहा गया। पहली ने उसे साफ तौर पर नकार दिया। दूसरी घबराकर जाग्रत अवस्था में वापस लौट गई। तीसरी ने कपड़े उतारना शुरू किया। इस उदाहरण का विश्लेषण करते हुए ध्यान में आया कि तीसरी स्त्री मॉडलिंग का व्यवसाय करनेवाली थी। इसलिए उसके लिए कपड़े उतारना मन में अनैतिकता के भाव पैदा नहीं कर रहा था।

सम्मोहन को लेकर लोगों में यह एक गलत धारणा है कि कमजोर मन का व्यक्ति बहुत जल्दी सम्मोहन का असर ग्रहण करता है। वास्तव में परिस्थिति इससे विपरीत है। मजबूत मन के व्यक्ति पर इसका प्रयोग सफल होने की सम्भावनाएँ अधिक होती हैं। इसका कारण यह है कि सम्मोहित करनेवाले व्यक्ति की सूचनाओं की ओर इस व्यक्ति का अधिक ध्यान बना रहता है। सम्मोहित होनेवाले व्यक्ति का मन सम्मोहन प्रक्रिया के लिए तैयार होना चाहिए। यह बात अत्यन्त महत्त्वपूर्ण है। गलत व्यक्ति के मन पर सम्मोहन का कोई असर नहीं होता है। पागल लोग अपनी कल्पना की दुनिया में होते हैं। एकाध सूचना की ओर ध्यान देने का उनका समय इतना कम होता है कि सम्मोहित होने के लिए जरूरी मनोवैज्ञानिक मिलन उनसे नहीं हो पाता है। उनके मन ने वास्तव को बहुत पहले नकारा होता है। अतः उनके विचारों के साथ सम्पर्क स्थापित करना मुश्किल होता है। सम्मोहन करनेवाला व्यक्ति सम्मोहित व्यक्ति को उसी अवस्था में छोड़कर गया तो यह सवाल बहुतों के मन में उठ जाता है। ऐसे किसी के जाने से दोनों के मन का सम्बन्ध (Rapport) खंडित होने से सम्मोहन में जा चुका व्यक्ति नींद से अचानक

जाग सकता है। अगर वह व्यक्ति इस तरह से अचानक वापस नहीं लौट पाया तो वह सम्मोहन अवस्था से प्राकृतिक नींद में जाता है और नींद पूरी होने के बाद फिर उठ जाता है।

वैसे देखें तो किसी भी व्यक्ति को सम्मोहित करना साधारण प्रयासों के बाद भी सम्भव होता है। व्यक्ति के मन की धारणाएँ, हित-अनहित ध्यान में रखते हुए उसे सम्मोहित किया जाता है। बिलकुल खुले दिल से और जिज्ञासावश सम्मोहन की ओर देखना चाहिए। यह खुद भी समझें और दूसरों को भी समझाएँ कि सम्मोहन का तंत्र जिसे अवगत होता है उसके पास कोई अद्‌भुत ईश्वरीय ताकत होती है ऐसा समझ रहे हैं तो यह बिलकुल झूठ है।

ग्रहों का मायाजाल

मेरे साथ पढ़ाई करनेवाला एक दोस्त था। उसकी माँ हमें विज्ञान पढ़ाती थीं। पिताजी गणित। आगे वह मेरे साथ ही डॉक्टर हो गया। एम. डी. भी हुआ। हम सारे दोस्त शादी-ब्याह कर चुके थे। सबके परिवार बढ़ने भी लगे थे। फिर भी इसकी न शादी हो पाई थी, न होने की सम्भावना बन रही थी। मैंने उससे बार-बार पूछा तो उसने कहा, 'क्या है कि मेरी जन्मपत्री में मंगल ऐसी जगह पर जाकर बैठा है कि वह बहुत गड़बड़ी पैदा कर रहा है। कई लड़कियों के रिश्ते आते हैं लेकिन मुझे मांगलिक लड़की ही चाहिए। मेरी जन्मपत्री बहुत मुश्किल पैदा कर रही है।' मैंने हँसते-हँसते उससे कहा कि 'तुम्हारी माँ ने हमें विज्ञान पढ़ाया। चाँद पर पहुँचनेवाले यानों की और मंगल की ओर जानेवाले यानों की जानकारी दी। तुम खुद भी डॉक्टर की उच्च उपाधियाँ प्राप्त कर चुके हो। तुम्हें लगता नहीं कि इस प्रकार के अन्धविश्वास से कहीं कुछ गलत हो रहा है?' दोस्त ने उत्तर दिया, 'यार, जिन्दगी भर गृहस्थी को निभाना है। बेवजह जान जोखिम में क्यों डालें?' हम लोग वर्तमान को विज्ञान युग कहा करते हैं लेकिन शादी-ब्याह का मामला जहाँ आता है वहाँ जन्मपत्री पहले देखते हैं और वह मिले तो लड़की को देखते हैं। इन बातों के चलते शादी करनेवाले दूल्हा-दुलहन पर उपाधियाँ पाने से कोई विशेष फर्क पड़ा है ऐसा कह नहीं सकते। इसके विपरीत फलित-ज्योतिष को अधिक मान्यता देने की कोशिश की जा रही है और उसमें कुछ अंशों में सफलता भी मिलने लगी है। स्वयं के प्रगतिशील, विज्ञानवादी होने की डींग हाँकनेवाले समाचार-पत्र, मासिक पत्र और प्रकाशन के कई केन्द्र भी ग्रहों के अन्दाज और आधार से भविष्यकथन को अपने दैनिकों, साप्ताहिकों, मासिकों में बड़े जोर-शोर से छापने लगे हैं। मूलतः फलित ज्योतिष एक शास्त्र है इस बात का कई संगोष्ठियों

के आयोजन में ढिंढोरा पीटा जा रहा है। कुछ प्रसिद्ध डॉक्टर भी इसके अधीन हो चुके हैं। महाराष्ट्र में जो चल रहा है वही कम-अधिक रूप से पूरे भारत में और दुनिया में हो रहा है।

आदिम अवस्था से जिन्दगी जीनेवाले मनुष्य को दूर आकाश में चमकनेवाले ग्रह-गोल ईश्वर के निवास स्थान लगे हैं। अपनी जिन्दगी का कर्ताधर्ता ईश्वर ही है ऐसी प्रगाढ़ श्रद्धा होने से उसके निवास स्थानों में प्रकाश देनेवाले ये ग्रह-गोल उसके जीवन पर प्रभाव डालते हैं, ऐसा उसे लगा है। मतलब यह कि हमारी जिन्दगी के साथ उनका बहुत नजदीकी सम्बन्ध है। लेकिन दिन बदलते गए। ग्रह-गोलों की पढ़ाई होती रही। पृथ्वी से उसके अन्तरों को गिना गया और उनकी विशेषताएँ भी पता चलीं। हमसे काफी दूरी रखनेवाले ग्रह और उससे भी बहुत दूर उपस्थित नक्षत्रों के गुरुत्वाकर्षण का या अन्य किसी भी शक्ति का मनुष्य, उसकी गतिविधियों या भविष्य पर कोई असर हो सकता है यह कल्पना झूठ साबित हुई। आकाश के ग्रहों की स्थितियों का आधार लेकर कुछ विशिष्ट कार्यों की सफलता के लिए शुभ और अशुभ बातों को तय करना ढोंग कहा जाने लगा। लेकिन जो विज्ञान की समझ में आता है, तर्क की कसौटियों पर सच लगता है उसका वास्तविक जिन्दगी में आचरण हो इसका कोई भरोसा नहीं है। फलित-ज्योतिष से पाए जानेवाले अनुभव बिलकुल इसके विपरीत होते हैं। लोग उसे केमिस्ट्री, फिजिक्स, गणित जैसा शास्त्र समझने लगे हैं। ज्यादा-से-ज्यादा भविष्यशास्त्र को एक कला कहा जा सकता है। एक सफल कला, जो भविष्यवक्ता को सफल बना सकती है। सामनेवाले मनुष्य का पूर्वज्ञान अथवा उसके द्वारा पूछे जानेवाले प्रश्नों के स्वरूप का आधार लेकर उसका विश्वास बलवान हो ऐसे भविष्य को बताया जाता है। यह कला मुश्किल हो तो भी प्रयासों के बाद पाई जाती है और उसके पाए जाने से उन लोगों का काफी नाम भी होता है। शादी का शुभ समय हो, चुनावों के फॉर्म भरना हो, मंत्रियों की शपथविधि हो हर जगह पर हमें लाखों और करोड़ों मील दूर उपस्थित ग्रह-नक्षत्रों की आवश्यकता होती है। ये अपनी जिन्दगी, चुनाव या सरकार का भला करने के लिए जरूरी होते हैं और उनकी मदद की आवश्यकता भी होती है! महाराष्ट्र के एक भूतपूर्व मुख्यमंत्री ने अपने मंत्रिमंडल की शपथविधि का आयोजन शुभ समय देखकर किया था। यह बात अलग है कि आगे उसका मंत्रिमंडल भी गया और मंत्री पद भी गया। यही व्यक्ति

बाद में भारत का शिक्षामंत्री बन गया। संसदीय व्यवस्था में इसका समावेश हुआ। हमारे संविधान में विज्ञानवादी दृष्टि का समावेश है और सबसे ज्यादा संविधान की बातों को ईमानदारी से निभाकर आदर्श स्थापित करने की जिन लोगों पर जिम्मेदारी है अगर वे ही इस तरीके से आचरण कर रहे हैं तो दूसरों के बारे में न बोलना ही अच्छा है।

अपना उल्लू सीधा करने के लिए इन ग्रहों का कैसे इस्तेमाल किया जाता है इसका एक मजाकिया किस्सा मेरे एक दोस्त के साथ घटा था। दोस्त की शादी के लिए जो रिश्ता आया था वह उसके अनुरूप था। उसका मन जिस लड़की पर आया था वह भी सुन्दर थी। लेकिन हमारे शहर के एक प्रसिद्ध और सर्वज्ञ ज्योतिष ने इस शादी के लिए बड़ी दृढ़ता के साध नकारकर मुश्किल निर्माण किया। हिन्दी सिनेमा के किसी सीन जैसी मुश्किल घड़ी आ गई। यह शादी हो गई तो लड़के के माता-पिता को यकीनी तौर पर मृत्युयोग है। जन्मपत्रिका में वैसे स्पष्टता से दिख रहा है। दोस्त के घरवालों का इस ज्योतिषाचार्य पर जबरदस्त भरोसा था। इस ज्योतिषाचार्य के आदेश बिना एक कदम भी उठाने की इनकी मानसिकता नहीं थी। अन्य सन्दर्भ में विद्रोह करना आसान था लेकिन यहाँ हमारे दोस्त को लगने लगा कि घरवालों के विरोध में जाकर अगर शादी की तो एक लड़की के लिए पागल हो रहा है और अपने माता-पिता की जान लेने के लिए आमादा हो गया है, जैसी बातें सुननी पड़ेंगी। हम लोगों ने थोड़ी जाँच-पड़ताल की तो पता चला कि ज्योतिष महाराज के परिवार के एक सदस्य को इस लड़की के घर रिश्ता लेकर जाना था इसलिए हमारे दोस्त के दिमाग में इस प्रकार का विष घोला गया था। सारे षड्यंत्रों के साथ ग्रहों-नक्षत्रों को ज्योतिषशास्त्र की सहायता से बुलाना जरूरी था तो बुलाया।

तीन-चार महीने ऐसे ही जाने दिए। विषय पीछे पड़ गया। फिर मैंने लड़के की जन्मपत्रिका ली। उस पर नाम लिखा सतीश देशपांडे। लड़की की जन्मपत्रिका ली और उस पर नाम लिखा माधुरी खरे। अपने बीच के एक उम्रदार व्यक्ति को अपना साथी बना लिया। महाराज के पास पहुँचे और साष्टांग प्रणाम किया (जिन्दगी में किसी बुवा-बाबा के सामने यही एक साष्टांग प्रणाम किया था)। मेरे साथ आए व्यक्ति ने जेब में हाथ डालकर जन्मपत्री को बाहर निकाला और कहा कि 'यह पुणे के सतीश देशपांडे की

जन्मपत्री है। इसका एक लड़की से प्यार है। उसका नाम माधुरी खरे है। यह उसकी जन्मपत्रिका है। पुणे में बताया है कि जन्मपत्रिका का मेल-मिलाप नहीं होता है। शादी के बाद कुछ अशुभ हो सकता है। यह घर मूलतः सतारा का है। इनके भाई और पिताजी का आप पर बहुत अधिक विश्वास है, इसलिए जानबूझकर आपके पास जन्मपत्रिका लेकर आए हैं। बड़ी कृपा होगी अगर आप कुछ कह दें तो।' ज्योतिष महाराज ने हमें आधा घंटा बैठने का संकेत दिया। तब तक जन्मपत्रिकाओं को देखा गया। पंचांगों को खँगाला गया। कुछ आँकड़ों को जोड़ा गया और कुछ को घटाया गया। आखिरकार उन्होंने कहा, 'बिलकुल चिन्ता न करें। जन्मपत्रिका का उत्तम मिलाप हो रहा है। हमारे ज्योतिषशास्त्र में नए लोग बहुत आ चुके हैं। कुछ अता-पता नहीं लेकिन अधजल गगरी छलकत जाए।' महाराज ऐसा कहनेवाले हैं इसका भरोसा तो था ही। कारण, नमस्कार करते समय पचास रुपए का नोट उनकी सेवा में अर्पित जो किया था। हमने कहा, 'आप अगर यह लिखकर देंगे तो पुणे में जाकर पिताजी को समझाना आसान होगा।' महाराज ने कहा, 'जरूर।' अपना लेटरहेड उन्होंने उठाया। दोनों की जन्मपत्रिका को दुबारा सामने रखा और खुद लिखने लगे। हम लोग दोस्त के घर दौड़ते-दौड़ते आए। सतीश देशपांडे और माधुरी खरे—दो जन्मपत्रिकाएँ असल में किसकी हैं बताया। महाराज का सर्टिफिकेट भी जोड़ दिया। घरवालों को मानो जोर का झटका लगा। वे तुरन्त महाराज के पास पहुँच गए। लेकिन महाराज पक्के धन्धेवाले थे। वे डगमगाए नहीं, न ही चोरी पकड़ी जाने का कोई भाव था। बड़ी शान्ति के साथ कहा, 'पत्रिका दिखाते वक्त मुझे उन्होंने बताया था कि लड़का-लड़की एक-दूसरे से प्यार करते हैं और हमारे शास्त्र का नियम है कि जिनका एक-दूसरे पर प्यार है वहाँ उनकी मूल जन्मपत्रिका नहीं देखी जाती।' चालाक उत्तर देकर उन्होंने उस समय अपने आपको सँभाला। लेकिन वे भरोसा खो बैठे। घरवालों का विरोध कमजोर हो गया। शादी हो गई। अब दो बच्चों और माता-पिता के साथ दोस्त का परिवार बहुत खुश है और सुखी जीवन जी रहा है।

ऐसे एक नहीं अनेक उदाहरण बताए जा सकते हैं। फिर भी वास्तविक दुनिया में ज्यादा फर्क क्यों नहीं पड़ता? इसका एक कारण बताया जा सकता है। आसपास की परिस्थिति कई बार अस्थिर होती है। व्यक्ति के काबू से

बाहर होती है। इन स्थितियों में कमजोर मन के व्यक्ति को अपना निर्णय लेते वक्त भय लगता है। इन व्यक्तियों को लगता है कि सही निर्णय लेते समय किसी न किसी का मार्गदर्शन लेना आवश्यक है। समाज में ऐसा सोचनेवाले लोगों की संख्या बहुत अधिक है। आकाश के ग्रह-गोलों के हाथों में अपना भविष्य है और उनकी उपासना से उसे बदलने में मदद मिल सकती है इस बात का उन्हें अधिक भरोसा होता है।

अपना भविष्य क्या है पता नहीं लेकिन किसी व्यक्ति को ऐसा लगना भयानक होता है। परिस्थिति कठिनाइयों से भरी हो सकती है। लेकिन उसका मुकाबला करें। हमें इस बात का ध्यान हो और वैसा आचरण हो। अपना भविष्य ग्रह-तारों से बनने की अपेक्षा न रखें, इससे बेहतर यह है कि अपने हाथ से, मेहनत से, परिश्रम से बनाएँ।

सच्चाई यह है कि फलित ज्योतिष का दावा गलत है। अवैज्ञानिक है। विवेकवाद के विरोध में है। यथार्थहीन और पाखंडी प्रवृत्ति को बढ़ावा देनेवाली इन कृतियों को खुलेआम हम चुनौती देते हैं, ऐसा दुनियाभर के एक सौ बावन प्रसिद्ध वैज्ञानिकों ने समाचार-पत्र में बयान दिया था। इसमें नोबेल पुरस्कार प्राप्त वैज्ञानिकों का भी समावेश था। किसी भी वैज्ञानिक सिद्धान्त का आधार ज्योतिष के आँकड़ों पर तय होने का सबूत नहीं है। पिछले हजारों वर्षों का इतिहास देखें, एक भी ज्योतिषाचार्य ने आँकड़ों की गिनती से भविष्य के अनुमान को साबित नहीं किया है। पिछले पचास साल में जन्मपत्रिका को ध्यान में रखकर किए गए शादी-ब्याह कितने प्रतिशत सफल हो गए? अन्य धर्मों में बिना जन्मपत्रिका देखे सफल शादियाँ होती है, उसका कारण क्या है? इस पर सोच-विचार कभी किया गया? किसी भी वैज्ञानिक वक्तव्य को—(1) Observe, (2) Arrange, (3) Question, (4) Synthesis, (5) Generalize, (6) Make Hypothesis, (7) Verify, (8) Conclude—इन आधारों पर परखना पड़ता है। पिछले हजारों वर्षों के इतिहास में भविष्यकथन करनेवालों ने इस प्रकार का वर्गीकरण कभी किया है।

वैज्ञानिकों की भी जिम्मेदारी है कि भविष्यकथन करनेवाली इस पाखंडी प्रवृत्ति का परदाफाश करें। हम केवल सोचें तो भी पता चलेगा कि इन कथनों में अनेक प्रकार की असंगतियाँ हैं। जन्मपत्रिका ही देख लो। जन्मपत्रिका के आधार पर भविष्य कथन के लिए जन्म समय का सही होना बहुत आवश्यक

माना गया है। ज्योतिषशास्त्र बताता है कि जन्म के समय ग्रहों और नक्षत्रों की जो स्थितियाँ होती हैं उससे व्यक्ति का भविष्य नियंत्रित होता है। इस समय को देखने और लिखने में थोड़ी भी गलती हो जाए या एकाध सेकंड या मिनट भी इधर-उधर हो जाए तो सारा भविष्यकथन गलत होता है। लेकिन किसी बच्चे का जन्म कुछ क्षण में हवाई यात्रा करनेवाले किसी रॉकेट जैसा नहीं है। नॉर्मल प्रसूति में पहले बच्चे का सिर बाहर आता है और कुछ समयोपरान्त या कुछ मिनटों बाद सारा शरीर बाहर आता है। भविष्यशास्त्र के लिए उचित समय कौन सा माना जाए? और बच्चा पैर की तरफ से बाहर आया तो? पैर बाहर आने के बाद आधा घंटा भी लग सकता है। यहाँ उसका जन्म समय कौन सा माना जाएगा? कुछ दवाइयों के इस्तेमाल से प्रसूति वेदनाओं को बढ़ाया जाता है। प्रसूति सहज सम्भव हो इसलिए कुछ दवाइयाँ दी जाती हैं। इनसे बच्चे के जन्म का समय आगे-पीछे होता है तो क्या इससे बच्चे का भविष्य बदल जाता है? और बिलकुल शुभ समय पर जन्म ले चुके बच्चे का भविष्य एकदम उज्ज्वल और सफल होनेवाला है तो शुभ समय का ध्यान रखते हुए बच्चे के जन्म का समय आगे-पीछे किया जाए तो क्या होगा? शुभ समय हेतु सीजेरिअन से बच्चे को जन्म दिया जाना सम्भव है। क्या इन सारी बातों में सच्चाई होती है ऐसा माना जाना उचित होगा? किसी बच्चे के जन्म समय को नियंत्रण में करनेवाले व्यक्ति को ही बच्चे के भविष्य का निर्माणकर्ता माना जाएगा। लेकिन न डॉक्टर, न ग्रह और न ही भविष्यवक्ता बच्चे के भविष्य को तय कर सकता है। बच्चे का भविष्य तय होता है उसके आसपास की अनेक परिस्थितियों के मिले-जुले प्रभाव से, बच्चे के शारीरिक कौशलों और मानसिक गुण विशेषताओं से; इन बातों का ग्रह, चन्द्र-सूर्य, नक्षत्रों की स्थितियों से कोई सम्बन्ध नहीं है। लाखों मील की दूरी से आनेवाली किरणें अगर जन्म से ही बच्चे के जीवन पर प्रभाव डाल रही हैं तो उसके जन्म के शुभ समय का इन्तजार करने की क्या जरूरत है? लाखों मीलों का सफर करनेवाली ये किरणें पेट और गर्भाशय के दो-चार इंच का सफर क्यों नहीं कर पातीं? इसका कोई उत्तर नहीं है। कारण, यह विचार प्रणाली केवल भ्रान्ति फैलानेवाली है।

जन्म समय के आधार से अगर भविष्य तय हो रहा है तो किसी बड़े सार्वजनिक प्रसूति गृह में एक समय जन्म ले चुके कई बच्चे और उसी समय

सारी दुनिया में जन्म ले चुके हजारों बच्चों का भविष्य एक जैसा क्यों नहीं होता? अणुबम के हमले से एक समय मारे गए लाखों जापानी लोगों की जन्मपत्रिका में मृत्युयोग जन्म के दौरान लिखा था, क्या ऐसा समझना तर्कसंगत है?

भविष्यवक्ताओं का तर्क और आचरण मजाकों से भरा होता है। अगर उन्हें उनके द्वारा बताए गई बातों की अशास्त्रीयता या तर्कहीनता बताई गई तो वे एकाध सच हो गए भविष्यकथन का उदाहरण हमारे सामने रख देते हैं और उसे ही शास्त्रीय सबूत मानने लगते हैं। वैसे देखा जाए तो कुछ भविष्यकथन संयोग से सही बनते हैं, उन्हें शास्त्रीय सच का सबूत कैसे माना जा सकता है? साथ ही जो बातें सच होने का दावा करते हैं उसके उत्तर में केवल 'हाँ' और 'न' वाले ही जवाब देते हैं या उसी रूप में भविष्यकथन करते हैं। उदाहरणार्थ चुनाव जीत सकते हैं?, लड़का होगा?, वह जिन्दा रहेगा? ऐसा भविष्यकथन सही होने की सम्भावनाएँ अधिक होती हैं। चुनाव के परिणामों में किन्हीं दो प्रसिद्ध भविष्यवक्ताओं में से एक ने पहले की जीत और दूसरे ने दूसरे की जीत का कथन किया तो किसी न किसी भविष्यवक्ता का कथन सौ फीसदी सच होगा, इसमें कोई आश्चर्य की बात नहीं है। लेकिन इस तरह से सच हो चुके भविष्यकथनों को आधार बनाकर ऐसे लोग बात का बतंगड़ बना लेते हैं और झूठ साबित हो चुके भविष्यकथनों को उनके सामने रखा कि गलत जन्मपत्रिका होने की बात बता देते हैं या इस घटना में उस भविष्यवक्ता को अधूरा ज्ञान होने की बात का झाँसा दिया जाता है, उससे हमारा कोई सम्बन्ध नहीं है कहकर पल्ला झाड़ा जाता है। कुछ साल पहले आठ ग्रहों की विशेष स्थिति बन गई थी, इस बात को लेकर एक मजाकिया दावा किया जाता रहा। इन अष्टम ग्रहों से दुनिया में कोहराम मचनेवाला है की अफवाहें फैलाई गई थीं। उसके लिए यज्ञ और पूजा-पाठ किए गए। यथार्थ में कुछ भी नहीं हुआ। लेकिन ऐसी बातों से भविष्यवक्ता घबरानेवाले थोड़े ही थे। उन्होंने इस बात को खोज निकाला कि हमारे पूजा-पाठ के कारण ही इन आठ ग्रहों से आनेवाला संकट दूर हो गया। अब इसका उत्तर क्या दिया जा सकता है। विदेशों के कुछ विश्वविद्यालयों में भविष्य को एक शास्त्र माने जाने की बात कही जाती है। यहाँ अनुसन्धान भी जारी है और कुछ लोगों को पी-एच.डी. मिलने का भी दावा किया जाता है। लेकिन

इसका विस्तृत स्पष्टीकरण जब पूछा जाता है तो बड़ी चालाकी के साथ टालमटोल की जाती है। ऐसे विश्वविद्यालय हैं तो उनके नाम क्या हैं? डॉक्टरेट कौन से विषय में दी गई? आदि सवालों को खूबी के साथ बदल दिया जाता है। 'भविष्यशास्त्र की व्यर्थता' इस विषय पर किसी को डॉक्टरेट दी गई है तो 'भविष्य के विषय में डॉक्टरेट' यह आधा सच समाज के सामने रखने की किसी ने खूबी से कोशिश की होगी! इसके साथ ही और एक विषय पर काफी बहस की जाती है कि चलो ठीक है, ज्योतिषशास्त्र सौ फीसदी सच और सही नहीं है; लेकिन दुनिया में कौन सा शास्त्र सौ फीसदी सच और सही है बताएँ? डॉक्टर के होते हुए मरीज की जान जाती ही है और अत्याधुनिक तकनीकी ज्ञान के बावजूद भी हवाई जहाज की दुघर्टना होती ही है। वैसे ही भविष्यशास्त्र की कुछ बातें सच और सही होती हैं, इसका कोई अर्थ है या नहीं?

सच बात यह है कि ऐसे चालाक दावों में कोई दम नहीं है। स्वास्थ्यशास्त्र या अन्य दूसरा कोई भी शास्त्र गलत साबित होता है, इसमें कोई दो राय नहीं है। लेकिन वह किन कारणों से गलत हो गया, इसे शास्त्रीय आधारों के साथ खोजा भी जाता है। और उस गलती को दुरुस्त किया गया तो आगे फिर ऐसी गलती नहीं होगी यह भी निश्चित तौर पर देखा जाता है। भविष्यशास्त्र में सब कुछ उलटा ही होता है। यह गलती क्यों हो गई इसका कोई उत्तर नहीं और आगे चलकर यह गलती निश्चित तौर पर नहीं होगी इस बारे में यह शास्त्र कुछ बताता नहीं है। कुछ भविष्य सच होते हैं—इस वाक्य की या कथन की सच्चाई यह है कि हजारों लोगों को एक ही भविष्य बताया जाता है या एक ही इनसान को हजारों बातें बताई जाती हैं, तो ऐसी स्थिति में कुछ बातें अपने आप सच तो होंगी ही; यह समझने के लिए भविष्यवक्ता की क्या आवश्यकता है?

आज कुछ सावधान और चालाक भविष्यवक्ता थोड़ी नम्रता के साथ दावा करते हैं कि इस शास्त्र की सहायता से आपको भविष्य की कुछ सम्भावनाओं का परिचय दे रहे हैं। उसको लेकर मार्गदर्शन कर रहे हैं। भविष्यकालीन खतरों को इससे टाला जा सकता है। इन बातों की आखिर में सच्चाई क्या है? सच्चाई यह है कि भविष्य की बातें किसी को पता नहीं हैं। इसलिए उनके बताने से अपना मार्ग बदलें या नहीं यह बताना भी मुश्किल है।

डॉ. कोवूर की तरफ से दी गई चुनौती इसका स्पष्टीकरण करने के लिए काफी है। भविष्यवक्ता को हम दस जन्मपत्रिकाएँ दे देते हैं। उनमें से कौन सी स्त्रियों की हैं, कौन सी पुरुषों की हैं, कौन सी बच्चों की हैं और इनमें से कौन जीवित या मृत हैं, इतना वह सही-सही बता दे तो उसे एक लाख रुपए का पुरस्कार दिया जाएगा।

भविष्यशास्त्र को लेकर कइयों का दावा दायरे में होता है। रसायन या भौतिकशास्त्र जैसा यह कोई विज्ञान नहीं है। भविष्य को इंपिरिकल शास्त्र कहा जा सकता है लेकिन इंपिरिकल शास्त्र की मान्यता देने के लिए जिन निरीक्षणों और प्रयोगों की आवश्यकता होती है क्या वे भविष्यशास्त्र में कभी कहीं किए गए हैं? क्या संख्याशास्त्र की मदद से भविष्य कथनों के सही होने का कोई डाटा कभी सामने रखा गया है? जिस समय भविष्यशास्त्र की इन बातों को उठाया जाता है तब उनकी तरफ से यह दावा किया जाता है कि स्वास्थ्यशास्त्र के निष्कर्ष भी गलत आ ही जाते हैं न? ऐसा कहना मात्र बकवास है और लोगों को दिशाहीन बनाना है। स्वास्थ्यशास्त्र में निष्कर्षों तक आने की एक पद्धति होती है। सारी दुनिया में यह पद्धति एक जैसी ही होती है। भविष्यशास्त्र को लेकर सारी दुनिया की बात छोड़ दें, व्यक्ति के बदलते ही पत्रिका पढ़ने की पद्धति बदल जाती है। अर्थात् अन्दाज और निष्कर्ष की भी वाट लग जाती है। स्वास्थ्यशास्त्र के गलत निष्कर्ष भी आगे चलकर उसके विकास की सीढ़ियाँ बन जाते हैं। भविष्यशास्त्र की गलतियाँ मानो आँखें बन्द करके गोलियाँ दागने जैसा है।

कुछ लोग बड़े भोले बनते हुए पूछते हैं कि क्या आपका कहना यह है कि बिना किसी शास्त्रीय आधार के इतने सालों से भविष्यशास्त्र टिक पाया है? ऐसा प्रश्न पूछनेवाले की चालाकी और मतलबी बात को समझना चाहिए। अनेक सदियों के अस्तित्व से मौजूद है इसलिए किसी को शास्त्रीय नहीं कहा जा सकता। कई अन्धविश्वास और अहित करनेवाली बातें समाज और जीवन में हजारों वर्षों से अपनी जड़ों को मजबूती के साथ फैला चुकी हैं इसलिए क्या उन्हें भी शास्त्रीय कहा जाना चाहिए?

अपनी प्रतिष्ठा और प्रगतिशील होने का ढिंढोरा पीटनेवाले समाचार-पत्र भी व्यावसायिक नजरिए को ध्यान में रखते हुए भविष्यवाणी का कॉलम छापने का धन्धा कर रहे हैं। ऐसे समाचार-पत्रों के सम्पादकों और मालिकों

का कहना है कि जैसी माँग वैसे सामग्री उपलब्ध करने के सिद्धान्त का हम समर्थन करते हैं। जबकि उनका इस तरह से समर्थन करना खेदजनक है। अखबारों में प्रकाशित भविष्य एक प्रकार से बचकाने और असंगति के उदाहरण कहे जा सकते हैं। किसी राशि के व्यक्ति को रविवार के दिन भी किसी का खत आने की बात लिखी जाती है। कुछ दोस्त और कुछ रिश्तेदारों के साथ सावधानी से व्यवहार करने का सन्देश होता है। वार्षिक भविष्यवाणी में कुछ ऐसे अन्दाजों को जताया जाता है, जैसे किसी से धोखा होने की सम्भावनाएँ हैं, यह बात बहुत बड़े रहस्य को खोला जा रहा है ऐसे बताई जाती है। अब मनुष्य जीवन में किसी दोस्त और रिश्तेदार से साल में एकाध बार किसी छोटी-मोटी घटना को लेकर धोखा होने की सम्भावनाएँ बहुत आम बात हैं। उसे किसी भविष्यवाणी के माध्यम से बताने में क्या विशेषता है? किसी राशि के व्यक्ति को इस सप्ताह में लॉटरी का टिकट खरीदो, निश्चित तौर पर भाग्य खुल सकता है की सलाह दी जाती है। भारत की सत्तर करोड़ (अब सवा सौ करोड़) जनता का बारह राशि में विभाजन किया गया तो प्रत्येक राशि के छह करोड़ (अब साढ़े दस करोड़) लोग हैं। इन सबका एक झटके के साथ भाग्य खुलने की बात करनेवाले के दिमाग पर तरस खाएँ या प्रशंसा करें? दो अखबारों में एक ही राशि के भविष्य में बहुत बड़ा अन्तर होता है। एक में सहज पैसे प्राप्त होने की बात का भरोसा दिया जाता है तो दूसरे में पैसों के अभाव से हैरान होने की बात कही जाती है।

ऐसी भविष्यवाणी के चलते भोले-भाले इनसान के मन को बेवजह आशा-निराशा के धक्के लगते हैं। उससे केवल नुकसान ही होता है। लाभ कभी नहीं होता। कुछ समय का मनोरंजन कहकर इसे अगर छापा जा रहा है तो सम्पादक के दिमाग में मनोरंजन की अन्य बातें क्यों नहीं आती हैं?

अब तो गाँव, शहर, प्रान्त, स्वदेश आदि की जन्मपत्रिका सामने रखकर भविष्य बताने की कोशिश की जा रही है। भारत की जन्मपत्रिका के लिए कहाँ के समय को प्रामाणिक माना जाना चाहिए? दिल्ली, मुम्बई, कोलकाता या मद्रास (अब चेन्नई)? पाकिस्तान को लेकर तो बहुत बड़ी मुश्किल है। कारण, पूर्व पाकिस्तान का समय पश्चिम पाकिस्तान से एक घंटे से आगे का रहता है। ऐसी स्थिति में जन्मपत्रिका का विश्लेषण करने के लिए जन्म समय कौन सा मानें? (अब दो अलग देश बन गए हैं इसलिए यह मुश्किल दूर हो

गई है)। शायद 15 अगस्त, 1947 की रात के बारह बजे का समय सबके लिए भविष्य वक्ता पकड़ते होंगे। तो फिर एक ही समय में जन्मे इन देशों का भविष्य इतना अलग-अलग क्यों है?

हमारे यहाँ कइयों को अपने प्राचीन होने की बात का बहुत अधिक गर्व है। भास्कराचार्य, वराहमिहिर, आर्यभट्ट आदि प्रतिष्ठा प्राप्त व्यक्तियों के लेखन के सबूत देकर पूछा जाता है कि उनके द्वारा किया गया भविष्यशास्त्र का अध्ययन क्या केवल पाखंड था? एक बात को सहजता से समझना होगा कि किताबों में किसने क्या कहा है इस पर उसका मूल्यांकन नहीं होता है। जनमानस के सामने खुद शंकराचार्य ने ऐसी बात बताई है जिसे पचाया जाना बहुत मुश्किल है। वह यह कि सौ किताबों से अग्नि शीतल होती है और वह प्रकाश नहीं देती है। ऐसे ही बताया हो तो भी वह सच नहीं है। ग्रन्थों के सन्दर्भ कमजोर होते हैं। वस्तुनिष्ठता से लिए गए अनुभव अत्यन्त महत्त्व रखते हैं।

सच्चाई यह है कि ज्योतिषशास्त्र के तीन भाग होते हैं। गणित, खगोलशास्त्र, और भविष्य। वराहमिहिर, आर्यभट्ट, भास्कराचार्य—ये विद्वान् गणित के ज्ञाता थे, खगोलशास्त्रज्ञ थे। लेकिन कट्टर धर्मवादी हिन्दुओं ने उनसे प्राप्त किया केवल ज्योतिषशास्त्र और भविष्य। प्राचीन धार्मिक दृष्टि ही हमारी सबसे बड़ी मुश्किल है। हमारा इतिहास यह भी बताता है कि ग्रीक संस्कृति के साथ सम्बन्ध आने पर उनके पास मौजूद विकसित भूमितीय ज्ञान सीखने की अपेक्षा रहस्यवादी विद्या और भविष्यशास्त्र सीखने में हमें बहुत अधिक रुचि थी। ग्रहों का पृथ्वी पर जो भी परिणाम होता है वह केवल उसकी गुरुत्वाकर्षण शक्ति के कारण होता है। पूर्णिमा के दिन समुद्र में ज्वार आएगा और पानी उछलता रहेगा इस घटना से ज्यादा इसका महत्त्व नहीं है। सजीव जीवन पर इसका बिलकुल प्रभाव नहीं होता है और ग्रह स्वयं प्रकाशित नहीं होते हैं। वे दूसरों द्वारा प्रकाशमान होते हैं। सूर्य की किरणों का परावर्तन वे करते हैं। और इनके परावर्तन से निर्मित प्रकाश किरणों में कुछ अद्‌भुत अलग नहीं होता है, जिससे मनुष्य जीवन पर बहुत लम्बे समय तक गहरा प्रभाव डाला जा सकता है।

इन सारी बातों का विश्लेषण और विचार करने के बाद निष्कर्ष इतना ही निकलता है, जिसे स्वामी विवेकानन्द ने भी बता दिया है—'कमजोर मन के

इनसान जिस समय असहायता अनुभव करते हैं, सब कुछ खो गया है ऐसा महसूस करते हैं, तब भविष्य की ओर देखना शुरू करते हैं। अगर ग्रह और नक्षत्र मेरी जिन्दगी बदल सकते हैं तो मैं उस जिन्दगी को जीने के अधिकार को खो चुका हूँ। अतः ताकतवर बनें, अन्धविश्वासों के पार का देखें और आजाद हों।'

नए-पुराने बौद्धिक भेद

पुनर्जन्म

'भस्मीभूतस्य देहस्य पुनरागमनं कुतो' यह वक्तव्य चार्वाक ने दो हजार साल पहले किया था। शरीर की मिट्टी होती है। वैश्विक तत्त्वों में वह घुल-मिल जाती है। सारा खेल खत्म हो जाता है। संसार अपनी धुन में आगे बढ़ता रहा है।

किन्तु इनसान अपनी अधूरी आशा, अपेक्षा, भावना, कामना और जिम्मेदारियों को छोड़ जाता है। उसके पीछे रहनेवाले रिश्तेदार भी इसी में अटक जाते हैं। इसलिए हमेशा इस वियोग की कल्पना असहनीय होती है।

इसके अलावा परम्परा, धार्मिक कल्पना पक्के तौर पर आत्मा के अस्तित्व और पुनर्जन्म को मानती है। इनसान जैसे शरीर के कपड़े बदलता है वैसे आत्मा भी शरीर बदलती है। वह एक शरीर से दूसरे शरीर में प्रवेश करती है। आत्मा अविनाशी है। वह शस्त्रों से न मरनेवाली, बारिश से न भीगनेवाली, बहती हवा से न सूखनेवाली, आग से न जलनेवाली है। हमारी परम्परा में इस प्रकार के विचार बहुत गहरे पैठ चुके हैं। उनका साथ देने के लिए चौरासी लाख योनियों से जन्म-मृत्यु तक का सफर करनेवाला सिद्धान्त भी है। इस सफर को छेद कर हमेशा के लिए नर्क में जानेवाली पापी आत्माएँ या स्वर्ग में अपनी जगह आरक्षित करनेवाली पुण्यवान आत्माएँ बहुत कम हैं। शेष सारी क्षुद्र आत्माओं के लिए इस सफर को आगे जारी रखना है और उससे उनका पुनर्जन्म भी होता है।

सच बात यह है कि नसीब से इस सफर में एक बार ही मनुष्य जन्म का मौका मिल जाता है। लेकिन कुछ बहुत अधिक पुण्यवान होते हैं। उन्हें मरने

के बाद फिर मनुष्य जीवन की प्राप्ति होती है। पुनर्जन्म का दावा करनेवाले ऐसे व्यक्ति हकीकत में कभी-कभी मिल जाते हैं। दुनिया की आबादी से तुलना करें तो हिन्दुओं की आबादी दस फीसदी है और हिन्दू धर्म में पुनर्जन्म को माना जाता है। क्रिश्चियन और इस्लाम धर्म में पुनर्जन्म को नहीं माना जाता है।

ऐसी घटनाओं को हमेशा से हमारे समाज में बहुत अधिक प्रसिद्धि दी जाती है। पैसा कमाने के लिए इन अफवाहों का हथियार के नाते इस्तेमाल किया जाता है। इन घटनाओं का बड़ी बारीकी से अध्ययन करें तो जिसे हम हकीकत कहे जा रहे हैं उसके झूठेपन के सबूत मिल जाते हैं। पुनर्जन्म का दावा करनेवाली व्यक्ति के वर्तमान जीवन और पूर्व जन्म के परिवारों के धुँधले सम्बन्धों को देखा जा सकता है। साथ ही जन्म, मृत्यु, शादी-ब्याह के रजिस्टरों को खँगाला जा सकता है और पोस्टमार्टम की रिपोर्टों को भी देखा जा सकता है।

मृत्यु प्राप्त कर चुके व्यक्ति का पीछे कुछ बचा है और वह कुछ समय बाद किसी दूसरे में अन्य लोगों के सामने प्रवेश करता है ऐसा मानने लगें तो बहुत सारी गड़बड़ियाँ पैदा होंगी। बीच का समय खंडित होता है उस समय यह आत्मा कहाँ रहती है? हवा में भटकती है या बेताल के पास जाकर पहाड़ पर निवास करती है? यह पुनर्जन्म किन आधारों से प्राप्त होता है? फिलहाल हमारे यहाँ जो कल्पनाएँ मौजूद हैं उन्हें देखें तो पूर्व जन्म के पुण्य के आधार पर। इसके लिए हमें सम्पूर्ण कर्मविपाक सिद्धान्त मानना पड़ेगा। इससे इस जन्म के पाप-पुण्य का हिसाब होगा और उससे किस योनि में पुनर्जन्म होगा या मोक्ष प्राप्ति होगी यह तय होगा। इसलिए पुनर्जन्म की कल्पना को अगर हम लोग मान रहे हैं तो हमारे पिछले जन्म के कर्मों ने हमारा निर्माण किया है, हमें वर्ण आधारित समाज दिया है हमें यह कहना पड़ेगा। यानी यह सब कुछ हमें मानना पड़ेगा। समर्थ और कर्मठ मनुष्य को पुनर्जन्म की कल्पना एक झटके के साथ पराधीन करती है।

कभी-कभी घर में जब किसी व्यक्ति दादा, दादी, नाना, नानी की मौत होती है, उसी समय या दो-चार दिन आगे-पीछे बहू बच्चे को जन्म देती है। उसे लड़का हो गया तो दादा या नाना और लड़की हो गई तो दादी या नानी का पुनर्जन्म माना जाता है। अगर ऐसे तर्क दिए गए तो क्या कहना! जन्म

ले चुकी यह नन्ही जान वैसे देखा जाए तो माँ के गर्भ में नौ महीने पूर्व ही जन्म ले चुकी होती है। माँ ने ऑपरेशन और दवाइयाँ ली होतीं और ऑपरेशन कराया होता तो वह इन लोगों की मृत्यु से पहले ही जन्म ले सकती थी। आठवें महीने से ही वह जान जीवन्त रहने की स्थिति में आती है (Viable Child)। फिर उस बच्चे में पहले से मौजूद किसकी आत्मा थी? इधर दादा-दादी और नाना-नानी तो जिन्दा थे। लेकिन ये छोटी-छोटी बातें भी हमारी समझ से परे होती हैं, उसका कारण हमारी अक्ल गिरवी पड़ी है, यही होता है। आत्मा जान से अलग है। जान का नहीं तो आत्मा का पुनर्जन्म होता है, यह दलील भी टिक नहीं पाती। सवाल यह उठता है कि आत्मा से मतलब क्या है? उसकी विशेषताएँ कौन सी हैं? इसे बुद्धि मानें ऐसा विश्लेषण कभी किसी ने दिया नहीं है। एक तो केवल कल्पनाशक्ति (Speculation) से इसका वर्णन किया जाता है या ज्यादा से ज्यादा कुछ लोगों के अनुभवों का हवाला दिया जाता है। इनमें से किसी भी बात को प्रत्यक्ष नहीं देख सकते हैं। अनुभवों की कसौटियों पर परखा गया तो वह टिक नहीं पाती है। इसीलिए ऐसी पुनर्जन्म की कल्पनाओं को पूर्णता से खारिज किया जाना ही उचित है।

भावातीत ध्यान की आधी सच्चाई

महर्षि महेश योगी का 'भावातीत ध्यान केन्द्र' शुरू हुआ। 1957 में भारत, अमरीका, यूरोप इन जगहों पर वह कुछ समय में ही अपनी जड़ें जमाकर फैलने लगा। 1967 के बाद इस केन्द्र ने अपनी सारी जानकारियाँ आधुनिक साधनों और कंप्यूटर के माध्यम से सुरक्षित-संकलित करना शुरू किया। इसके द्वारा दावा किया जाता है कि अब तक छह लाख से भी अधिक लोग भावातीत ध्यान का प्रशिक्षण ले चुके हैं। लगभग छह सौ पूर्णकालिक वेतनधारी अध्यापक या प्रशिक्षक इसका काम करते हैं। इस प्रशिक्षण को पाने के लिए फीस देनी पड़ती है। इसका प्रशिक्षण अमरीका में सबसे ज्यादा, उससे कम जर्मनी और इंग्लैंड में दिया जाता है। पच्चीस (अब चालीस) सालोपरान्त भी इसका आकर्षण लोगों में बना रहा है। स्वयं महर्षि योगी वैदिक स्कॉलर रहे हैं। उन्होंने पदार्थविज्ञान की उच्च शिक्षा और उच्च उपाधि भी पाई है। भारतीय

हैं इसलिए उन्हें प्राचीन तत्त्वज्ञान में अधिक रुचि है। कुल मिलाकर इनकी स्वाभाविक प्रतिपादन शैली से असर और आकर्षण बन जाता है।

महर्षि योगी की यह पक्की और प्रामाणिक धारणा है कि भावातीत ध्यान और वेद ज्ञान का मिलाप और प्रसार दुनिया के प्रकाशमान भविष्य के लिए सक्षम है। जेलों की आवश्यकता नहीं रहेगी। वे खाली हो जाएँगे। सैनिकों की भी आवश्यकता नहीं पड़ेगी। वे खत्म हो जाएँगे।

उनके समर्थकों का दावा है कि भावातीत ध्यान आपको आत्म-ज्ञान का साक्षात्कार करवाता है, वह आपके जीवन को बदल देता है। अर्थात् इस प्रकार का ध्यान, उसके लिए व्यक्ति को दिया जानेवाला मंत्र, उसके पीछे का तत्त्वज्ञान यह सब कुछ रहस्यवादी बनता है। अतः उसे ईश्वरीय असर लगने लगता है।

वैसे किसी ईश्वरीय स्पर्श या मन के सामर्थ्य से मरीज को ठीक करने का इतिहास बहुत पुराना है। बीमार व्यक्ति को स्पर्श करके अथवा अपने मानसिक सामर्थ्य से सामनेवाले व्यक्ति के मन पर प्रभाव डालकर उसे ठीक करने का दावा ऐसे समय किया जाता है और आखिरकार उसे रहस्यवादी, ईश्वरीय स्वरूप प्राप्त होता है। भावातीत ध्यान भी ऐसी ही उपचार पद्धति का एक हिस्सा है।

इन उपचार पद्धतियों की बहुत अधिक चर्चा शास्त्रों में की गई है। फलाँ व्यक्ति के मन तथा स्पर्श सामर्थ्य के चलते आपको ठीक किया जा सकता है इस प्रकार की आशा और उससे (उस स्पर्श से या अन्य प्रकार से) प्राप्त होनेवाली सूचनाओं का परिणाम ऐसे समय में होता है। आज भी मानसशास्त्र इस बात को मानता है कि मन का आशावाद, उचित रूप से दी गई सूचनाएँ, अपना स्वास्थ्य और जीवन को लेकर कई अन्य बातें हैं या शारीरिक और मानसिक मानवी क्षमताएँ हैं जिनका परिणाम मनुष्य जीवन पर होता है।

इसीलिए सुबह-शाम बीस-बीस मिनट आँखें बन्द कर कुर्सी पर बैठकर दिए गए मंत्रों की सहायता से किया जानेवाला भावातीत ध्यान भी एक प्रकार से मानसोपचार ही कहा जा सकता है। भावातीत ध्यान या ऐसे ही किसी अन्य प्रकार की ध्यान धारणा के बाद मन अधिक उत्साह, उमंग और चेतना से भरा महसूस होता है। कार्य करने की क्षमता बढ़ जाती है। गलत आदतों से मन दूर जाता है। मन को दर्द देनेवाली चिन्ताएँ कम होती हैं। इसका अर्थ इतना ही

है कि उससे मन का व्यायाम होता है। पाश्चात्य देशों में बढ़ती जरूरतों और कुछ फैशन के कारण इस प्रकार की ध्यान धारणा से प्राप्त मन:शान्ति के प्रति आकर्षण का निर्माण हुआ है। अमरीका में जो बनता, फलता-फूलता है उसे बड़े उत्साह के साथ स्वीकारने की हमारे देश में एक विशिष्ट वर्ग की मानसिकता है, बिलकुल वैसे ही इस विषय को लेकर भी उत्साह और कुतूहल भी है। इन सारे प्रकारों को लेकर एक बात को दिमाग में पक्का करना होगा कि यह सारा प्रपंच खुद के मन को सुधारने तथा मजबूत बनाने का मार्ग है। उसका कुछ लोगों को लाभ होता है। लेकिन जैसे कुछ लोगों को लाभ होता है वैसे ही इससे ज्यादा आशा और अपेक्षाएँ रखे जाने के कारण अनेकों का भ्रम भंग भी होता है। भावातीत ध्यान से जो प्राप्त हो रही है वह मानसोपचार से करना भी सम्भव है। इन साधनाओं के पीछे बेवजह दौड़ते समय इस बात की ओर ध्यान नहीं दिया जाता कि शास्त्रीय मानसोपचार के लिए इस प्रकार की साधनाएँ सहायता प्रदान कर सकती हैं। भावातीत ध्यान उचित विकल्प बिलकुल नहीं है। स्वयं के मन की दुर्बलता का कुछ समय दूर होने का एहसास होगा लेकिन इस दुर्बलता की जड़ों में मौजूद मानसशास्त्रीय कारणों को जब तक खोजा नहीं जाता, तब तक ऊपरी तौर से किया गया छोटा-मोटा उपचार नुकसान करता है।

इसके साथ ही एक और बात का विशेष ध्यान रखना आवश्यक है। इस प्रकार की ध्यान धारणा करनेवाले प्रत्येक व्यक्ति का मानना होता है कि हमारी पद्धति मनुष्य मन के आर-पार जाकर सब कुछ समझनेवाली और परिवर्तन करनेवाली दुनिया में एकमात्र पद्धति है। इसलिए किसी भी प्रकार के मानसिक तनाव हो उसके लिए यही सुझाव दिया जाता है। जबकि उसका प्रत्येक व्यक्ति के केस में अच्छे और बुरे परिणामों को बिना सोचे अन्धेपन के साथ इस्तेमाल करना हानिकारक है।

ऐसी ध्यान धारणा एक प्रकार से उपचार पद्धति ही है, इसका अगर ध्यान रखें तो इस उपचार के दौरान अच्छे परिणामों के साथ कुछ बुरे परिणाम (Side Effects) भी हो सकते हैं। इन सम्भावनाओं को ध्यान में रखते हुए उस पर कोई उपाय ढूँढ़ना और जरूरत पड़े तो उपचार बन्द करना मनोचिकित्सक के लिए सम्भव है। लेकिन ऐसे भावातीत ध्यान योगी को इसकी न कल्पना होती है और न ही चिन्ता।

दिशा भ्रम के नए मार्ग

खुलेआम चल रहा बाबाओं का पाखंडी रूप समाज के लिए उतना हानिकारक नहीं है जितना बुवा-बाबाओं की ओर से ढोंगी प्रवृत्ति को सुरक्षा प्रदान करने के लिए विज्ञान का आधार लेकर कुछ धूप-दीप आदि जलाकर पाखंड रचा जाना। वह बुवा-बाबाओं के ढोंग से भी अधिक हानिकारक होता है। इस सच्चाई को स्पष्टता के साथ समाज के सामने रखने का समय आ चुका है। विज्ञान मनुष्य को दिशा प्रदान करता है। आलोचनात्मक प्रयोगों से विचार करना सिखाता है। स्वाभाविक तौर से अन्धविश्वास, बुवा-बाजी, तंत्र-मंत्र, यज्ञ-याग के जुल्म विज्ञान के प्रकाश में कमजोर पड़ने लगते हैं। शोषण करनेवालों के लिए यह एक प्रकार से संकट है और इस संकट की समस्या हल करने के लिए उन्होंने नवीन उपाय ढूँढ़ निकाला है कि इन सारी बातों को विज्ञान की परिभाषा में विश्लेषित करना है और उसे समाज के सम्मुख रखना है। होम-हवन यह केवल समय की बर्बादी और जीवन के लिए उपयुक्त वस्तुओं का नाश करनेवाला पाखंडी कर्मकांड है। लेकिन उसे अग्निहोत्र का बड़ा प्यारा स्वरूप दिया गया है। हवा के बढ़ते प्रदूषण का विरोध करना आज अत्यन्त आवश्यक बन गया है। इस प्रदूषण के लिए अग्निहोत्र (अग्नि में हवन) कोई अद्भुत उपाय है, इस प्रकार का आभास निर्माण किया जाता है। अग्निहोत्र के धुएँ में हवा प्रदूषित करनेवाले तत्त्व और विषाणु मारने की सामर्थ्य है ऐसा कहा जाता है। यह कौन से अनुसन्धान केन्द्र या प्रयोगशाला में साबित हुआ है? अग्निहोत्र से निर्मित धुएँ का एनालिसिस कौन सी लेबोरेटरी में किया गया है? लेकिन ऐसे सवालों को उठाकर इन पवित्र विधियों को मुश्किल में कैसे डालें?

एक बार अपनी बातों को मनवाने के लिए विज्ञान की मदद ली गई कि स्वार्थी खेल शुरू होता है और आगे चलकर विज्ञान के आधार पर कल्पनाओं का संसार खड़ा किया जाता है। फिलहाल धार्मिक किताबों की खपत बहुत अधिक है। हजारों की संख्या में इस विषय की किताबें बाजारों में उपलब्ध होती हैं। उनकी माँग भी है। इनमें से बहुत अधिक किताबों में परम्परागत लेखन नहीं होता है। जमाना बदल चुका है, इसका परिचय इन्होंने भी चालाकी से किया है। इसलिए गायत्री मंत्र हो, ईश्वर प्रदक्षिणा हो, अथवा रुद्राक्ष, गंगा

पानी या भस्म हो, इनसे निर्मित होनेवाले प्रभावों पर वैज्ञानिक आवरण चढ़ाया गया है। गायत्री मंत्र का कोई श्रद्धा के साथ पठन-पाठन कर रहा है तो समझा जा सकता है। लेकिन दावा क्या किया जाता है? गायत्री मंत्र के उच्चारण के साथ शरीर में कुछ विशेष प्रकार की मायक्रोवेव्ज निर्माण होता है। इन वेव्ज से सम्पूर्ण शरीर का रक्ताभिसरण ऐक्टिव होता है और इनसान को एक्स्ट्रा एनर्जी मिलती है। इतना ही नहीं, शरीर का सम्पूर्ण सिस्टम सुपर इलेक्ट्रिकल पार्टिक्स से संक्षिप्त होकर मनुष्य को रोगहीन बनाता है। शिक्षित इनसान भी अपने सारे विवेक को ताक पर रखकर इस भूलभूलैया का शिकार हो जाता है। हमारे पुरखों ने अति प्राचीन काल में कितना वैज्ञानिक विचार किया था इस बात को सोचकर हमारी छाती चौड़ी हो जाती है। और फिर हमारा मन सारे पूर्वजों, उनकी परम्पराओं, उनके विचारों आदि के अधीन हो जाता है। आजकल मनुष्य जीवन की व्यस्तता और भागदौड़ काफी बढ़ चुकी है। ऐसी स्थिति में व्रत-उपवास, पूजा-पाठ, मूर्ति-प्रदक्षिणा इन कर्मकांडों को करने के लिए मजबूर किया जाना अच्छा नहीं है। हाँ, अगर कोई मनुष्य मन की दुर्बलता दूर करने के लिए इस प्रकार की बातें स्वयं कर रहा है तो उसे थोड़ा-बहुत समझा जा सकता है। लेकिन किसी मन्दिर के ईश्वर की प्रदक्षिणा करने की कृति में कोई वैज्ञानिक आधार है ऐसा कहना बहुत बड़ी मूर्खता है। इनका दावा होता है कि 'प्रदक्षिणा के महत्त्व को समझना बहुत जरूरी है। देवी-देवता प्रकाशमान होते हैं। उनकी प्रकाश किरणों की लहरें मूर्ति के आसपास एक परिधि में घूमती हैं। इनके घूमने का क्रम ईश्वर के दाएँ से बाएँ चक्राकार होता है। हम लोग ईश्वर प्रदक्षिणा उसी मार्ग से करें तो सम्पूर्ण प्रकाश किरणों में फैले दिव्य-कण हमारे शरीर को चिपकते हैं और न केवल शरीर बल्कि मन के सारे कोश भी शुद्ध होते हैं।' हमारे देश में दक्षिण और उत्तर भागों में बड़े-बड़े मन्दिर हैं। वहाँ पैसे देने के बाद ईश्वर के दलालों से कुछ प्रसाद खरीदा जाता है। साफ-सफाई का अभाव, पुजारियों की भीड़, दादागिरी, भक्तों के साथ तू-तड़ाक, तिरस्कार करना और मौका मिलते ही लूट करना, ऐसा माहौल जिस जगह पर बन गया है, वहाँ कौन सी प्रकाश किरणों की लहरें और दिव्य-कणों की पवित्रता शेष है? चौबीस घंटे उसके सहवास में रहनेवाले पुजारी और पंडाओं तक को वे शुद्ध और पवित्र कर नहीं पाते।

जैसा देवताओं का वैसा ही हाल वहाँ मौजूद पवित्र कही जानेवाली

वस्तुओं का भी। कहीं भस्म, कहीं रुद्राक्ष की माला, कहीं गंगा का पानी, कहीं अभिषेक का तीर्थ (पानी) इन सब पर पवित्रता का वैज्ञानिक गुण-विशेष चिपका दिया जाता है। इन चीजों से अनेक प्रकार की सात्त्विक लहरें बाहर आती हैं और स्वाभाविक रूप से वहाँ गलत विचारों की लहरें टिक नहीं पातीं। पंढरपुर में कोई डोंबे नाम का गुंडा व्यक्ति वहाँ सबके लिए दहशत का कारण बनता है और सारा पंढरपुर उसके करतूतों से भयभीत, परेशान होता है। उस पर कभी इन सात्त्विक लहरों का प्रभाव नहीं पड़ता है। काशी में पंडे खुलेआम लूट करते हैं। उन पर क्यों कभी सामने से देखनेवाली गंगामैया की लहरों का प्रभाव नहीं पड़ता है? अनेक धार्मिक स्थल दंगल पैदा करनेवाले ज्वालामुखी के केन्द्र बन चुके हैं। उस समय सात्त्विक लहरें कहाँ गायब हो जाती हैं?

वास्तव में ऐसा कुछ भी नहीं है। लेकिन वे जैसे हैं वैसे बेचने का समय अब खत्म हो चुका है, इसकी पहचान चालाक लोगों को हो रही है। इसलिए इन लोगों ने इस प्रकार के भ्रमों को फैलाकर प्रसार करने का प्रयास आरम्भ किया है। आखिरकार यह धन्धा दिन दूने रात चौगुने लाभ पहुँचानेवाला है। गायत्री मंत्र के वैज्ञानिक सामर्थ्य का विश्लेषण करनेवाली किताब या ग्रहों के विविध आँकड़ों से सुख-शान्ति के पाठ पढ़ानेवाला ग्रन्थ एक ही समय में जरूरतमन्द पाठकों की दोतरफा प्यास को बुझाता है, उनके श्रद्धाशील मन को आधार प्रदान करता है। और हम शिक्षित मन को विज्ञान के आधारों पर चल रहे हैं की तसल्ली भी देते हैं। इसीलिए ये बुवा-बाबा बहुत अधिक घातक हैं।

परामानस शास्त्र

दुनिया की हर संस्कृति और इतिहास के प्रत्येक कालखंड में इन्द्रियों की आकलन शक्ति से पार के मार्गों द्वारा बहुत दूर के व्यक्ति से सम्पर्क स्थापित करने के कई उल्लेख मिलते हैं। ऐसा माना गया कि ये बातें धर्म के तंत्र-मंत्र अथवा रहस्यवादी विद्या से सम्बन्धित हैं। इसलिए इन बातों की ओर कोई विशेष ध्यान नहीं दिया गया।

उन्नीसवीं सदी के उत्तरार्ध में पहली बार इन बातों की ओर ध्यान दिया गया। ऐसी घटनाओं के अध्ययन के लिए इंग्लैंड में सन 1982 को सोसायटी फॉर सायकिकल रिसर्च की स्थापना की गई। सन् 1987 में अमरीकन सोसायटी

फॉर सायकिकल रिसर्च की स्थापना हुई। इसी तरह कई अन्य देशों में भी इस प्रकार की संस्थाओं का निर्माण हो गया। कुछ प्रसिद्ध वैज्ञानिकों ने इसके अध्ययन में अपनी भूमिका निभाई। इन संस्थाओं की माँग के बाद कुछ विश्वविद्यालयों में भी इन घटनाओं का प्रयोगों के आधार पर आकलन करने की कोशिश की गई।

इन शक्तियों के साधारणतः चार प्रकार हैं—(1) टेलिपैथी (Telepathy), (2) क्लेअर वायन्स (Clair Voyance), (3) प्रीकॉग्निशन (Pre Cognition), (4) सायको कायनेसिस (Psycho Kinesis)। इन शक्तियों का समर्थन करनेवालों के विचारों से उसका स्वरूप स्पष्ट किया जा सकता है। टेलिपैथी का अर्थ किसी भी ज्ञात सन्देश साधनों के बिना दूसरे के मन के विचारों को समझने का सामर्थ्य। क्लेअर वायन्स में पहले घटना घट जाती है। यह शक्ति जिसके पास होती है उस इनसान को उसकी जानकारी इन्द्रियों के ज्ञात अवयवों से पता होने की सम्भावना नहीं होती है। उदाहरणार्थ—चोरी की वारदात होती है। चोरी को लेकर उसे कुछ पता नहीं है लेकिन वह अपनी शक्तियों के सहारे चोर का वर्णन पुलिस को बता सकता है। प्री कॉग्निशन में इनसान को भविष्य में होनेवाली घटनाओं की जानकारी पहले मिल जाती है। सायको कायनेसिस सामर्थ्य प्राप्त व्यक्ति किसी भी भौतिक शक्ति के बिना मन शक्ति के मदद से वस्तु को हिला सकता है। इन सारी बातों को लेकर अनुसन्धान जारी है। शुरुआती दौर का अनुसन्धान व्यक्तिगत अनुभवों पर आधारित था। इसमें अनेक प्रकार की कड़ियाँ थीं। कई बार यह पाया गया कि इस शक्ति का दावा करनेवाले व्यक्ति के पास पहले जानकारी पहुँचाई गई थी। कुछ प्रसंगों में संयोग होता है तो कुछ पूरे तरीके से झूठे होते हैं।

इसे विज्ञान मानें तो अध्ययन करने की पद्धति बहुत अधिक ठोस होनी चाहिए। जे.वी. रीन्हे मनोचिकित्सक द्वारा खोजी गई कार्ड पद्धति की सहायता से ली जानेवाली परीक्षा (टेस्ट) पद्धति को इसका आधार माना गया है। यह 25 काड्र्स का एक सेट होता है और काड्र्स पर चौकोर, सितारा, गुणा, वर्तुल और रेखा में से कोई भी एक चिह्न होता है और वह गाढ़ी काली स्याही से छपा होता है।

टेलिपैथी का टेस्ट देनेवाला व्यक्ति 'अ' कमरे में बैठ जाता है। जिससे उसे सन्देश मिलनेवाले हैं वह व्यक्ति दूसरे 'ब' कमरे में बैठ जाता है। वह

अन्य किसी भी मार्ग से सन्देश नहीं पहुँच पाएगा इसका ध्यान रखा जाता है। 'ब' कमरे के व्यक्ति को कार्ड दिखाए जाते हैं। उनमें से कितने कार्डों पर चिह्न है यह 'अ' कमरे के व्यक्ति को वह टेलिपैथी की सहायता से पहुँचा देता है। क्लेअर वायंस के टेस्ट में कार्ड उलटे रखे जाते हैं और वे कौन से क्रम में हैं पहचानने के लिए टेस्ट देनेवाले व्यक्ति को बताया जाता है। प्रीकॉग्निशन टेस्ट में कार्डों को फेंटने के बाद कौन सा क्रम आएगा इसे कार्डों को फेंटने से पहले पहचानने के लिए बताया जाता है और उसकी जाँच-पड़ताल की जाती है।

इन्द्रियों से प्राप्त शक्तियों का समावेश जिसमें होता है उसे परामानसशास्त्र (Para Psychology) कहते हैं। इसकी परिभाषा बताते हुए कहा जाता है, 'जिन घटनाओं का स्पष्टीकरण वर्तमान भौतिक और रसायन के वैज्ञानिक नियमों के आधार पर नहीं दिया जा सकता है, उन घटनाओं का अध्ययन मतलब परामानसशास्त्र है।'

इन्द्रियों से पार की शक्तियों के सबूत के नाते कई किताबों को लिखा गया है। अनेक घटनाओं का उसमें वर्णन है। परामानसशास्त्र जैसे वास्तव में कुछ होकर गया है, इस प्रकार की अतिशयोक्तिपूर्ण बातें उसमें की गई हैं। लेकिन इस विषय को लेकर विद्वानों ने उचित सन्देहों को समय-दर-समय उपस्थित किया है। इन्द्रियों से पार की शक्तियों के अस्तित्व को साबित करते समय किए गए प्रयोगों में भी अनेक गलतियाँ और कमजोर कड़ियाँ रही हैं। जिनका इन शक्तियों पर बिलकुल भरोसा नहीं उनकी उपस्थिति में बिना किसी दोष के इन परीक्षणों (टेस्ट) को कभी नहीं किया जाता है। कभी किसी ने यह साबित नहीं किया कि मेरे भीतर हमेशा से इस प्रकार की शक्ति मौजूद है, मैं उसे नियंत्रण में रख सकता हूँ। आखिरकार इसके कई कारण बताए जाते हैं। उदाहरणार्थ—मन की अवस्था पर भी यह शक्ति निर्भर होती है। मन उत्साह से भरा और खुश है तभी वह अपना अस्तित्व दिखाता है। उदासीन और चिन्तित है तो वह प्रकट नहीं होता है (अर्थात् परीक्षण करते समय उसके प्रकट न होने की सम्भावनाएँ ही अधिक होती हैं)।

इस प्रकार की घटनाएँ घटती हैं इसे पहले साबित करना होगा और ऐसा साबित हो तो उसका अध्ययन बिजली, भाप, रेडियो, लहरों, अणुशक्ति का जैसे होता है उसी पद्धति से होगा। अन्धविश्वास के बिना इस प्रकार का अध्ययन विवेकशीलता और वैज्ञानिक निष्ठा से बिलकुल असंगत नहीं है।

लेकिन आजकल ऐसी घटना के घटने पर विज्ञान की उपेक्षा करते हुए उसका स्पष्टीकरण दिया जाता है। लोगों के अन्धविश्वासों को बढ़ावा देने के लिए उसको उपयोग में लाया जाता है। इन शक्तियों का स्पष्टीकरण करनेवालों का एक दावा यह होता है कि इन घटनाओं के लिए वैज्ञानिक विश्लेषण का नियम लागू नहीं होता है। ये तो आपकी अत्याधुनिकता से लदालद प्रयोगशालाओं (अनुसन्धान केन्द्रों) और विज्ञान विचार की ताकतों के बाहर की घटनाएँ हैं।

यह ऊपर-ऊपर से सही लगनेवाला स्पष्टीकरण असंगत और धोखा देनेवाला होता है। पूर्णत: विज्ञान के दायरे से बाहरवाली असंख्य घटनाओं को विज्ञान ने अपने विश्लेषणात्मक प्रयोग कौशलों के आधार से ज्ञात किया है। कुछ बातें आज समझ में नहीं आती हैं तो भी आखिरकार वह समझ में आने का मार्ग अधिक प्रगतिशील वैज्ञानिक दृष्टिकोण ही है। उसी मार्ग से होकर हाल-फिलहाल अज्ञात घटनाओं के कार्यकारण भाव आज नहीं तो कल समझ में आएँगे। लेकिन जिस समय विज्ञान के बुनियादी नियम और पद्धतियों को नकारने की हेकड़ी दिखाई जाती है उस समय परामानसशास्त्र की प्रामाणिकता का जो सबूत इन घटनाओं को मानकर हमारे सामने रखा जाता है उसकी सच्चाई पर सन्देह पैदा होता है। कई बातों और घटनाओं को इस शक्ति के सबूत के नाते सामने रखकर ढिंढोरा पीटा गया लेकिन उसका बार-बार पर्दाफाश हो गया है। इन घटनाओं को लेकर कई वाद हैं और वाद को खत्म करनेवाला कोई सबूत आज उपलब्ध नहीं है, यह बात महत्त्वपूर्ण और सोचने लायक है।

वैज्ञानिक दृष्टिकोण—बुद्धि प्रमाणतावाद

दुनिया के वस्तुनिष्ठ, यथार्थ और निश्चित ज्ञान को पाने का एकमात्र मार्ग विज्ञान मार्ग ही है। चमत्कार, अन्तर्ज्ञान, ग्रन्थ प्रमाण की अपेक्षा विज्ञान के मार्ग से ही ज्ञान प्राप्ति करने के प्रयास होने चाहिए।

धर्म के लिए यह स्वीकार्य नहीं है। लेकिन ज्ञानेन्द्रियों को प्राप्त होनेवाला सृष्टि का ज्ञान सच नहीं है। धर्म का दावा होता है कि बाह्य अनुभव और वैज्ञानिक साधनों से पूर्ण ज्ञान की प्राप्ति नहीं होती है; उसके लिए ध्यान धारण, अनासक्ति, भक्ति इन मार्गों से आन्तरिक शक्ति जाग्रत करनी चाहिए। इन मार्गों से प्राप्त होनेवाला ज्ञान व्यक्तिनिष्ठ अनुभूतियों पर आधारित होता है। उसमें चर्चा, वाद-विवाद, सुधार आदि की गुंजाइश नहीं है। प्रयोगों का तो सवाल ही नहीं उठता है। फिर भी धर्म का प्रतिपादन किया जाता है कि यह ज्ञान अन्तिम, सार्वकालिक और निरन्तर है।

वैज्ञानिक वास्तविकताओं की धरातल ही अलग होती है। भौतिक जगत विज्ञान का विषय है और यह जगत मनुष्य की समझ से बाहर का है। उसका स्वतंत्र अस्तित्व है। वह नियम से बँधा है और निश्चित नियमों की प्रक्रिया के तहत बदल रहा है। वह इस संसार का स्वयंभू अस्तित्व है। वह नियमबद्ध और गतिमय है, वह बाहर की किसी ईश्वरी ताकत के फलस्वरूप प्राप्त नहीं हुआ है। इसका स्पष्टीकरण संसार की क्रियाशीलता से देना पड़ेगा। मनुष्य इस संसार का अंश है। वह अपनी बुद्धि से संसार के ज्ञान को समझने की कोशिश करता है। यह क्षमता उसमें ईश्वर की कृपा से नहीं तो उसके व्यावहारिक आचरण के फलस्वरूप आ चुकी है। मनुष्य के ज्ञान का उद्गम, विकास उसके सामाजिक व्यवहारों से होता है। ज्ञान के सच्चाई की वास्तविक परख जाँच-पड़ताल से हो सकती है। यहाँ प्रस्तुत विचार वैज्ञानिक क्रियाकलापों का आधार है।

जो दृष्टिकोण संगठित, सूत्रबद्ध, वस्तुनिष्ठ अनुभवों से तय होता है उसे वैज्ञानिक दृष्टिकोण कहा जाता है। वैज्ञानिक पद्धति में समस्या, उसे सुलझाने का संकल्प, उसके उद्‌देश्य, सिद्धान्त कल्पनाओं की रचना, सिद्धान्त कल्पनाओं की जाँच-पड़ताल (प्रश्न सूची, साक्षात्कार, निरीक्षण, प्रयोग इसमें से किसी भी पद्धति से लेकिन वैज्ञानिक आधार पर) के निष्कर्ष और सिद्धान्त कल्पना को स्वीकारना या त्यागना इतनी सीढ़ियाँ होती हैं। इन प्रयासों के बाद घटना और उससे जुड़े अन्य घटक आदि में सम्बन्ध प्रस्थापित किए जा सकते हैं।

वैज्ञानिक दृष्टिकोणों में वस्तुनिष्ठता और बुद्धि प्रमाणतावादी आलोचना महत्त्वपूर्ण होती है। इससे मनुष्य की प्रवृत्ति सबूतों के बिना साबित हो चुकी किसी भी बात पर विश्वास न रखने की बनती है। वैज्ञानिक दृष्टिकोण मनुष्य जीवन के तत्त्वज्ञान का ही एक अंग बन जाता है। इसीलिए व्यक्ति के जीवन में बदलाव आते हैं।

ऐसे व्यक्ति जिन्दगी की प्रत्येक घटना और धार्मिक, सामाजिक, रूढ़ि, परम्पराओं की ओर आलोचनात्मक नजरिए से देखना आरम्भ करते हैं। उनके द्वारा किसी भी बात को लेकर मन की तैयारी करने से पहले उसका पूरी तरह से निरीक्षण किया जाता है और किसी भी विषय से जुड़कर मन में अतिरिक्त गर्व रखकर अथवा भावनाओं में बहकर विचार नहीं किया जाता। व्यक्ति या घटना की ओर पूर्वग्रह से देखना छोड़ दिया जाता है। व्यक्ति या ग्रन्थ की प्रमाणता कोई दूसरा बता रहा है इसलिए सौ फीसदी प्रामाणिक है इस बात को नकारा जाता है। आलोचनात्मक पढ़ाई और अनुभवों से जुटाए गए सबूतों की सहायता से साबित होनेवाली बातों को स्वीकारा जाता है।

अपने व्यक्तिगत, सामाजिक, राजनीतिक जीवन में इस प्रकार के वैज्ञानिक दृष्टिकोण का अभाव है। हमारे सम्पूर्ण समाज पर सामाजिक और धार्मिक परम्पराओं का जबरदस्त प्रभाव है, इसलिए क्या अच्छा, क्या बुरा, क्या सच, क्या झूठ इसकी परख नहीं की जाती है। परिवारों में परिवार के मुखिया का ही अधिकार होता है। इसलिए स्वतंत्र विचार करने की प्रवृत्ति का विकास नहीं हो पाता। इसके अलावा सामाजिक, धार्मिक, राजनीतिक क्षेत्रों में कुछ व्यक्तियों को ईश्वरीय अवतार मानकर उसकी सारी बातों को उचित तथा प्रामाणिक मानने की हठधर्मिता शुरू होती है। परम्परागत शिक्षा पद्धति और प्रगतिवादी शक्तियों के बगैर वैज्ञानिक दृष्टिकोण समाज में अपनी जड़ें जमा नहीं पाता है।

वैज्ञानिक दृष्टिकोण को विकसित करना है तो बच्चों के स्वतंत्र व्यक्तित्व का निर्माण बचपन से हो इस बात का ध्यान रखना होगा। कोशिश यह करनी चाहिए कि बच्चे अपने निर्णय आलोचनात्मक रूप से खुद-ब-खुद लें। प्रयत्नवाद पर उनका भरोसा बढ़ना चाहिए। इसके लिए ईश्वरवादी प्रवृत्तियों का विरोध करना पड़ेगा और प्रबोधन और आचरण इन दो मार्गों पर वैज्ञानिक दृष्टिकोण के बीज बोने पड़ेंगे। मनुष्य विवेक से जीना सीखे। वह बुद्धि प्रमाणतावादी बने और वैज्ञानिक दृष्टिकोण वाला जीवन अपनाए। इसी में मनुष्य का मंगल और विकास है। हमने इस प्रकार से अपनी बातों का विश्लेषण किया कि निश्चित तौर पर हमसे कुछ प्रश्न पूछे जा सकते हैं। उनमें से कुछ चुनिन्दा प्रश्न और उसके उत्तर नीचे दिए जा रहे हैं—

प्रश्न—आज चारों तरफ नैतिक पतन हो रहा है। नैतिक अध:पतन की ओर बढ़ रहे समाज को बचाने के लिए धर्म, श्रद्धा और ईश्वर की आवश्यकता है?

उत्तर—यह हमेशा भ्रम पैदा करनेवाली दलील दी जाती है। उसे स्पष्टता से दूर रखा जाना जरूरी है। वैयक्तिक रूप से परधार्मिक कर्मकांड करनेवाले, ईश्वर की यथोचित पूजा करनेवाले बहुत अधिक लोग हैं। लेकिन अपने दैनिक जीवन के दौरान अधिक व्यवहारवादी तथा चतुर होते हैं। सफलता पाने के लिए जिस आचरण की आवश्यकता होती है, उसे अपनाते समय उन्हें किसी भी बात से परहेज नहीं होता है। तो फिर चाहे वह मिलावट हो, कर चोरी हो, कालाबाजारी हो या स्वार्थ पूर्ति के लिए किसी को झूठ बोलकर चूना लगाना हो। अलौकिक जीवन की सफलता के लिए किए जानेवाला धार्मिक आचरण, ईश्वर का पूजा-पाठ अलग और रोजमर्रा के व्यवहार को अलग करना उन्हें किसी प्रकार से अनुचित आचरण नहीं लगता है। बिलकुल इससे विपरीत बुद्धि प्रमाणतावाद का अनुसरण करनेवालों का विवेकवाद सामाजिक धारणाओं के साथ और अधिक जुड़कर प्रामाणिक विचार करता है। समाज का निर्माण न्यायोच्चित हो इसलिए स्वयं को प्रयास करने पड़ेंगे, इससे वे परिचित होते हैं। जिन लोगों की धार्मिक भावना की गति कमजोर हो गई है उनमें सामाजिक जिम्मेदारी से जुड़ाव, राष्ट्रप्रेम, सहनशीलता, क्षमाशीलता इन गुणों की बढ़ोतरी अधिक होती है।

'कौन-सा धर्म मनुष्य को अनैतिकता के पाठ पढ़ाता है? सभी धर्मों की नींव तो नैतिकता पर ही खड़ी होती है,' इस प्रकार के वैचारिक प्रतिवादों को भी ठीक तरह से समझना होगा। धर्म विचार, धर्म तत्त्वज्ञान और धर्म संस्था इनमें अन्तर है और वास्तविक दुनिया में तो बहुत अधिक अन्तर है। धार्मिक तत्त्वज्ञान में धर्म का अर्थ उदात्त होता है। लेकिन यथार्थ में इनसान के हिस्से में क्या आता है? गलत कल्पनाओं का अतिरिक्त आग्रह, धर्माचारियों का अहंकार, स्वार्थी और संकीर्ण आचरण, असंगत परम्पराएँ और कर्मकांड इन सबकी उपस्थिति में नैतिकता का निर्माण होगा यह कहना आधारहीन है। सबसे ज्यादा पवित्र माने जानेवाले स्वर्ण मन्दिर में मनुष्य जीवन को नुकसान पहुँचानेवाला बहुत अधिक साजोसामान मिल जाता है। बेकसूर लोगों की निर्दयता से जानें ली जाती हैं। स्त्रियों पर अत्याचार होता है। फिर भी कहा जाता है कि धर्म का आचरण निरन्तर नैतिक नियमों के आधार से चल रहा है। स्वर्ण मन्दिर का यह उदाहरण बहुत ताजा है। ऐसी स्थिति में धर्म का नैतिकता के साथ सम्बन्ध कैसे जोड़ा जाएगा?

सामूहिक स्तर पर धर्मश्रद्धा विवेकहीन लगती है। शोषण, दु:ख, अमानवीयता का आधार बनती है। धर्म के नाम पर शासन करनेवाले ईरान, पाकिस्तान और बांग्लादेश जैसे देशों में आज नैतिकता की अपेक्षा पाखंड और क्रूरता ही मनुष्य के जीवन का हिस्सा बन गई है। ये देश मुस्लिम धर्म का पालन करते हैं। हिन्दू धर्म सहनशील और नैतिकवादी है इसीलिए यहाँ धर्म के आधार पर नैतिकता को पोसा जाता है; ऐसा हम समझते हैं लेकिन इस कथन का वास्तविक आधार क्या है? सती प्रथा, बावड़ी को पानी लगे इसलिए दी जानेवाली नरबलि, छुआछूत, स्त्री जाति का दोयम स्तर, व्रत-उपवास। इन्हें धर्मश्रद्धाओं का ही हिस्सा माना था और आज भी अनेकों जगह पर माना जाता है। इनमें समाज के अनुकूल कौन सी नैतिकता है? ऐसा अनुभव बिलकुल नहीं है कि गिरजाघर, मस्जिद, मन्दिर में इकट्ठी की गई करोड़ों रुपयों की सम्पत्ति मनुष्य को सुखी करने के लिए उपयोग में लाई जाती है।

धर्म के प्रभाव तले, ईश्वर के भय तले नैतिक आचरण करनेवाले लोगों को भी उसमें से कुछ फलप्राप्ति हो ऐसी अपेक्षा होती है। यह फल निर्गुण, निराकार और आनन्द जैसी बातों में नहीं होता है। यह सगुण, साकार और भौतिक बातों में होता है। किसी को धन्धे में सफलता की अपेक्षा होती है,

नौकरी में पदोन्नति की माँग होती है, कोर्ट-कचहरी में अनुकूल परिणाम की अपेक्षा होती है। अत: इन भौतिकवादी अपेक्षाओं के लिए ईमानदार प्रयास करना और सामाजिक नैतिकता को इस लोक का कर्तव्य मानकर पालन करना अच्छा है; क्या यह धर्म के दबावों से ज्यादा हितकारी और विवेकवादी नहीं है?

प्रश्न—अनेक प्रसिद्ध वैज्ञानिकों का ईश्वर और धर्म पर बहुत अधिक विश्वास था। क्या आपको लगता नहीं या दिखाई नहीं देता कि ऐसे उदाहरणों से वैज्ञानिक प्रगति कितनी भी हो आखिर में ईश्वर और धर्म कल्पनाओं का प्रभाव बना रहेगा?

उत्तर—वैज्ञानिक ज्ञान प्राप्त करना और वैज्ञानिक दृष्टि पाना दोनों अलग बातें हैं, इसका स्पष्टता से खयाल रखा जाना आवश्यक है। विज्ञान की पढ़ाई करनेवाला इनसान चाहे वह वैज्ञानिक हो, डॉक्टर हो या इंजीनियर वह वैज्ञानिक दृष्टिकोण को अपना लेगा इसका कोई भरोसा नहीं है। वैज्ञानिक मानवी शक्ति से लबालब भरा भारत दुनिया के तीसरे नंबर का देश है। लेकिन इस देश के अन्धविश्वास और धार्मिक प्रभाव कम करने के कार्य में विज्ञान का कोई विशेष योगदान नहीं दिखता है। उसका कारण यह है कि हमारे वैज्ञानिक विज्ञान के सिद्धान्तों में कुशल बन चुके हैं, लेकिन विज्ञानवादी मनोवृत्ति इनके विचारों का अंश अभी तक नहीं बन पाई है। इस वैज्ञानिक मनोवृत्ति की कमी उनके व्यावसायिक और निजी जीवन में बहुत अधिक दिखाई देती है। हमारे यहाँ विज्ञान और धार्मिक असंगति हमेशा एक साथ दिख जाती है। वैज्ञानिक ज्ञान की प्राप्ति करना उस क्षेत्र के ज्ञान के विश्लेषण, बुद्धि-स्पष्टता और संगति से प्राप्त करने की बात है। लेकिन जीवन में वैज्ञानिक दृष्टिकोण का स्वीकार करना ऐसे नहीं होता है। वह एक प्रकार से मूल्य है। वह जीवन दृष्टि और प्रवृत्ति का हिस्सा है।

प्रश्न—मृत्यु का भय सबको होता है। वह कब आएगी यह बताया नहीं जा सकता है। विज्ञान भी इस बात का पता कर सकता है, इसका कोई भरोसा नहीं है। इस भय के कारण मनुष्य में पराधीन वृत्ति और ईश्वर की शरण में जाना होता है। इसका मुकाबला वैज्ञानिक दृष्टि से कैसे किया जा सकता है?

उत्तर—'मृत्यु कल्पनाओं के ठहरने की जगह है, पराधीन है संसार में पुत्र मानव का।' यह सच है कि साधारण लोगों की मृत्यु और उसके कारण निर्मित होनेवाली पराधीनता को लेकर इस प्रकार की कल्पना है। यह भी ठीक है कि मृत्यु के बिलकुल सही समय के रहस्य को खोला नहीं जा सकता है। लेकिन जिस रहस्यवादी विद्या का कोई अस्तित्व नहीं उसकी शरण में जाकर मृत्यु से छुटकारा थोड़े ही मिल जाएगा। बुद्धि प्रमाणतावाद का विवेक और विचार प्राकृतिक चक्र के फेरों में अपरिहार्य रूप से आनेवाली मृत्यु की कल्पना के सामने सहज और निडर होकर जाने का सामर्थ्य देता है। कभी न कभी आनेवाली मृत्यु की अपरिहार्यता माननी होगी। उस दृष्टि से पारिवारिक और सामाजिक जिम्मेदारियों की रूपरेखा तय करनी चाहिए। अपना जीवन अधिक सार्थक बनाने के लिए प्रयास करने चाहिए। मृत्यु के रहस्य को मानकर भी यह सारे कार्य किए जा सकते हैं। इसीलिए मृत्यु पर नहीं तो उसके विचारों से निर्माण होनेवाले भय पर विजय पाना सम्भव है। यही हितकारी है।

प्रश्न—बुद्धि प्रमाण स्वीकार करें लेकिन किसकी बुद्धि प्रमाण मानी जाएगी ? और बुद्धि प्रमाणता जिसे माना जाता है वह भी कई बार शब्द प्रमाण ही होता है। आम्बेडकर ने बताया इसलिए उनका शब्द प्रमाण मानकर ईश्वर को फेंक दिया। यहाँ अपनी स्वतंत्र बुद्धि का सम्बन्ध कहाँ आता है ? बुद्धि से विचार करें तो जो फेंके गए वे पत्थर ही थे। फिर क्या फर्क पड़ता है कि वे किसी कोने में पड़े हैं या किसी कतवारखाने में कचरे के ढेर पर फेंके गए ?

उत्तर—यह बात सच है कि बुद्धि प्रमाण के साथ शब्द प्रमाण भी होता है। किसकी बुद्धि को प्रमाण मानें ? यह प्रश्न उठ सकता है। ऐसा नहीं है कि उसका कोई उत्तर ही नहीं है। प्रमाणता के दो हिस्से बन जाते हैं। प्रमाण और अप्रमाण-प्रमाणता। ये शब्द माने जाते हैं। विवेकवाद केवल एहसासों का विश्वास नहीं है। जाँच-पड़ताल किए एहसासों का विश्वास है। कारण, एहसास सच और आभास दोनों प्रकार के होते हैं। अगर चाँद हथेलियों के आकार का दीख रहा है तो भी वह वैज्ञानिक अनुमानों से बहुत बड़ा और बहुत दूर है यह साबित होता है। अर्थात् साबित हो चुका शब्द प्रमाण माना जाना चाहिए।

किसकी बुद्धि प्रमाण मानें, इसकी भी वैज्ञानिक कसौटियाँ तय हैं। उसे 'एपिस्टीमॉलॉजी' कहा जाता है। गणित तर्क से लिखा हुआ शास्त्र है इसलिए वह प्रमाण मानने लायक है। लेकिन वेद, कुरान, बाइबिल ईश्वर ने कहे हैं, इसलिए प्रमाण मानना गलत है।

पहले से माना जाता है कि ईश्वर कभी गलती नहीं कर सकता है इसलिए उसके द्वारा बताया गया धर्म गलत होना सम्भव ही नहीं है। लेकिन पहले भी और प्राचीन काल में भी इसे बार-बार चुनौती देनेवाले महापुरुष होकर गए हैं। गौतम बुद्ध ने परमेश्वर को नहीं माना। वे पूछते हैं कि जन्म से अन्धा जो बच्चा दर-दर की ठोकरें खाता छटपटा रहा है, वह ईश्वर कैसे देख पाता है? चार्वाक कहता है कि पितृकर्म करने से स्वर्ग के पितरों को खाना मिल जाता है, ऐसा कहना असंभाव्य लगता है। लोकायतन ने यह प्रश्न पूछा है, ऐसा क्यों होता है कि यज्ञ के बावजूद भी बारिश नहीं हो पाती?

मनुष्य द्वारा निर्मित सारी सृष्टि बुद्धि प्रमाणता की जीत है। ईश्वर की पूजा से इनमें से कोई भी चीज प्राप्त नहीं हुई है। वास्तविक अनुमान और प्रयोगों पर सारा इतिहास आधारित है। धर्मशास्त्र को जो लोग प्रमाणित मानते हैं, वे ईश्वर को मानते हैं। लेकिन वह केवल परिकल्पना है। वह अप्रमाणित भी हो सकता है। लेकिन वह प्रमाणित है और उसमें कोई परिवर्तन नहीं होगा ऐसा इन लोगों का दावा होता है। इसके विपरीत विज्ञान जैसे-जैसे विकसित हो रहा है वैसे-वैसे पुराने तर्क झूठे साबित हो रहे हैं। नए और अधिक उचित तर्क उसकी जगह लेने लगे हैं। कारण, बुद्धि प्रमाणतावाद सबसे नम्र विचार प्रणाली है। उसमें हमारे प्रत्येक सिद्धान्त के गलत साबित होने की सम्भावना आरम्भ से मानी गई है। धर्मशास्त्र कभी भी नम्र शास्त्र नहीं है। लेकिन यह शब्द अन्तिम है और इसके बाद अब कोई विज्ञान नहीं है, ऐसा किसी भी वैज्ञानिक का दावा नहीं होता है।

प्रश्न—बुद्धि को प्रमाण माननेवाले लोग भावना विरोधी होते हैं। वे भाव विरहित होते हैं। उन्हें क्यों जीवन में भावना के महत्त्व का सौन्दर्य कभी समझ में नहीं आता है?

उत्तर—बुद्धि प्रमाणतावादी लोगों की भावना के साथ जिन्दगी भर की लड़ाई होती है, ऐसा माना जाना पूरी तरह से गलत है। यह बात गलतफहमियों

पर आधारित है। प्रेम, वात्सल्य, राग, शृंगार—इस प्रकार की भावनाओं का मानव जीवन में महत्त्वपूर्ण स्थान है। बुद्धि प्रमाणतावादी की अपेक्षा इतनी ही है कि इन भावनाओं की अधिकता से स्वयं का और दूसरों का भी अहित न हो। अपनों की मृत्यु से रोना स्वाभाविक है, लेकिन उसका अतिरेक करना अनुचित है। बहुत अधिक प्रिय व्यक्ति की मृत्यु के बाद कोई नींद की दवा लेकर कई महीनों से नशे में रहने लगा है और मरे हुई व्यक्ति से फिर मुलाकात होगी इस कल्पना से कुछ रहस्यमय मंत्रों के पीछे लगा है तो वह विवेकहीनता होगी। बुद्धि प्रमाणतावाद के विरोध में होगा।

प्रश्न—सुखी जीवन और कार्य सफलता को श्रद्धा का आधार चाहिए। बुद्धि प्रमाणतावादी श्रद्धा के आधार को कमजोर तथा अन्धा होने का लक्षण बताते हैं। क्या ऐसा मानना सही है?

उत्तर—इसको लेकर जो परिस्थिति है उसे ठीक ढंग से समझना होगा। श्रद्धा के साथ जीने से हिम्मत प्राप्त होती है, इसलिए श्रद्धा का अनुसरण करें। इसको बुद्धि प्रमाणतावादी स्वीकार नहीं करते हैं। उदाहरणार्थ—किसी बच्चे की माँ गाँव गई है यह बताने की अपेक्षा वह पड़ोस में गई है कहें तो वह बच्चा कुछ समय के लिए बड़ी शान्ति के साथ खेल सकता है। लेकिन यह झूठा समाधान है। यहाँ ऐसा समाधान देना प्रसंगानुकूल और सुविधाजनक है, तो भी हितकारक नहीं है। मनुष्य का मन इससे कमजोर हो जाता है। वास्तविक सच को वह स्वीकार नहीं कर सकता है इसीलिए ऐसे बताना पड़ता है। यह दलील सही नहीं है। कमजोर मन को सामर्थ्यशाली बनाना ही बुद्धि प्रमाणता माननेवालों का कार्य है। बुद्धि प्रमाणतावाद की सामर्थ्य जनमानस में फैलने लगी तो ऐसे झूठे समाधान करने की आवश्यकता नहीं पड़ती है। स्वस्थ समाज निर्मिति के लिए ऐसा घटित होना उपयुक्त है, आवश्यक है। चोरी मत करो, कारण वह पाप है और उसके लिए ईश्वर सजा देता है, ऐसा बताने से बेहतर यह है कि उसे बताएँ कि चोरी करना किसी दूसरे की मेहनत से कमाए हुए धन की लूट करना है और यह गलत है। कानून के तहत सजा भी होती है। इस बात को समाज में प्रचारित किया जाना अधिक उपयोगी है।

प्रश्न—श्रद्धा का परिणाम जीवन में होता है और उसका महत्त्व है, इस बात को बुद्धि प्रमाणतावादी नकारते क्यों नहीं हैं?

उत्तर—यह सच है कि श्रद्धा का परिणाम जीवन में होता है। लेकिन यह परिणाम वह श्रद्धा मानसिकता में जो बदल करवाती है, उसमें होता है। स्वाभाविकता से जिस काम में व्यक्ति को एकाग्रता की अधिक जरूरत है, जान लगाने की जरूरत है, इन बातों के लिए श्रद्धा से जो मानसिक परिणाम होता है, उसका फायदा है।

माँ को नमस्कार करने से पर्चा अच्छा जाता है, ऐसी श्रद्धा का क्या कोई मतलब है? पढ़ाई उचित किए बिना पर्चे आसान होना नामुमकिन है। लेकिन पढ़ाई के बावजूद भी एक अप्रकट मानसिक दबाव परीक्षार्थी के मन पर होता है। माँ के आशीर्वाद से उसके श्रद्धाशील मन को जो सुकून मिलता है, उससे यह दबाव कम होता है। उसका परिणाम पर्चा अच्छा लिखने में होता है। लड़ाई के मैदान में जानेवाले सेनानी के पैर रुक जाते हैं और अशकुन हुआ है कहकर वह वहीं रुक जाता है। प्राचीन काल के ऐसे कई वर्णन हम लोगों ने पढ़े हैं। वास्तव में इन जगहों पर क्या घटता है? लड़ाई पर जानेवाले सेनानी का मन किन्हीं न किन्हीं कारणों से तैयार नहीं होता है। इसलिए जानबूझकर नहीं लेकिन उस अव्यक्त अनबूझ मन के परिणामों से पैर अटक जाते हैं। पैर अटकने से उसे अशकुन समझा जाएगा और लड़ाई पर जाने से अपनी मुक्ति होगी यह मन को लगने लगता है।

लेकिन जिसके साथ मनोव्यापारों का प्रत्यक्ष कोई सम्बन्ध नहीं है, वह घटित हो गया तो श्रद्धा रखने से और नहीं रखने से कोई फर्क नहीं पड़ता है।

परीक्षा हेतु जाते समय काफी देर हो गई। बस निकल गई इसलिए अब बहुत जल्दी से कोई गाड़ी मिल जाए इसलिए श्रद्धा के साथ माँ को नमस्कार किया और निकले तो कुछ लाभ नहीं होगा। कारण पर्चा लिखना यह किसी व्यक्ति के मनोव्यापार से सम्बन्ध रखता है। उस पर श्रद्धा का परिणाम होता है। कोई गाड़ी मिलना इसका उससे कोई सम्बन्ध नहीं है और माँ पर श्रद्धा होने और न होने से इस घटना के सम्बन्ध में कोई फर्क नहीं पड़ता है। ऐसी श्रद्धा साफ तौर पर बुद्धि प्रमाणता के विपरीत है।

प्रश्न—मनुष्य की कुछ मूल्यों पर श्रद्धा न हो तो समाज परिवर्तन की

लड़ाइयाँ कैसी होंगी? किसी विचार की नाकामी दीख रही है तो भी हँसते-हँसते शहीद होना ऐसी श्रद्धा क्या अन्धविश्वास नहीं है?

उत्तर—इसकी भूमिका को बारीकी से समझना होगा। एकाध मूल्य—समता, अहिंसा को व्यक्ति विचार करने के बाद स्वीकारता है। यह स्वयं की बुद्धि का निर्णय कहकर स्वीकारा जाता है। समता, स्वतंत्रता आदि उच्च मूल्यों के लिए मनुष्य खुशी से बलिदान देता है। उसे इतिहास के सम्यक अध्ययन और स्वयं के चिन्तन से भरोसा होता है कि यह मूल्य मनुष्य समाज के लिए हितकर है। ऐसी स्थितियों में उन मूल्यों के लिए अपने जान की बाजी लगाना अन्धविश्वास होता नहीं है। लेकिन अपनी बुद्धि में स्वीकारा यह निर्णय दूसरों की बुद्धि में गलत, अवैज्ञानिक और अहितकर होगा या नहीं? इन जगहों पर हम लोग विविध विचार प्रवाहों द्वारा पहुँचते हैं। उदाहरणार्थ—धर्म के आधार पर ही राष्ट्र निर्माण करना उचित और हितकारी है, ऐसा किसी को लग रहा है तो दूसरे को पूर्णतः गलत और अहितकर लगेगा। समाज में अलग-अलग विचार प्रवाह होते हैं। समाज परिवर्तन का संघर्ष भिन्न विचार प्रवाहों की लड़ाई होता है। अपने मन के साथ ईमानदार रहकर उसके लिए शहीद होना इसलिए अन्धविश्वास नहीं है। लेकिन हमारे विचार अन्तिम हैं, इनके आगे और कुछ समझने की आवश्यकता नहीं है, यह कहना बुद्धि के विरुद्ध और अन्धविश्वास की जड़ों को मजबूत करनेवाला होगा। अपने विचार नए ज्ञान और अनुभव की कसौटियों पर परखने की व्यक्ति की खुले मन से तैयारी है तो उसकी उस सम्बन्ध में जो श्रद्धा होती है वह बुद्धि प्रमाणतावाद से असंगत नहीं होती है।

प्रश्न—बुद्धि को प्रमाण माननेवाले लोग अपनी प्रगतिशीलता की अकड़ दिखाने के लिए बुद्धि प्रमाणतावाद का टैग लगाकर यशोगान करने लगते हैं। जब सही मायने में आचरण करने का समय आता है तब वे अलग सुर अलापने लगते हैं?

उत्तर—जिन व्यक्तियों के आचार-विचार में अन्तर्विरोध है वहाँ उनका यह बर्ताव गलत है। ऐसे व्यक्ति अपने विचारों की प्रताड़ना करनेवाले और बेईमान भी होते हैं। उसका दूसरा कारण यह भी हो सकता है कि यथार्थ की पाबंदियों से वह लाचार बनकर कुछ समझौते कर रहा होगा।

इस बात को ध्यान में रखना चाहिए कि कोई विचार सौ फीसदी स्वीकारा हो तो भी उसका सौ फीसदी पालन करना किसी व्यक्ति के लिए लगभग असम्भव होता है। ऐसे समय में किए गए समझौतों का समर्थन नहीं किया जा सकता है लेकिन वह क्षमा के लायक होता है। लेकिन यह केवल उस जगह पर स्वीकार्य है जहाँ विचारों की मूल दिशा अन्य आचरणों में बदली नहीं है। उदाहरणार्थ—माता-पिता बुद्धि प्रमाणतावादी हैं। लड़का कैन्सर की बीमारी से पीड़ित है। यह भी साबित हुआ है कि अस्पतालों में अब कोई उपचार होने की सम्भावनाएँ नहीं हैं। ऐसे समय में बूढ़ी दादी के अनुरोध से माँ-बाप का मजबूरी से ईश्वर से कोई मनौती माँगना गलत है। लेकिन ऐसी मुश्किल घड़ी में दादी की मंशा को टालने की उनकी असमर्थता को समझा जाना चाहिए। लेकिन कल यही माता-पिता दूसरे बच्चे की किसी बीमारी में दादी के अनुरोध से अक्सर कोई भभूत, राख और तीर्थ लेकर बैठे तो बुद्धि प्रमाणतावाद को तिलांजलि दी गई है मानना पड़ेगा (इस विवेचन से दूसरों की मतभिन्नता सम्भव है। लेकिन इसका आधार लेकर बुद्धि प्रमाणता तत्त्व पर हमला करना उचित नहीं है)।

प्रश्न—बुद्धि प्रमाणतावादी होना साधारण मनुष्य का काम नहीं है। प्रस्थापित रूढ़ि, परम्पराएँ, कर्मकांड इनको नकारना है। अपनी बुद्धि को प्रमाण मानकर स्वतंत्र विचार करना है इसलिए मनुष्य के पास वैसी बौद्धिक सामर्थ्य होनी चाहिए और आम लोगों में वह कहाँ से आएगी?

उत्तर—यह केवल गलतफहमी है। बुद्धि प्रमाणतावाद को स्वीकार करने के लिए व्यक्ति की बौद्धिक सामर्थ्य प्रबल होनी चाहिए ऐसी कोई बात नहीं है। बस, वह व्यक्ति स्वतंत्रता से विचार करनेवाला होना चाहिए। स्वतंत्र विचार करना और हमने जिन विचारों को स्वीकृति दी है उनको दूसरों के गुस्से तथा विरोध के बावजूद भी निर्भयता से आचरण में लाने की भरसक कोशिश करना यह जीवन और ज्ञान के संस्कारों का परिणाम होता है। केवल बुद्धि से समर्थ व्यक्ति ही नहीं साधारण बुद्धि के लोग भी इसके कारण प्रखर बुद्धि के माने जा सकते हैं। साधारण मनुष्य की ताकत से बाहर बुद्धि प्रमाणतावाद है, इसलिए उसे धर्म का आधार देना चाहिए, ऐसा कहना भी यथार्थ की कसौटियों पर टिकता नहीं है। साधारण मनुष्य अगर इसके बस

के बाहर होने की बात करे तो धर्म का सच्चे आचरण के पालन में साधारण मनुष्य का टिकना तो बहुत अधिक मुश्किल कार्य है (यहाँ मेरा उद्देश्य धर्म की शिक्षा मनुष्य के लिए हितकारी है यह कहना नहीं है लेकिन कुछ पल के लिए ऐसा माना गया तो आम जनता से उन विचारों का आचरण बहुत मुश्किल है, यह बताने हेतु इस मुद्दे का स्पष्टीकरण किया है)।

नार्वेकर गुरुजी का अन्तिम 'सन्देश'

चिरंजीव वसन्त और चिरंजीव भरत (बापू) को आशीर्वाद।

एक समय ऐसा आनेवाला है कि मेरी और श्रीमती लक्ष्मी की मृत्यु से आप दोनों भी भयभीत होकर आक्रोश के साथ सकपका जाओगे (हम दोनों एक ही समय मर जाएँ यह घटेगा नहीं; वैसे घटित हो ऐसी हमारे अन्तर्मन की प्रबल इच्छा है)। तब अन्तिम विदाई के समय जमा हो चुके लोग जैसे बताते जाएँगे वैसे आप भयभीत होकर उस परिस्थिति में वैसी कृति करने के लिए तैयार रहोगे। इसीलिए इस खुले पत्र के माध्यम से हम धोखे का इशारा दे रहे हैं। हम दोनों की मृत्यु के बाद आप किसी भी प्रकार की धार्मिक विधि न करें। केवल अग्नि देकर प्रेत का दहन करें।

अपने घर में देव-धर्म से सम्बन्धित कोई विधि हम नहीं करते हैं। अपने बच्चों को देव-धर्म के गन्दे संस्कार न मिलें, इसके लिए हम बहुत अधिक खयाल रखा करते हैं। कहने-सुनने के लिए प्रगतिशील और आचरण में प्राचीन-पुरातन कृति हम लोगों से कभी हुई नहीं है। स्वयं बुद्धि प्रमाणतावादी होने की बात का बाहर ढिंढोरा पीटना और घर में बुद्धिहीन मूर्ख लोगों के प्रतीक देवता सत्यनारायण का पूजा-पाठ आदि सारे धार्मिक कर्मकांड करने का हमारा आचरण कभी रहा नहीं है। प्रथमतः हमारे घरों में सुधार और फिर दूसरों को उपदेश। इसमें हम लोग सौ फीसदी सफल हो चुके हैं।

धर्म का अर्थ विधि और नीति का मतलब कानून है, वैसे ही ईश्वर एक कल्पना है। इस तत्त्वज्ञान को हमने अपनाया था इसलिए इसके सम्बन्ध में अपना आचरण बहुत अधिक कठोर विज्ञानवादी रहा है। समाज को धोखा देने के लिए काल्पनिक मूर्तिपूजा, तीर्थयात्रा, व्रत-उपवास आदि चालाक लोगों द्वारा निर्मित मरीचिका है। धूर्त लोगों की बताई पाप-पुण्य की कल्पनाएँ एक

पाखंड हैं। हर मनुष्य का जन्म होते समय उसके साथ मृत्यु भी लिखी जाती है, कौन कितने साल सम्मान के साथ जी सकता है इतना ही फर्क होता है। वह आते समय और जाते समय भी नंगा ही होता है।

हमने गरीबी में रहते हुए पारिवारिक जिम्मेदारियों को निभाया, अपनी सामर्थ्य के हिसाब से राजनीति और सामाजिक कार्य किया। अर्थात् आखिर तक हम गरीब ही रहे। हम आपके लिए सम्पत्ति का संचय ना कर सके। लेकिन गुरुवर्य केशवराव विचारे की कृपा से प्रगतिशील विचारों का धन हमने आप दोनों को दिया है। मृत हो चुके विचारे जी ने हमें विज्ञानवादी दृष्टि प्रदान की। उनसे प्राप्त बौद्धिक ज्ञान के बल से आज हमारी वैचारिक प्रगति हो चुकी है।

मृत्यु पश्चात् के संस्कार

मनुष्य की मृत्यूपरान्त प्रेत हिन्दू धर्म की रूढ़ि तथा परम्परा के तहत घर से बाहर ले आते हैं और उसके शरीर पर चार घड़े पानी डाला जाता है। एक घड़े में चावल पकाने का करतब करते हैं। फिर प्रेत को अरथी से बाँधकर अबीर, बुक्का लगाकर प्रेतयात्रा शुरू होती है। प्रेत का नजदीकी रिश्तेदार चावल से भरा लोटा हाथ में लेकर आगे चलने लगता है। प्रेतयात्रा में चलनेवाले लोगों ने अगर बहुत अधिक पी रखी है तो उस प्रेत के कौन से हालात होंगे इसका भरोसा नहीं। श्मशानभूमि के कुछ अन्तर पहले उस प्रेत को नीचे उतारा जाता है, उस जगह पर चावल से भरे लोटे को फोड़ा जाता है और लोग जोर-जोर से रोते हैं। यह सब कुछ किसलिए और क्यों करें? यह जिससे भी पूछा उसने इसका कोई उत्तर दिया नहीं है। 'पिताजी जो-जो करते थे उसे धर्म कहते गए और उसका आचरण करता गया सारा संसार,' ऐसा सन्तों ने समय-दर-समय कहा है। फिर भी समाज की बुद्धि का खात्मा करनेवाली अन्धी परम्पराएँ निरन्तरता से जारी हैं।

श्मशानभूमि की विधि

इसके बाद शुरुआत में जिन्होंने प्रेत उठाने के लिए कन्धे दिए थे वे ही यहाँ

से आगे प्रेत को श्मशान तक लेकर जाएँगे। फिर लकड़ियों पर प्रेत को रखा जाता है। फिर उसका बहुत नजदीकी रिश्तेदार एक मिट्टी के घड़े में पानी भरकर कन्धे पर लेगा और प्रेत को गोलाकार चक्कर लगाते पीछे सरकते हुए मारेगा। पाँच फेरे लगाने पड़ते हैं। प्रत्येक फेरे के बाद एक-एक छिद्र किया जाता है। फिर उस घड़े को फेंककर मुँह पर हाथ मारकर जोर-जोर से चीख-पुकार शुरू होती है। यह सब कुछ किसलिए किया जाता है? इसकी क्या आवश्यकता है? कुछ भी नहीं। परन्तु परम्परागत प्रथा के रूप में ऐसा करना है इतना ही लोगों को सिखाया जाता है। फिर हरी पत्तियों से पानी लेकर प्रेत के मुँह में डाला जाता है। अब श्मशान का मजदूर एक पूर्व परम्परा से चलते आ रहा 'मंत्र' बोलेगा। प्रेत को अग्नि दी जाएगी। अपने कोल्हापुर में प्रेत जलाने के लिए बिजली दहन घर नहीं है। वह बहुत अच्छी पद्धति है। उसमें कुछ भी शेष रहता नहीं है। सब कुछ जलकर राख होता है। दूसरे प्रेत को जगह खाली कर देने का प्रश्न उठता नहीं है। कोल्हापुर में अगर बिजली दहन घर हो गया तो हमारे लिए उसी का इस्तेमाल करें।

कौए का स्पर्श

उसके बाद की विधि राख बिनने की होती है और उसके बाद दशक्रिया। दशक्रिया के समय मृतक के बच्चे या किसी नजदीकी रिश्तेदार को श्मशानभूमि में जाकर नहाना होता है। नाई से सारे बाल कटवाए जाते हैं। फिर ब्राह्मण पुरोहित जैसे बताएगा वैसे विधि करते जाना है (बरसी से बारहवें तक ब्राह्मणों की जरूरत पड़ती ही है)। मृत व्यक्ति की आत्मा को शान्ति प्राप्त हो इसलिए अच्छा खाना बनाकर पत्तल पर परोसकर कौओं को काँव-काँव करके बुलाया जाता है और पत्तल से दूर जाकर बैठते हैं। अगर कौआ बहुत जल्दी आकर पत्तल का खाना खाने लगे तो कहा जाता है कि मृत व्यक्ति भाग्यशाली था। कौआ अगर जल्दी नहीं आया तो उसकी कुछ अधूरी इच्छाएँ बाकी रही हैं ऐसे कहा जाता है। और उसको जो पदार्थ (उदाहरणार्थ शराब आदि) पसन्द थे उसे पत्तल में लाकर रखा जाता है और फिर दूर जाकर बैठते हैं। इस पर भी कौआ नहीं आया तो मृत व्यक्ति की लड़की अथवा लड़का हो तो उसकी हम अच्छी परवरिश करेंगे, शादी कराएँगे, तुम चिन्ता मत करो ऐसा कहते हुए और थोड़ा दूर जाकर बैठते

हैं। लोग दूर गए कि कौआ आकर पत्तल के खाने में चोंच मारकर निकल जाता है। और लोग कहने लगते हैं कि उसकी जान लड़का-लड़की में अटक चुकी थी आदि। कौआ पत्तल के पास क्यों नहीं आता है? उसे लगता होगा कि ये कंजूस लोग हैं। अन्य मौकों पर खाने की थाली छोड़कर मारने दौड़ते हैं, आज हमें खास तौर से बुलाकर खाने का पूरा पत्तल दे रहे हैं? इसमें कुछ तो धोखा है। हर प्राणी को अपनी जान प्यारी होती है। लोग उसके यहाँ न आने का अर्थ अपने मन से लगाने की कोशिश करते हैं। लोग काफी दूर गए तो भी वह बड़े आराम से खाने की कोशिश नहीं करता है। खाना एक चोंच में उठाकर वह भाग जाता है। कौए ने पत्तल को स्पर्श किया कि लोग उठकर चले जाते हैं और फिर कौए अपने मनमुताबिक पत्तल को सफाचट करना आरम्भ कर देते हैं। शहरों की श्मशानभूमि में कौओं को इस माहौल की आदत बनी होती है, अतः वे बहुत जल्दी पत्तल पर आकर बैठ जाते हैं। देहातों और गाँवों में कौए पत्तल के पास जल्दी आने का नाम ही नहीं लेते हैं।

कौआ हमारा पिता है

सारे पक्षियों में सबसे गन्दा पक्षी कौआ है और वह हमारा पिता है? हमारे धर्मगुरुओं और पुरोहितों ने बहुजन समाज को सालों से मूर्ख और बेवकूफ बनाने में सफलता पाई है। हर साल पिताजी का श्राद्ध करना है। उस समय सबसे पहले कौए को खाना खिलाना है और फिर अन्य लोग खाना खाएँगे। ऐसा करने से स्वर्ग में निवास करनेवाले हमारे सारे पितर शान्त होते हैं। यह न करने से मानो वे स्वर्ग में विद्रोह का झंडा हाथ में लेते हैं। जिन्हें अपना विवेक मानने से नकारता है और जो कृतियाँ गले से नहीं उतरती हैं, वैसे कुछ अपवादों को छोड़कर शिक्षित और बड़ी-बड़ी उपाधियाँ प्राप्त कर चुके लोग, स्वयं को बुद्धि प्रमाणतावादी और प्रगतिशील कहनेवाले लोग, बड़ी भक्ति के साथ ये काम हमेशा करते हैं। हमारे लिए आप इसमें से कोई भी विधि न करें। किसी से केवल हमारी राख नदी में फेंकने की व्यवस्था करें। कारण, किसी दूसरे प्रेत के लिए जगह खाली कर देना आवश्यक है।

समाज और जनमत से घबराकर अगर आप डाँवाँडोल हो गए तो हमसे आज तक जो कार्य हुआ है, वह सारा खराब होगा। हमारा प्रेत इनसान के

कन्धों पर लेकर जाने की अपेक्षा महानगरनिगम की शववाहक गाड़ी से लेकर जाएँ या अन्य किसी गाड़ी से लेकर जाएँ। हमारी मृत्यु के बाद हमें कन्धा देनेवाले लोगों को बेवजह तकलीफ न दें।

लड़कों का मुंडन

पिता की मृत्यु के बाद लड़कों का मुंडन क्यों किया जाता है? बुद्धि जिसे माने ऐसा इसका कोई उत्तर नहीं है। जीवित मनुष्य के बालों का और मृत शरीर का किस अर्थ से सम्बन्ध है? ऐसा सवाल कोई करता नहीं है। उसके विरोध में कोई आवाज उठाता नहीं और न ही बात करता है। बकरी के झुंड जैसा सारा समाज सालों से, सदियों से अनुकरण करता आ रहा है। इसके विरोध में विचारात्मक विद्रोह कौन करेगा? नेताओं और प्रमुखों को इससे कुछ लेना-देना नहीं है। उन्हें सत्ता के स्थानों में मनमुताबिक जगह मिल गई कि खुश रहते हैं।

प्रचार का अभाव

मूर्ख रीति-रिवाजों को समाज से दूर करने का प्रयास साधु-सन्तों ने और समाज क्रान्तिकारियों ने स्वार्थ के बगैर निरन्तरता से किया है। लेकिन उनके प्रचार की शक्ति अधूरी पड़ गई। धर्मगुरुओं और शासनकर्ताओं की ओर से होनेवाले प्रचार के नगाड़ों की आवाज के बीच इनके बाँसुरी की आवाज समाज के कानों पर नहीं पड़ रही है।

कुछ अपवाद छोड़ें तो सारे समाज के लोग एक जैसा बर्ताव करते हैं। माँ-बाप जब जिन्दा रहते हैं तब उनका मुँह देखना भी पसन्द नहीं किया जाता और उनके मरने के बाद उनके नाम से ढेर सारे ढोंग और पाखंड रचे जाते हैं। ब्राह्मण को पिताजी के नाम से गाय दान में दी जाती है, लोगों को खाना खिलाया जाता है, वार्षिक श्राद्ध किया जाता है और उनके नाम से ताँबा व पीतल के धातु की टांक यानी मूर्ति जौहरी से बनवाकर उसे देवघर में रखकर उसकी पूजा भी की जाती है। समाज में ऐसी कई प्रकार की विधियाँ आदिकाल से चली आ रही हैं इसलिए यही अपना असली धर्म है, ऐसी उनके बारे में

धारणा बन जाती है। निरन्तरता से पाप न हो और पुण्य बना रहे इस भय तले दबकर समाज अपनी बुद्धि को अस्वीकार करता आया है।

आप दोनों पर यह आरोप लागू नहीं होता। कारण, आपने हमारी काफी सेवा की है। आप आखिर तक हमारी आज्ञाओं का पालन करते रहे। हमारी बातों का आपने कभी भी विरोध नहीं किया है। इस बात को हम बड़े गर्व के साथ लिख रहे हैं।

काल्पनिक पोथी-पुराण

स्वर्ग का कोई अस्तित्व नहीं है लेकिन स्वर्गवासी पिताजी तथा पितरों की आत्मा शान्त करने के लिए अपनी बुद्धि धर्मगुरुओं के पास गिरवी रखकर अनेक प्रकार के उपाय किए जाते हैं। इस संसार में ब्राह्मण को गाय, वस्त्र, बर्तन, धन आदि दान करने से स्वर्गवासी आत्मा को शान्ति मिलती है और यह चमत्कार पुरोहित अपने दम पर करता है, इस प्रकार का पाखंडी माहौल समाज में बनाया जाता है। कल्पना से रचे अनगिनत पोथी-पुराणों में ये सारी बकवास और पाखंडी बातें भरी पड़ी हैं।

सत्य का नाश और पाप का बोलबाला

एक बार इनसान की मौत हो गई कि सारा खत्म हो जाता है। पंचतत्त्वों से बना शरीर पंचतत्त्वों में फिर विलीन होता है, यह सच्चा शास्त्र और तत्त्व है। सन्त तुकाराम महाराज ने इसका एक मार्मिक वर्णन अभंग में किया है—'पंचतत्त्व का होता खात्मा।' इसके अलावा उन्होंने यह भी बताया है कि 'यह जन्म नहीं रे दुबारा, तुका करें अपना पुकारा।' इसके विपरीत अपना प्राचीन सनातन धर्म बताता है कि चौरासी लाख योनि से होकर मनुष्य जन्म की दुबारा प्राप्ति होती है। इसलिए मनुष्य इस जन्म में हरि के नाम का जाप करते हुए सारा जीवन व्यतीत करे। पत्थरों का पूजा-पाठ करे, तीर्थाटन करे; ऐसा करने से मरने के बाद मोक्ष प्राप्ति होती है। अपने अनुभवों के पश्चात् खासतौर पर ज्ञानेश्वर ने कहा है कि 'मोक्ष मरने के बाद होगा प्राप्त जो ऐसा कहे वह अतिमूर्ख, ऐसे मूर्ख, अज्ञान जन, किए संकल्प लेकिन बन्धन शत्रु, अपने आप हो गए।'

लेकिन इनके द्वारा दिए गए उपदेशों का स्वयंघोषित धर्मगुरुओं ने नामोनिशान मिटा दिया है। आज चारों तरफ सत्य का नाश हुआ है और पाप का बोलबाला हो रहा है।

झूठे प्रचार का प्रभाव

बहुजन समाज को यथार्थ से दूर रखने के लिए झूठा प्रचार किया जा रहा है। यह झूठा प्रचार कई साधनों के सहारे सत्ताधीश-शासनकर्ता और धर्मगुरुओं ने आदिकाल से आज तक निरन्तरता से जारी रखा है। उद्देश्य यह है कि परजीवी धर्मगुरुओं को बिना किसी मेहनत के मुफ्त खाने का मौका मिले और शोषण पर आधारित अर्थव्यवस्था तथा सत्ताधीशों के अत्याचारों का कोई विरोध न करे। मेहनत-मशक्कत करनेवाले वर्ग से उनकी सत्ता को किसी प्रकार का धोखा न हो इसलिए उन्होंने जानबूझकर काल्पनिक धर्म का फंदा बहुजन समाज के लिए निर्माण किया है। इसी मायाजाल के मोह में मेहनत-मशक्कत करनेवाला वर्ग अनादि काल से फँस चुका है। निष्कर्षत: बहुजन समाज अपनी जिन्दगी का अनमोल समय, अलौकिक अद्भुत शक्ति और बुद्धि को इन काल्पनिक कर्मकांडों में जाया करवाता है। साधु-सन्तों, समाजसुधारकों, महात्मा फुले, आगरकर आदि का दिया उपदेश हवा हो जाता है। उनके कार्य का, तत्त्वों का असर समाज पर न हो ऐसे प्रचार तंत्र का निर्माण सत्ता साधनों से किया जाता है। आज रेडियो, टी.वी., समाचार-पत्रों व सारे धर्मगुरुओं आदि के द्वारा समाज को दिशाहीन बनाने का कार्य निरन्तरता से जारी है। देव-धर्म के आचरण से अगर किसी का लाभ हो रहा है तो वह चन्द चतुर-चालाक लोगों का। सामान्य जनता को अन्धविश्वास अफीम के नशे जैसा है और इस नशे में रखकर उन पर बिना रोक-टोक सत्ता को बनाए रखा जाता है। उनकी मेहनत से निर्मित सम्पत्ति की मनमुताबिक लूट की जा सकती है। बहुजन समाज कैसा है उसका वर्णन एक ओवी छन्द में सन्तों ने कहा है, 'एक ताँबे का पुतला। ऊपर आसन पर बिठाया। मन में जो आया वह नाम रखा रे। यह संसार हुआ पागल रे।' इस प्रकार के आचरण से आज समाज का बहुत बड़ा तबका दैववादी, दुर्बल बन गया है। उसके भीतर से इनसानियत की चेतनाएँ खत्म हो गई हैं।

निष्कर्षत: आप किसी भी प्रकार का विधि न करें। हम दोनों ने जो कार्य किया है वैसे आप भी करें। जैसा बन पड़े वैसा करें। मेहनत-मजदूरी करनेवाले समाज का शोषणमुक्त सच्चा स्वराज्य इस देश में बहुत जल्दी आए। इसके लिए किए जानेवाले प्रयासों को सफल बनाने के लिए अपना योगदान दे। श्मशानभूमि में आ चुके सारे सज्जनों को मेरा यह आखिरी सन्देश बता दें।

(कॉमरेड नार्वेकर कोल्हापुर के वरिष्ठ सत्यशोधक थे उनका यह मृत्युपत्र है)

आपका अण्णा—डी. एस. नार्वेकर

❂❂❂